徳間文庫

大久保家の人びと

直参旗本の娘の結婚

井川香四郎

徳間書店

目次

登場人物

大久保彦右衛門　直参旗本。十二人の子沢山。
千鶴　彦右衛門の妻。
龍太郎　彦右衛門の長男。
香織　龍太郎の妻。
拓馬　彦右衛門の次男。
猪三郎　彦右衛門の三男。
綾音　猪三郎の許嫁。
睦美　彦右衛門の長女。
弥生　彦右衛門の次女。嫁に行っている。
皐月　彦右衛門の三女。嫁に行っている。
水奈　彦右衛門の四女。
文江　彦右衛門の五女。
葉月　彦右衛門の六女。
祥子　彦右衛門の七女。

かんな　彦右衛門の八女。嫁に行っている。
とめ　彦右衛門の九女。
檜垣左馬之助　大久保家の用人。
錦之助　左馬之助の息子。

第一話　清貧は美徳

一

駿河台《するがだい》からは隅田川や江戸湾、そして江戸城の遥《はる》か向こうに富士山を見晴らすことができる。江戸府内で屈指《くっし》の絶景が堪能《たんのう》できる町である。

地名の由来は、徳川家康《とくがわいえやす》が逝去《せいきょ》して後《のち》、駿府《すんぷ》にいた旗本の多くが、この高台界隈《かいわい》に屋敷を造営したことによる。

この一角に、千石《せんごく》の旗本、大久保《おおくぼ》家の屋敷もあった。約千二百坪もあるから、庶民から見れば〝大御殿〟だが、石高《こくだか》の割には広いとは言えなかった。

とはいえ、先祖はあの〝天下のご意見番〟と誉《ほま》れの高い大久保彦左衛門《ひこざえもん》である。徳川家康の側近で槍奉行として数々の戦功を打ち立てた人物だ。しかも代々、老中を担《にな》った小田原《おだわら》藩大久保家の係累《けいるい》ゆえ、幕末に近い嘉永《かえい》年間にあっても名門中の名門だった。

旗本は五千二百家ほどあるが、千石以上となると六百家くらいしかない。将軍を支える家臣の中心的な存在であった。ゆえに出費も嵩《かさ》み、しかも当主の彦右衛門《ひこえもん》は十二人もの子宝に恵まれたため、孫も含めると十九人の大所帯。暮らしぶりは質素であり、決して贅沢《ぜいたく》ができる状況ではなかった。

だが、先祖の家訓では第一に、

——清貧《せいひん》を心がけよ。すべては主家に尽くすためである。

とあるくらいだから、質素倹約《しっそけんやく》は辛《つら》いことではなく、むしろ何でも安く上げることに喜びを感じていた。それは当主だけではなく、子供らにも伝授《でんじゅ》されている。

主家とは徳川将軍家のことである。徳川あっての大久保家ゆえ、主君に忠誠を誓い、〝いざ鎌倉〟のときには真っ先に駆けつけ、命を賭して戦うのは、武家として戦国時代より続いている矜持《きょうじ》である。

世相は泰平《たいへい》の世どころか、世も末と言われている御時世ではあったが、かの彦左衛門の流れを汲《く》む大久保家にあっては武門の誇りと危機感を抱《いだ》いていた。しかも、先祖はほとんど御書院番《ごしょいんばん》という将軍の警固役である。勘定方などを勤めた例外もあるが、槍奉行の流れを汲む武官として、厳格さは受け継いでいた。

今年の正月も元旦から、大名や旗本の将軍拝賀が執《と》り行《おこな》われるが、御三家を筆頭に御三卿、徳川御一門、譜代大名らが出向く。大久保家は二日に外様大名の後に、他の大身旗本らと登城する。毎年のこととはいえ、厳しいしきたりの緊張の中だから、彦右衛門も屋敷に帰ったときには、重荷《おもに》を下《お》ろしたように安堵《あんど》した。

三日の朝は、〝判始《はんはじめ》〟という仕事始めの儀式があるものの、彦右衛門は登城せず、我が家で〝謡初《うたいぞめ》〟を行うことになっている。江戸城中では、将軍が御三家や御一門など主だった大名を集めて、幕府お抱《かか》えの能役者をして謡《うたい》や囃《はや》子を披露しているが、大久保家では、当主が家臣や家族の前で舞うのである。

演目は目出度い『翁《おきな》』と決まっていた。これは、

――能にして能にあらず。

と言われる神聖な儀式の一曲で、当主が神となって天下泰平や国土安穏、五穀豊《ごこくほう》穣《じょう》を祈禱《きとう》して舞うのである。

この彦右衛門の舞は〝表〟にある能舞台で行われるが、いつもは〝奥〟にいる妻子たちも正装して出向いてきて、ズラリと居並んで拝見することになっている。武家屋敷は政務を執り行う表と、妻子や奉公人が暮らす奥がある。いわば公の場に出て来る

ため、妻子といえども緊張気味だった。

能舞台といっても、中庭の奥にあり、橋掛かりなどはなく、松が描かれた鏡板と本舞台があるだけだ。

――とうとうたらりたらりら。たらりあがりららりとう……所千代までおはしませ。我らも千秋さむらはう。鶴と亀との齢《よわい》にて、幸い心にまかせたり。とうとうたらりたらりら……。

地謡とシテが交互に朗々《ろうろう》と声を発しながら、翁面を被《かぶ》った彦右衛門が舞っている。翁面は、白い肌に穏《おだ》やかな笑みを浮かべ、長い鬚《ひげ》をたくわえているが、その顔が恐かったのか、孫のひとりが急に「わああ」と泣き始めた。その声に驚いたのか、彦右衛門の方が足首を捻《ひね》って、スッテンコロリンと倒れた。同時に翁面が外《はず》れて落ちるという、まさかの事態が起こった。

すると、別の小さな孫が、

「うわあッ。お祖父様《じいさま》ではないかいな」

と素《す》っ頓狂《とんきょう》な声を上げた。孫は七歳を最年長に、四歳や二歳児ら五人だが、幼子たちには彦左衛門が舞っているとは思ってもみなかったのであろう。神様が降りてくると聞かされていたから、驚くのも無理はなかった。

それでも子供らは素直で、倒れている彦右衛門の舞台の上に、キザハシから駆け上がって抱きつき、思い思いに声をかけた。

「お祖父様、大丈夫でございますか」「お怪我はありませんか」「足が折れたのではありませぬか」「鬼さん、あっちいけ」「痛いの痛いの飛んでけ」「あじゃじゃ、こじゃじゃ……」

などと心配するより、まるで遊んでくれとせがんでいるようにも見える。

「あはは……みんな良い子じゃな。おまえたちの親たちは啞然《あぜん》と見ているだけだ」

彦右衛門はゆっくりと座り直すと、翁面を拾い上げて、

「いつかは、おまえたちも舞わねばならぬかもしれぬ。ついでだから稽古をするか」

と囃《はや》し立てると、孫たちは出鱈目《でたらめ》に踊り始めた。

それに合わせて、家臣が演じている地謡や囃子方も適当に奏《かな》で演じ、ヤンヤの大賑わいとなった。彦右衛門は元々、儀式に厳しい方ではなかったから、神聖な能舞台がそのまま正月の宴会になってしまった。

だが、長男の龍太郎《りゅうたろう》は少し堅苦しい性分であったため、苦々《にがにが》しく眺《なが》めていた。殊《こと》に、いずれ大久保家の跡を継ぐ息子の和吉《わきち》には厳しく諌《いさ》めるように、馬鹿騒ぎはやめろと叱《しか》った。それでも孫たちはみなまだ幼い。彦右衛門と一緒になって、無礼講《ぶれいこう》でじゃれ

合うのであった。

そこに――用人の檜垣左馬之助《ひがきさまのすけ》が渡り廊下を駆けてきた。何かあったのであろう、血相を変えている。

「と……殿ッ……一大事でございます」

少し小肥《こぶと》りで、年廻《としまわ》りもさほど彦右衛門と変わりはない。剣術が好きで、毎日、素振り五百回をしているだけあって、まだ彦右衛門の方が壮健《そうけん》に見える。長年の付き合いのせいか、主君と家臣というより、竹馬の友のような感じがする。

「左馬之助。おまえの『大変だア』は聞き飽きて、誰も驚かぬ。ほら、息子たちは振り向きもせぬではないか」

居並ぶのは、裃《かみしも》姿の長男の龍太郎、次男の拓馬《たくま》、三男の猪三郎《いさぶろう》、少し後ろに離れて、彦右衛門の妻・千鶴《ちづる》、長女の睦美《むつみ》をはじめ、次女の弥生《やよい》、三女の皐月《さつき》、続いて水奈《みな》、文江《ふみえ》、葉月《はづき》、祥子《ながこ》、かんな、とめ……らが、それぞれ武家娘らしく着飾って、整然と座していた。大久保家では、男は干支《えと》、女は生まれ月に由来した名前であった。

他に、龍太郎の嫁・香織《かおり》、三男の許嫁《いいなずけ》・綾音《あやね》がいる。嫁に出ている次女、三女は里帰りであるが、その婿たちは来ていない。それが当時の慣《なら》わしであった。

檜垣は一同をぐるりと見廻してから、

「正月の〝謡初〟に失礼致しまする。我が倅《せがれ》、錦之助《きんのすけ》は風邪気味でお役に立てず申し訳ございません。ええ……ゴホン」

と咳払《せきばら》いをした。本来、当家の重職である用人の跡継ぎも、正月のこの場に臨んでいなければならない。

檜垣の屋敷は大久保家の敷地内にある。大抵の旗本は塀沿いに長屋を建てており、そこに中間や陸尺《ろくしゃく》、下働きの男衆を住まわせている。余った所は町人に貸し出して店賃《たなちん》を得ることもある。

それとは別に、〝家老屋敷〟ならぬ用人屋敷があるのが、旗本屋敷ではふつうである。つまり、同じ敷地内にいながら、体調が不良というだけで、年賀の挨拶《あいさつ》もしない息子のことを、檜垣は恥じているのだ。

「跡継ぎ息子ゆえ、大事にせよ。錦之助は医者に診《み》せたのか」

彦右衛門が優しく声をかけると、檜垣は恐縮しつつ、

「どうか、お気遣いなく……それより一大事とは、前々より懸念されていた……佐伯《さえき》家が御家取り潰《つぶ》しになりそうなのです」

「なに、佐伯主水亮《もんどのすけ》がか」

「はい……たった今、阿部伊勢守《あべいせのかみ》様のお使いが来まして……」

阿部伊勢守とは、備後福山《びんごふくやま》藩主で、時の老中首座・阿部侍従正弘《じじゅうまさひろ》のことである。天保《てんぽう》十四年（一八四三）に弱冠《じゃっかん》二十五歳で、寺社奉行から老中に大抜擢されてから、次々と善政を敷き頭角を現したが、かの水野忠邦《みずのただくに》が老中首座に復帰してから、阿部正弘は冷や飯を食わされた。水野の復帰に反対をしたがためである。

だが、〝天保の改革〟の改革を断行していた水野忠邦は、町奉行の鳥居忠耀《とりいようぞう》や金座の後藤三右衛門《ごとうさんえもん》らと不正を行った。その際に、阿部は厳しく追及し、水野に代わって老中首座となった。後に、日米和親条約を結ぶ英傑《えいけつ》として知られている。

十二代将軍・家慶《いえよし》の信望を得ている阿部は、同じく家慶から目をかけられていた彦右衛門とは親子以上に年が離れているが、何となくウマが合っていた。しかも、彦右衛門は御書院番頭という格式高い将軍の馬廻衆《うままわりしゅう》、〝五番方〟である。〝五番方〟とは、書院番、小姓組、大番、小十人組、新番のことで、書院番は武官としては最高位であり、大久保家という名門の家格もあり、阿部は信頼していたのであろう。

その大久保家と並び称せられる駿府出身の旗本である佐伯家の当主、主水亮が事もあろうに、勘定組頭の地位を利用して、公金を私《わたくし》したとの疑いが浮かんだ。評定所《ひょうじょうしょ》からの追及によっても、明解な答弁を得られないため、御家断絶と裁断されたのだ。

「それを受けて、殿には佐伯家の屋敷明け渡しと、蔵改めの任を請け負うようにとのことです。阿部様直々《じきじき》の命令です」

「評定の噂は聞いておったが、正月早々にか……なんたること……」

四日から五日にかけて、将軍による馬召初《うまめしはじめ》や鉄砲始《てっぽうはじめ》、そして鷹狩始《たかがりはじめ》という武芸の行事がある。六日には江戸城中の松飾りを外して、翌日は七草の祝儀を行い、さらに家康が使った甲冑《かっちゅう》を飾る具足開《ぐそくびらき》から、弓場始《ゆばはじめ》がある。一方、大奥では鏡開《かがみびらき》、十四日には注連縄《しめなわ》飾りの片付けなどが続く。

つまり、十五日になって、ようやく普段の政務が始まるのだが、三が日のうちに御家断絶の話が出るとは、阿部老中にはよほど腹に据えかねるものがあるに違いないと、彦右衛門は思わざるを得なかった。

「ここではなんだ、檜垣……家人たちを奥へ帰して、儂《わし》の執務部屋にて詳細《しょうさい》を話せ。龍太郎、おまえも来い」

彦右衛門はそう命じると、能衣装のまま厳《おごそ》かに渡り廊下を立ち去っていった。

まるで橋掛かりを揚幕に向かう能役者のようだった。孫たちは意味も分からず、手を叩きながら見送っていた。

二

　大久保家の長男である龍太郎は、壮健な体つきで、父の彦右衛門よりも一廻り大きく、武骨《ぶこつ》な雰囲気《ふんいき》が漂《ただよ》っていた。

　顔つきも濃い眉毛に爛々《らんらん》とした目、大きな鼻に厚い唇に厳《いか》つい顎は、恐らく先祖の彦左衛門に似ているであろうと、親族の間でも評判であった。むろん、肖像画が残っているわけでもないから、事実は分からない。

　檜垣は龍太郎の顔色も窺《うかが》いながら、ぼそぼそと話し出した。用人でありながら、少し気弱な気質なのか、一言何かを述べる度《たび》に、「相済みません」と繰り返す。

「老中首座の阿部様の使者の話では、明日にでもすぐ、佐伯家を訪れて諸事を調べた上で、直《ただ》ちに改易の手続きをせよとのことです。相済みません……」

　改易とは、何らかの不行跡《ふぎょうせき》のあった大名や旗本に科せられた幕府からの〝刑罰〟で、武士の身分は剝奪《はくだつ》され、領地や財産もすべて没収される。当主は切腹、妻子も連座されることもある。

「いや、しかし……それは大目付か目付のやることであろう。拝領《はいりょう》屋敷の明け渡しとて、普請《ふしん》奉行の務め。何故《なぜ》、儂が……」

彦右衛門は釈然《しゃくぜん》としなかった。檜垣もその通りだと頷《うなず》いたものの、老中首座の命令ならば断ることはできないだろうと進言した。

「ならば儂が直《じか》に阿部様にお会いして、この務めは断ろう。上様をお守りする御書院番がやるべきことではなかろう」

尻込みしている彦右衛門だったが、檜垣も困った様子で、

「それは無理かと存じます。使者はこのように〝下達《かたつ》〟と明記された書状まで持参しておりますれば、下手をすれば旗本が老中に逆らうことになり、改易の話がこちらに飛び火してくるかもしれませんので、決して断れないかと存じます。相済みません……」

「さよう……だな。阿部様も言い出したら聞かぬからな……あの水野忠邦様を追放した御仁《ごじん》ゆえな……ああ、どうすればよいのか」

彦右衛門が悩むのには、それなりの訳がある。当家は三河《みかわ》に所領地があるが、佐伯家の領地は隣接しており、同じく神君《しんくん》家康公に仕えた三河〝譜代〟の旗本である。しかも、顔馴染《かおなじ》みである。

「どうもな……やりにくいわいなあ」

「ならば、父上。私が代参《だいさん》致しましょうか」

龍太郎が凛《りん》とした目を向けた。

まだ当主は彦右衛門ゆえ、江戸城でのお役目は譲られていない。つまり、彦右衛門が老体に鞭《むち》打って、御書院番頭として勤めている。そろそろ隠居をしようと思っているが、将軍家慶自身から、

「今しばらく勤めよ」

と命じられているのである。

「そうよのう……龍太郎、おまえがやった方が恙《つつが》なく事が進みそうな気がする。佐伯様に引導を渡すのは、なんとも……」

曖昧《あいまい》な態度の彦右衛門に、龍太郎はハッキリとした物言いで、

「逆ではありませんかね、父上。阿部様は、佐伯家を救いたいがため、大目付などではなく、我が大久保家に何かを託したのではないでしょうか」

「む……？　何かとは」

「それを探るためにも、まずは私めが」

目算《もくさん》でもあるのか、龍太郎は瞳を輝かせた。龍太郎は子供の頃から、得体《えたい》の知れない勘に優《すぐ》れていると、彦右衛門は感じていた。もしかしたら、数々いる先祖の霊が乗

り移っているのではないかと思えるほどだった。

「儂には霊感がまったくないがな……」

「何のお話です」

「いや、何でもない。おまえなら解決できるやもしれぬな。儂の跡目を継ぐときは、〝彦左衛門〟を名乗らせようと思っていた。これまで遠慮して誰も名乗れなかったが、実は本家からも許しを得ておるのだ。龍太郎は利発で武芸に優れ、大人物《だいじんぶつ》たるとな」

彦右衛門は頼もしそうに見つめたが、龍太郎の方は淡々と、「ありがたき幸せ」と頭を下げるだけであった。

佐伯家も同じ駿河台にあった。わずか二町ばかり離れた所である。

龍太郎が訪ねたとき、佐伯家の当主・主水亮はすでに老中首座からの前触《さきぶ》れが来ていたのか、白い裃姿であった。まるで死に装束《しょうぞく》である。事と次第では、その場で切腹をする覚悟に見えた。

只《ただ》ならぬ様子に龍太郎も少し驚いたが、

「――佐伯様……早まった真似はお止《や》め下さいまし。私どもは、あなた様に身の処し方を命じに来たのではありませぬ」

「分かっております。されど、これが我が家の主家、つまり徳川家に対する礼儀でありますれば。大久保家共々、三河以来の譜代でありますから主家に忠誠を尽くし、如《い》何《か》なる理不尽なことであろうとも、素直に受《う》け容《い》れる所存《しょぞん》でございます」

「心がけは、しかと承《うけたまわ》ります。我が大久保家のご先祖、彦左衛門は、『もし豊臣《とよとみ》と徳川が戦《いくさ》になったら、いずれの武将として戦うかと、太閤秀吉《たいこうひでよし》に尋ねられたとき、累《るい》代《だい》の徳川家臣であるゆえに〝義を通し〟ます』と平然と太閤秀吉に言ったそうです。まさに三河武士ではありませぬか」

「さよう。そのとおりです」

「ですから、此度《こたび》は上様直々の命ではなく、阿部様からの〝下達〟でありますれば、何か一考《いっこう》あってのことと存じます」

「一考……とは」

「それは私も分かりません。しかし、常に沈着冷静、物事を私心《ししん》なく見極めて裁断する阿部伊勢守様が、大目付でも目付でもなく、わざわざ我が家に使者を命じたことこそが、何か曰《いわ》くがあると私は感じております」

龍太郎が自説を唱《とな》えると、佐伯はほんの僅《わず》かだが救いを求めるような目になって、

「さすが、大久保家の嫡男《ちゃくなん》でございますな。うちの腑抜《ふぬ》けとは大違いですわい」

と自嘲《じちょう》気味に言った。

「倅の虎之助《とらのすけ》は幼い頃こそ、龍太郎殿と並び、いずれ三河譜代旗本の〝竜虎〟になるだろうと期待していたのですがな。ご存知かもしれませぬが、近頃は屋敷に籠《こ》もりきりで、まるで覇気《はき》がありませぬ」

「………」

「ひとり息子ゆえ甘やかせたせいか……ゆえに、家督を継がせるのはまだまだ先だと考えておりましたが、その前に改易とは、御先祖様に申し訳が立ちませぬ」

自分の不正が暴かれたことによって、御家断絶の憂《う》き目《め》になったかもしれぬのに、佐伯はあまり悪びれた様子がないことも、龍太郎は気になっていた。目の前の佐伯とは、公儀の行事の折にはよく顔を合わせていたが、人柄を熟知《じゅくち》しているほどの仲ではない。彦右衛門も時に、

──悪い人間ではないが、今ひとつ何を考えているか分からぬ奴だ。

と佐伯のことを評していた。

もっとも、彦右衛門は持って生まれた人柄や思っていることが分かりすぎて、時に馬鹿に見える。それも如何《いかが》なものかと、龍太郎は感じていた。もっと威厳《いげん》のある威風堂々とした態度であればよいのにと、子供の頃から願っていた。

だが、今朝の能舞台で転倒しても〝ご愛嬌《あいきょう》〟で済ませるような父親が、よくぞ今

でも御書院番が勤まっているものだと逆に感心するくらいであった。

「私もまだ家督は継いでおりませぬ。どうも父上からは信頼されておらぬようでして」

謙遜《けんそん》するように龍太郎は言ったが、佐伯には何の慰《なぐさ》めにもなっておらず、

「いやいや。龍太郎殿は上様の前で弓場始なども披露したことのある腕前。しかも、湯島《ゆしま》の学問所でも首席を修められた。虎之助とは雲泥《うんでい》の差でござる」

ますます卑下《ひげ》する言い草になってきた。

「しかも、彦右衛門殿の奥方は、徳川御三家の水戸《みと》家の出でありますし、うちの嫁のような田舎大名とは違う。城持ちならまだしも、陣屋備えですからな、はは……」

「母上は水戸家とはいえ、やはり分家も同然ですから、威光などありませぬ。何処《どこ》にでもいる面倒見の良い母親です。もっとも、気性だけは強いですけどね」

龍太郎は半ば笑いながら、

「〝水戸っぽ〟という言葉がありますが、怒りっぽい、飽《あ》きっぽい、忘れっぽい……ってことです。いわば短気で単純、良く言えば大らか。そんな男衆を身近に育ったから、水戸女は見た目は穏やかですが、内面の意志は強いそうです。母上がそうです」

「なるほど。さもありなん……あ、これは失礼……」

「本当にそうなのです。父上は何事にも頭が上がりません。しかし、意志が強いゆえ、惚れた男には尽くし通す」

「ますます納得です。だから、十二人もの子沢山になったのですね」

「かもしれませんね。私の上には三人の姉がおりますが、男が生まれるまで産み続けると母上は言っていたそうです。その姉も揃いも揃って、母上の気質を受け継ぎましたから」

「ならば尚更《なおさら》、大久保家は安泰《あんたい》ですな。わはは、あはは」

大笑いをした佐伯だが、その声が萎《しぼ》むと同時に項垂《うなだ》れた。そしてポツリと、

「切腹の際には、どうか龍太郎殿が介錯《かいしゃく》をして下され」

「よして下さい。その前に、色々とお訊《き》きしたいことがあります」

威儀を正《ただ》して、龍太郎はあくまでも老中の使いである父の代参という態度で尋ねた。

「まずは、御領地に関する帳簿……検地帳、質地控帳、年貢割付帳、村入用帳、宗門人別帳などを見せて戴《いただ》けますか。村役人が控えているものでしょうが、当家にも保存しているはずですよね」

他にも助郷など伝馬関係、公儀からの触書などを集めた御用留、村の絵図面から田畑書上帳や訴訟控帳などもあるはずだ。これらの公の文書は旗本家が管理しておかね

ばならず、万が一、改易になって拝領屋敷などを返還するに当たっても、公儀に提出することになっている。引き継ぐ旗本に渡すためである。

さらには、今般のように、公儀の役職にありながら不正をした疑いがあるときは、評定所役人に預ける。すべてを丸裸にされるのである。むろん、佐伯は素直に従うつもりだ。

用人に運ばせてきた書類の山を、龍太郎は大雑把《おおざっぱ》に見てから、

「改めて、お尋ねしたいのですが、佐伯様は本当に公金を私するような真似をしたのですか。私には到底《とうてい》、信じられないのですが」

「——それは……」

佐伯は言い淀《よど》んで、しばらく黙考《もっこう》していたが、

「武士たる者、かような疑いを持たれただけでも己《おの》が責任でございます。言い訳無用、真偽は公儀に委《ゆだ》ねまする」

「心がけは素晴らしいと存じます。されど、無実ならば、それを証すのは当人の務めでございますれば、真正なことを公の場で述べることが大切かと……そのためならば、私は……いえ、父上は全力を尽くすと思います」

「有り難きお言葉……そのご慈悲《じひ》だけで感謝感激でございまする」

両手をついて佐伯は、感涙の涙を溢《あふ》れさせながら、

「この際……お言葉に甘えて、ひとつだけ、お願い……いや、ご勘案して戴きたいことがありますれば……」

「何なりと」

「では、遠慮なく……実は、倅のことですが……先程話した虎之助のことですが、家に籠もっている理由のひとつに……」

そこまで言って、佐伯は口籠《くちご》もったが、龍太郎が真摯《しんし》な顔で促すと、

「実は……虎之助は、大久保家の……龍太郎殿の妹君の……水奈様に……その恋をしておりましたが、どうやら告白することもできずに、悶々《もんもん》としている様子で」

「はあ……？」

龍太郎はキョトンとなって、まじまじと佐伯の顔を見た。

「かようなときに何を言い出すのだと驚くのも無理はありません。しかも、大久保家と佐伯家では、千石と五百石の格差があり、大久保家は御書院番士の一組から十組まで五百人を取り仕切る番頭。それに比べて、うちはたかが勘定組頭……」

「いえ、いずれ勘定奉行になられると期待されておいでです」

「とんでもございませぬ」

佐伯はさらに惨《みじ》めそうな顔になって、

「それでも、虎之助は真剣でございました。此度の事態にならなければ、色々と準備万端整えて、仲人《なこうど》を仕立てて縁組みを申し上げたいとまで考えていたのですが、どうやら……水奈様は美しい御方ですし、他に縁談もありますでしょうし……」

話を聞いていた龍太郎は、突然、大声を上げて、

「選《よ》りに選って、水奈ですが……アハハ。あいつだけはやめた方がよかろうと存じます。アハハ……あんな酷《ひど》い女はいない。次男の拓馬も大概《たいがい》バカタレですが、水奈は輪を掛けて駄目です。あんな女を嫁にしたら、それこそ佐伯家を滅ぼします」

と笑いながら言った。何が可笑《おか》しいのか、龍太郎は腹を抱《かか》えて笑い出し、そのまま止まらなくなってしまった。

「――りゅ、龍太郎様……？」

佐伯も困惑して、改易の話など忘れたかのように、呆然《ぼうぜん》と見つめ続けていた。

三

佐伯家の書類の山とともに、虎之助の縁談話を持ち帰った龍太郎から子細《しさい》を聞いて、

彦右衛門も大笑いが止まらなかった。

「あはは。そのとおり……おまえの言うとおりじゃ……水奈だけはやめた方がいい……あはは、こりゃ腹が痛い」

彦右衛門は自分の四女のことを、悪《あ》し様《ざま》に笑った。もちろん可愛《かわい》いのは誰も同じだが、水奈を嫁に欲しいと考えている虎之助の気持ちが分からないと言ったのだ。なにしろ、これまで十回以上〝お見合い〟をして、すべて断られた猛女《もうじょ》である。

「そりゃ、あの口だからな……誰も言い負かすことはできまいて」

呆《あき》れたように言う彦右衛門に、龍太郎もまったく同意した。

「父上なんぞ、水奈の顔を見ただけで逃げてますものね。なんでもズケズケ言う性《しょう》分《ぶん》だし、こっちが一言でも反論すると、百言くらい返ってくる。触《さわ》らぬ神になんとやらです」

「まさに……うちの女たちは、かんなを除いて、みな母親譲りだと思うが、水無月《みなづき》だから水奈と付けたが、水がないどころか大雨の時節だからのう。我が家にも恵みをくれているとは思うのだが、どうもな……」

ふたりして侮辱《ぶじょく》めいたことを言っていると、ゴホンと咳払いがあって、

「水無月だから水奈……私も弥生姉さんや皐月姉さんのような月に生まれたら、生意

気ではなかったかもしれませんね」

と廊下に立っている。

まるで町人のような潰《つぶ》し島田《しまだ》に地味な簪《かんざし》で、着物も嫁入り前とは思えぬ地味な柄と色合いである。しかも、ここは〝表〟であるのに、女が勝手に歩き廻ることは同じ屋敷内とはいえ、許されていない。とはいえ、江戸城中の〝御錠口《ごじょうぐち》〟のように奥と隔《へだ》てる仕切り扉があるわけではない。

大久保家は家臣たちの住む長屋も入れて、建坪にすれば四百坪近くあり、部屋の数は納戸《なんど》も入れて三十ほどあった。

それでも、大勢の家族以外に、数人の侍と槍持ち、鉄砲持ち、草履《ぞうり》取り、足軽、陸尺などを入れると三十人近い家来がいる。それに加えて、奥で働く女中も数人、住み込んでいるため、手狭に感じていた。

ゆえに、娘同士は何人かずつ、同じ部屋で起居《ききょ》を共にしてきた。嫁に出ていったとしても、里帰りした折のために空《あ》けておかねばならず、嫁や孫が増えたら、その分も必要だ。

九尺二間の庶民暮らしから見れば優雅な暮らしには違いない。が、子沢山だからといって、御家の実入りである石高が増えるわけでないから、ひとりあたりに掛けられる金は少なくなるというものだ。それゆえ、娘盛りの子供らにも、さほど贅沢はさせられない。

かといって、娘たちが不満を抱《いだ》いているわけではなく、

――貧しきことは美しきかな。

と思っているに違いない。先祖伝来の考えを胸に秘めているであろうと、彦右衛門は勝手に思っていた。

「なんだ、水奈。盗み聞きとは、はしたないではないか」

彦右衛門は言ってから、シマッタと眉間《みけん》に皺《しわ》を寄せた。雨霰《あめあられ》と仕返しの矢が放たれるに違いないと思い、首を竦《すく》めた。龍太郎も「余計なことを……」と苦虫《にがむし》を潰して父親の顔を見ていた。

ところが、水奈はいつになく穏やかな面差《おもざ》しで、

「実は、父上にお願いがあって参《まい》りました」

と廊下に座った。が、彦右衛門は困った様子で、

「あ、そうか……だが、今は大事な話をしておるところでな」

「私も大事な話です」

「御公儀の政務に関わることだ。しかも、うちとは累代の付き合いがある佐伯家の一

大事に纏《まつ》わることである」

後にしろと、彦右衛門が言おうとすると、水奈は真剣なまなざしになって、

「その佐伯家のことです」

と毅然《きぜん》と言った。

「む？　どういうことだ、水奈……」

「はい。佐伯家の嫡子・虎之助様と夫婦《めおと》になりとう存じます」

「な、なんと……！」

彦右衛門が肘《ひじ》をついていた脇息《きょうそく》が倒れて、吹っ飛んだ。すぐに龍太郎が拾って元に戻したが、彦右衛門は腰を浮かして、

「なんたること。真面目《まじめ》に話しておるのか。立ち聞きをして、座興《ざきょう》で申しているのではあるまいな」

「さような話をなさっていたのですか」

「いや、そうではないが……まあ、いい。子細を申してみよ」

俄《にわか》に不機嫌になって彦右衛門が言うと、水奈は表情を見て取って、

「それほど嫌なお相手でしょうか。佐伯家はうちと同じ三河譜代の旗本で、父上も主水亮様とは肝胆相照《かんたんあいて》らす仲ではないですか」

「いや、そこまでではないが……まあ信頼はしておる」

「でしたら、お許し願いたいのです。実は前々から、虎之助様から、嫁に来てくれぬかと頼まれておりました」

「えっ。嘘だろ」

思わず声を上げたのは龍太郎の方であった。佐伯から、虎之助は心を打ち明けられなくて、それを苦にして引き籠もっていると聞いたばかりだからだ。

「待て、早まるな、水奈……兄として言うておくが、虎之助は学問もできるし、悪い奴ではない。いや、むしろ善人であろう。だが、善人とは逆に言えば、自分の考えに乏《とぼ》しく周《まわ》りに合わせ、人の顔色を窺っている奴ということだ。さような人間に、武家の頭領《とうりょう》が勤まるであろうか」

一気呵成《いっきかせい》に意見を述べる龍太郎に、水奈は無表情のまま頷いて、

「ご意見は賜っておきます。でも、今、兄上がおっしゃられたとおり、善人であれば充分《じゅうぶん》でございます。人を人と思わぬ所行を押し通して、それが武士の掟《おきて》と宣《のたま》っている連中よりは、人として尽くすに余りあります」

「勘違いをするな。かの親鸞《しんらん》も言うておろう……『善人なおもて往生《おうじょう》をとぐ、いわんや悪人をや』と」

「いきなり、なんですか」

「善人とは何も考えず、仏を信じて南無阿弥陀仏《なむあみだぶつ》と唱えているだけの人間のこと。悪人とは自ら修行をして悟りを開こうとする者のことだ。つまり、親鸞が言わんとするところは、何も悟ろうとしない者でも救われるのだから、自らを鼓舞《こぶ》して修行している者が極楽浄土に行けて当然だということだ」

龍太郎は説諭《せつゆ》しようとしたのだが、水奈はあっさりと場違いな話だと苦笑《くしょう》し、

「兄上。うちは曹洞宗《そうとうしゅう》ではありませんか。浄土真宗《じょうどしんしゅう》の話は結構です。それに、虎之助様が救いを求めるだけの善人ならば、私が手を差し伸べたいと存じます」

「そんな大仰《おおぎょう》な……」

「本気です。あの御方が引き籠もっているのは承知しております。私がお助けできるならば本望でございます」

何を愚かなことを言っているのだと、彦右衛門も困り顔になって、

「落ち着け、水奈。佐伯家は今……」

「分かっております。だからこそ、お父上と兄上のお力で何とか佐伯家を存続させて下さいまし。さすれば私は大手を振って、虎之助様のもとに参ることができます」

「しかしな……承知しているとおり、猪三郎は綾音と結納《ゆいのう》を交わしたばかりで、婚儀

はこれからだ。そんな折に、おまえまで……」

次男の拓馬は妙な学問や〝発明〟に凝《こ》っており、嫁を貰《もら》うつもりはみじんもないが、三男の猪三郎は、綾音という娘と恋に陥《おちい》っていて、どうしても結婚したいとダダを捏《こ》ねたのだ。

「謡初にもいらしてましたが、綾音さんは可愛らしくて利口で、大久保家の良い嫁になると思います。お父上は御家人で町方同心ですが、私は気にしておりません」

水奈は有無を言わさないとばかりに、ふたりをキリッとした目で見つめながら、

「私が最愛の人と夫婦になれるか、それとも永久《とわ》の別れになるかは、父上と兄上の腕次第です。どうか佐伯家のことを、宜《よろ》しくお願い申し上げます。さもなければ……」

「なんだ……」

ふたりに緊張が走ると、水奈は続けて、

「かんなのように、駆け落ちをせねばなりませぬ」

と言った。

かんなとは神無月《かんなづき》に生まれた八女のことで、周りの反対を押し切って、髪結いと一緒になった。つまり熱愛の末、町人の元に走っていったのである。それは三年前のことで、もうすっかり親族も認め、ふだんは神田佐久間町《かんださくまちょう》の長屋に住んでいるが、この

前の謡初の折にも〝里帰り〟していた。

「――まあ、なんとかする……だから、早まった真似はするでないぞ。それに、婚儀のことなら、千鶴にも相談せねばな」

「母上なら、もう前から許しを得ております」

「そうなのか……だったら、俺が反対する理由はないな」

まるで婿養子のように、情けない声になる彦右衛門に、龍太郎は「しっかりして下さい」と声をかけてから水奈に言った。

「よいか、水奈。婚儀については、おまえひとりの身勝手で決めるわけにはいかぬ。俺とて虎之助と義兄弟になることは喜ばしいことだが、家同士、親族同士の話し合いもある。しかも、かような事態の折だ。もし思いが叶《かな》わなくても……分かっておるな」

「必ずや叶えてくれると信じております。大久保家は、いつ何時《なんどき》、如何なる難題でも、一族が結束して解決してきましたから」

自信に満ち溢れて微笑《ほほえ》んで、水奈は深々と礼をすると立ち去っていった。

深い溜息《ためいき》をついて顔を見合わせた父子は、

「なんとも、まあ……」と同じ言葉を吐いて、しばらく黙っていた。が、彦右衛門の

方が少し明るい顔になって、

「しかし考えてみれば、あの〝強面《こわもて》〟の水奈がこの家から出ていってくれれば、俺の心も少しは平穏《へいおん》になるということだ」

「父上……」

「長女の睦美は残っておるが、次女の弥生も三女の皐月も嫁に出した。次は四女の水奈というのは順当であろう。八女のかんなは、あんなことになったが、当人が幸せであればそれでいい。水奈も虎之助と添《そ》い遂《と》げることができれば、まあ、それでよかろう」

諦《あきら》めとも悟りともつかぬ言い草の彦右衛門だが、龍太郎も妙に納得した。

「ならば、父上……真剣に佐伯家を救わなければなりませぬな。水奈のことだ。何をしでかすか分かりませぬから」

「さよう、さよう……」

ふたりは気を取り直したように、預かってきた膨大な書類に手をつけて、真相を調べ直すと誓い合うのだった。

四

彦右衛門の妻である千鶴は、五歳下であるが傍目《はため》から見ても、尻に敷いている感じであった。決して高圧的ではないものの、凛然《りんぜん》とした態度の千鶴に比べて、彦右衛門は風采《ふうさい》が上がらない感じだからであろう。

九人の娘の中で、最も千鶴に似ているのが水奈である。

「父上はお許しになりました」

千鶴が訊くまでもなく、奥の一室に戻ってくるなり水奈が答えた。

「これで父上も兄上も、佐伯家がお取り潰しにならないように頑張ってくれると思います。楽しみですね、母上」

「あなたって、なかなかの策士《さくし》ですこと」

「母上には敵《かな》いません、うふふ」

「どういうこと？」

「だって、母上の手綱《たづな》捌《さば》きがなければ、父上はあの体《てい》たらくだし、大久保家もどうなっていたことやら。さすがは水戸のお姫様《ひいさま》って、ご先祖様も感謝していることでしょう」

「おや、あなたもまだまだ人を見る目がないわね。結婚相手は本当に大丈夫かしら」

クスッと笑う千鶴は孫が五人もいるのに、艶《あで》やかさも残っている。水奈は逆にどういう意味かと訊《き》き返すと、

「父上は年を召《め》したから少々、穏やかになりましたが、ああ見えて大久保家の気質を色濃く残してますよ。気分屋の臍曲《へそま》がり、あまのじゃくで強情《ごうじょう》、言い出したら聞かず、気骨があって歯に衣《きぬ》着せぬ物言いを憚《はばか》りません」

と千鶴は流暢《りゅうちょう》に言った。

「そうですかねえ。とても、そうは見えませんが。私たちが子供の頃から、優柔不断で人の顔色を窺うような気弱な人としか……怒られたこともないし」

「妻子に当たる男は最低でしょ。身分の低い者や家中の者にも穏やかでしょ。でも、言うべき事を言う人ですよ。しかも自分よりも強い立場の人にね」

「たしかに家人には優しいですけれど……でも父上が、上様や老中に厳しく接するところなど見たことがないので、なんとも……」

「当たり前でしょ。でも、城中での風聞《ふうぶん》は耳に入ってきますよ。そういう人なればこそ、此度の佐伯家のことも託されたのではありませんかねえ」

余裕のあるまなざしで千鶴が微笑むと、水奈も軽く頷いたものの、彦右衛門の毅然とした姿を思い浮かべるのは難しかった。

「では、お手並み拝見と参りましょう。私の嫁ぎ先にも関わることですので」

「ほんに水奈って娘《こ》は小さい頃から気が強くて、父上そっくり」

「母上でございましょ」

お互い笑った顔がまた似ている。かように大久保家は女たちで持っていると言えなくもなかった。家の中でデンと構えている女たちがいることで、多少は情けない男でも世間の荒波で働くことができるのであろう。

さて――。

数日後、七草粥《ななくさがゆ》が終わった頃、老中首座・阿部正弘の屋敷に、龍太郎は佐伯虎之助を伴って出向いた。

和田倉御門《わだくらごもん》の真ん前、辰之口《たつのくち》にある阿部の屋敷は、周辺の徳川御一門の屋敷よりも立派で、さしもの龍太郎も長屋門を溜息で仰《あお》ぎ見た。玄関から表御殿内の廊下を幾度か曲がって案内されたのは、阿部の執務室である。

以前、正式な嫡男届けの折に挨拶をしただけなので、龍太郎が阿部に会うのは二度目である。公家のようにおっとりした色白の風貌で、とても幕政の頂点に立っている

ような大名には見えない。しかも、年は龍太郎とさほど変わらない。だが、虎之助とふたりして緊張の態度で挨拶をすると、

「そう堅くならずともよい。評定所で諮《はか》る前に話を聞いておきたいだけだ」

と阿部は物静かな声で言った。

それでも、龍太郎と虎之助の緊張の糸は張りつめたままだった。他の家臣も数人居並んでいるし、ちょっとした気の緩《ゆる》みが御家取り潰しという命取りになりかねないからだ。

「此度は、大久保家と佐伯家共々、当主の代参を認めて下さり、かたじけなく御礼《おんれい》申し上げ奉《たてまつ》ります」

平伏《へいふく》するふたりに、阿部は顔を上げろと言ってから、

「彦右衛門殿はかの水野忠邦様ですら腰が引けていた御仁。身共《みども》としても、同じ年頃のおぬしらの方が話し易い。忌憚《きたん》のない意見を篤《とく》と聞こうではないか」

と続けた。

「それでは、まずは佐伯家の検地帳や質地控帳、年貢割付帳などを克明《こくめい》に調べた結果から申し上げますが、些《いささ》かも不明な点、疑義《ぎぎ》のあることはありませぬ。これについては、持参した書面を御用人の稲葉内膳《いなばないぜん》様に、お預けしております」

傍《かたわ》らで見ていた稲葉という初老の用人は、先代から奉公しているのであろう、実に偉そうな態度、鋭い目つきで頷いた。

虎之助は首を竦めたが、龍太郎は毅然と背筋をシャンと伸ばして、

「後ほど、ご一読下されば納得して下さると思いますが、佐伯主水亮様が公金横領《おうりょう》したなどという節《ふし》はみじんもございませぬ。その高徳なお人柄は、我が父も太鼓判を押すほどで、三河武士としての気概《きがい》も高く、徳川家に忠誠を尽くし続けてきました。それゆえ、勘定奉行並びに勘定吟味役からの指摘は、間違っているのではないかと存じます」

と一気呵成に伝えた。

勘定奉行は財政を担うと同時に、幕政全体の政策方針にも参加し、天領や諸藩に跨《また》がる訴訟にも関わり、道中奉行も兼ねることが多く、また評定所という裁判も担うという重職であった。現代で言えば、財務大臣、法務大臣、国交大臣、最高裁判事などを兼務しているようなものだ。

阿部は無表情のまま聞いていたが、やはり穏やかな声で、

「太鼓判を押すほど、おぬしの父は偉いのか」

「は……？」

「三河武士同士が庇《かば》い立《だ》てするのは当然であろうが、不正をしていないという証《あかし》にはならぬ。そうであろう」

情けではなく理詰めで話せとでも言いたげに、阿部は目を向けた。ほんの一瞬、龍太郎は父がチラッと話していたとおり、厄介《やっかい》な相手だという印象を抱《いだ》いた。佐伯家を救いたいのか、改易にしたいのか、腹の裡《うち》をハッキリと読むことができないのだ。

「むろん、勘定奉行様からの問い合わせには、まずは文書にてきちんとお答えしております」

「主計頭様と私の父は、立場は違えど気が合うとか。ですから、父に任せました」

「さすがは大久保家。ぬかりはないな」

阿部は皮肉めいて言ったが、龍太郎は素直に「ありがとうございます」と礼を述べてから、勘定奉行の間違いを指摘した。

「言うまでもないことですが、勘定奉行様は、阿部様が老中首座になられた折、ご指名された御方です。そして、水野忠邦様がやられていた印旛沼《いんばぬま》の普請御用も引き継がれました。不正というのは、その頃に起こったことです」

まるで阿部が悪いとでも言いたげな態度の龍太郎に、用人の稲葉が「これ」と窘《たしな》めるように声をかけた。だが、龍太郎は気にする様子はなく続けた。

「近頃は、小普請組の旗本は無役の上、御領地の不作などが相まって実収入が減り、借金をせざるを得ない状況です。それゆえ、公儀普請に駆り出されるのは、ますますもって厳しいのです」

「さよう。分かっておる」

「それでも、なんとか公儀普請をすることによって、職にあぶれた者たちを救済してきました。それで人びとは食い扶持《ぶち》を繋《つな》ぐことができ、罪を犯す者も減るからです」

〝社会政策〟の一環だと、龍太郎はまるで説諭するかのように力説し、真剣なまなざしになって訴えた。

「その際に最も気を使っているのは、公金を使う立場にある勘定奉行だと思います。榊原様は結局、印旛沼については中止しましたが、他の護岸や街道の普請なども同様です。厳しい財政の中から、勘定奉行はやりくりをしています。これは御公儀のみならず、諸大名家も旗本も同じです」

「…………」

「勘定組頭である佐伯家も同様です。差し出した帳簿などでも分かるとおり、御家の窮状《きゅうじょう》もさることながら、公儀の支出を抑える立場にありました。その責任ある立場の佐伯主水亮様が私腹するとは思えませせぬ」

「魔が差すということもある」

阿部が嫌味な面構《つらがま》えになって言うと、龍太郎は膝《ひざ》を進めて、懐《ふところ》から一枚の封書を阿部に差し出した。すぐさま稲葉が間に入って、中身を確認してから阿部に手渡した。

「そこに記してあるのは、昨年の江戸府内の公儀普請に関わった普請請負問屋十軒の屋号と主人の名です。私はその一軒一軒を訪ねて、公儀普請の請負状、普請に関わる帳簿を調べました。それらの問屋と取り引きのある普請組、小普請組旗本、さらには町会所にも訪ねて、佐伯主水亮様が私したというわずか十両の過不足を調べてみました」

「ほう。さすがだ。よく協力を得たな」

「我が家は御書院番ではありますが、親戚には勘定方もおりますので、町人たちを調べるのは雑作《ぞうさ》のないことです」

「うむ……」

「すると……十両どころか、昨年の二万四千両余りの公儀普請に掛かった支出のうち、なんと三千両ほどが行方知れずになっております。つまり帳簿の記載が不明です」

「そ、そうなのか……!?」

さすがに阿部でも驚きを隠せなかった。龍太郎はやや興奮気味に語った。

「何処かで、不正が行われていたということです。佐伯様は勘定組頭として、それを調べていたのです」

「不正……」

「普請にかけられた一割以上もの金が何処へ消えたのでしょうか。その説明は、こいつ……あ、いえ、佐伯虎之助が致します」

龍太郎に背中を押されて、虎之助は声を裏返しながら、

「よ、宜しくお願い致します」

と今一度、深々と頭を下げ、自ら身分と姓名を名乗った。

「父の生真面目《きまじめ》な人柄については、あえて申し上げません。善し悪しは他人が決めることだからです」

控え目な声ながら、虎之助は懸命に訴えるように、阿部をしっかりと見つめ、

「この大久保龍太郎殿に言われて、私めも改めて佐伯家内の金の出入りを詳細に調べてみました。もちろん父が嘘をついているやもしれぬので、家臣と共に小銭まで悉《ことごと》く検《あらた》めましたが、不審な点はありませんでした」

「身内の調べなど、あてにならぬ」

にべもなく阿部が言うと、虎之助はしかと頷いて、

「おっしゃるとおりです。ですから、龍太郎殿にもお頼みし、僭越《せんえつ》ながら他の勘定組頭たちや勘定吟味役からも、父を取り調べて貰いました。すると……」

と僅《わず》かに身を乗り出した。

「父が近頃、頓《とみ》に消えた公儀普請の金の行方を調べることに力を注《そそ》いでいたのは、他の勘定方の役人たちも承知しておりました。ところが、そのことを快《こころよ》く思わない人もおったようです。それは、勘定奉行の岩橋《いわはし》侍従《じじゅうのすけ》亮様です」

勘定奉行の定員は四人であり、三千石以上の旗本から任命される。だが、たとえ千石の旗本がその職に就《つ》いたとしても、二千石の役高を足すことになっている。ほとんどの勘定奉行は、書院番や小姓組頭から目付、長崎《ながさき》奉行などを経て就任する。いわば選ばれし旗本が昇進していくのだが、わずかだが勘定所の下っ端から叩き上げで登っていく者もいた。御家人から養子縁組などを経て旗本になり、勘定奉行となる。こういう出世の仕方は、奉行職でも勘定奉行以外にはない。つまり、能力主義だったのだ。でなければ、幕政全般に関わることなどできぬ。

「その出世の階段を、父は登ってきました。これ以上は無理でしょうが、狡《ずる》いことや、こすいことはしていません」

「断言できる根拠はなんだ」

阿部が冷ややかに訊き返すと、虎之助はあっさりと、

「勘定方の友田新八郎《ともだしんぱちろう》という男が、金庫から十両を盗み出し、父の財布にこっそり入れておいたことを認めました」

「何故《なにゆえ》、さようなことを」

「岩橋様の命令だと白状しました。理由は、父に横領の疑いを向けるためです」

「――さような証言、俄には信じられぬが……それとも岩橋が認めたのか」

「友田は父の長年の部下でした。長年、世話になっていたのに、とんでもないことに手を貸したと嘆《なげ》いていました」

「とんでもないこと？」

「父が探っていたのは、三千両の行方です。そこで浮かんだのが岩橋様の名……岩橋様に直談判した途端、横領の罪が父に被せられ、謹慎どころか改易にまでされる騒動になってしまい、友田は苦しんでいたとか」

「…………」

「もし、評定所で裁きを受けるようなことがあれば、友田は勘定所を辞めさせられたとしても、証言をする覚悟を持っております」

虎之助は、父親に実直な部下がいたことを感謝していると付け加えた。

「ふむ……つまり、岩橋が己が不正が明らかになるのを恐れて、おまえの父親に罠《わな》を仕掛けた……というのか」

「はい。そうです。ですから、ご老中様から、お調べなさって下さい」

両手を突いて虎之助は頭を下げると、龍太郎が付け加えた。

「どうせなら、百両とか三百両くらい横領したと見せかけた方が話が大きくなったのに、十両ぽっちで始末しようとしたのは、逆に岩橋様の落ち度ですな」

「む……？」

「だって、そうではありませぬか。話がせこ過ぎる。却《かえ》って信憑性《しんぴょうせい》に欠けると、誰もが思うでしょうに。そこまで頭が廻らなかったのでしょうかね」

龍太郎は苦笑しながら、

「やはり、代々、親を継いできて、頭が悪くても勘定奉行になれる岩橋様のような人よりも、キチンと筆算《ひっさん》吟味に合格した人材の方が、世のため人のためになるということでしょうか」

筆算吟味とは勘定所への登用試験のことであり、有能な者を取り上げる制度だった。

さらに学問吟味という朱子学の学識を試すものがあった。幕臣だけが受けられるものだが、今で言えば国家公務員総合職試験のようなものだ。もっとも、出世を確約されたものではないが、この試験で「甲」の成績を収めると、下級旗本でも奉行への栄進があった。

「そういえば……学問所で〝竜虎〟と呼ばれたふたりは、筆算吟味、学問吟味ともに最高位であったそうな」

阿部はニンマリと笑って、ふたりの顔を眺めながら、

「実は、佐伯家存続のために腹案がある」

「えっ……！」

意外な言葉に、虎之助は身を乗り出すと、阿部は曰くありげな目つきで続けた。

「弘化二年に、海岸防禦御用掛《かいがんぼうぎょごようがかり》という役職を作ったのは承知しておろう」

「は、はい……」

「天保の治世より、我が国の沿岸に異国船が沢山、現れておるが、まさに国家が脅《おびや》かされておる。御三家の水戸斉昭《なりあき》様、薩摩《さつま》の島津斉彬《しまづなりあきら》殿をはじめとして、多くの識者が幕府の先行きを憂《うれ》い、国防を論じておる。おまえたちも、それに加われ」

龍太郎は唐突な阿部の言い分に、異を唱えようとしたが、意外なことに虎之助は二つ返事で「やります」と答えた。

「不肖《ふしょう》、私めもかねてより、異国との関わりをどうするか。泰平の眠りを覚まさせる

ように、じわじわと迫《せま》り来《く》る脅威《きょうい》にどう対処するべきか、深く考えておりました。ぜひ、拝命を受けたく存じます」

「さようか。ならば、改めて使命を言い渡すゆえ、心がけておけ。大久保、おまえはどうする。番方ゆえな、異論はあるまい」

「いえ……しばらく考えさせて下さい。まだ当主は、彦右衛門でありますれば」

「そうか。御母上は水戸家から来ておるのにか……」

「母は分家に過ぎませぬから」

「うむ、よかろう。吉報《きっぽう》を待っておるぞ」

　阿部にどういう思惑《おもわく》があるのか、龍太郎は測りかねていたが、大久保家にとっても厄介なことが起こるのではと懸念していた。

五

「なるほど。ご老中は、そう出てきたか」

　彦右衛門は味噌田楽《みそでんがく》を食べながら、頷いていたが、つるっと蒟蒻《こんにゃく》が喉の奥に滑り落ちたのか、「うぐぐ……」と苦しみ藻掻《もが》いた。

それを見ていた龍太郎は呆れ顔で、

「わざとそんな真似ばかりしていると、孫たちからも信頼されなくなりますぞ」

「――ほ、ほ……ゲホ、ゲホ……」

「ますます芝居が上手になりましたな。阿部様の前でも演じてみますか。我が大久保家に海岸防禦御用掛を押しつけるならば、切腹してみせると……この役目は老中や若年寄が肝煎《きもい》りで設けたものの、実際は勘定奉行や目付が命じられた。それでも人員は手薄で、やり方も混乱している。我が大久保家と佐伯家に命じて、失策をさせた上で、それこそ改易にでもするつもりですかな」

「うぐぐ……」

藻掻きながら仰向けに倒れた彦右衛門は、勢い余って廊下まで吹っ飛んで、ゴツンと頭を打った。さすがに異変を感じた龍太郎はすぐさま近づいて、彦右衛門を起き上がらせようとすると、顔が真っ青になっている。

「ち、父上……！」

龍太郎が彦右衛門の背中を叩きながら、体を激しく揺すると、目を白黒させている。その上、痙攣《けいれん》まで始まっている。鳩尾《みぞおち》を押しながら、背中を反らせ、顎を上げて喉を開くようにした。そして、一気に頸椎《けいつい》の辺《あた》りから腰にかけてグイッと指圧をすると、

「ふわああ……あああ……」

と言いながら、彦右衛門は息を吹き返し、顔色も血の気が戻ってきた。

「大丈夫ですか、父上……」

心配そうに顔を覗《のぞ》き込む龍太郎に、

「――なんと、冷たい奴だな……はあ、死ぬかと思うたぞ」

「ですから、いつもふざけて死んだ真似をしたり、大袈裟《おおげさ》に怪我をしたふりをしているから、イザというときに誰も助けてくれないのです。少しは学んで下さい」

「だが、孫たちが面白がるのでな」

「私は面白くもなんともありません」

「だから、今のは本当に……」

「とにかく気をつけて下さい。嚥下《えんげ》するのも難しい年なのですからね」

「さよう……国防よりも我が身も守れぬようになったわい」

と言いながらも性懲《しょうこ》りもなく、よほど好きなのか味噌田楽を食べ続けた。

「また詰まりますぞ」

「で……なんと言うたのだ。阿部は大久保家も海防なんたらを担えというのか」

「海岸防禦御用掛です。天保年間に松平定信《まつだいらさだのぶ》様の御次男が務めて後、常設については御老中の牧野《まきの》侍従様、若年寄の大岡主膳正《おおおかしゅぜんのかみ》様、同じく若年寄の本多越中守《ほんだえっちゅうのかみ》様が支配役として、大名や旗本に呼びかけております」

「呼びかけ？……命令であろうが」

不愉快そうに口元を歪《ゆが》めながらも、彦右衛門は田楽を食べ続けた。

「本多越中守様の妹君は、大久保家一族に嫁いでおり縁がありますゆえ……」

「遠縁まで引っ張り出せば、大名や旗本はみんな親戚だ。そんなことを言うておったら、我が国の先祖はみんな一緒だぞ。一々、気にしていたら埒《らち》があかぬ。それより、おまえはどう答えたのだ」

「虎之助はすぐにやると明言しましたが、お父上もおそらく了承するでしょう。水奈が佐伯家に入れば、うちとは近しい親戚です。ずるずると引きずり込まれるかもしれませぬ。阿部様はそれも承知で話していたような気がします」

「ふむ……奴の考えそうなことよのう。しかし……」

彦右衛門は首を傾《かし》げながら唸《うな》って、

「ハッキリと言うておくが、儂は海防なんたらになるつもりはない」

「よいのですか……」

「阿部様には直に断っておく。代々、書院番という上様のお側《そば》の護衛を預かっておるのだ。戦国の世ならば、籠城《ろうじょう》した際に最後の最後までお守りする役目だ」

「そうですが、国情を鑑《かんが》みると、万が一、異国から攻められるようなことがあれば、水際《みずぎわ》で死守することこそが、徳川家を護衛することになりませぬか」

「いや、この国は四方を海で囲まれておる。海はまさに大きな外濠《そとぼり》であり、諸大名が内濠の役目となろう。そして、江戸という本丸を守ることこそが、我が大久保家の務めである。さよう心得て……」

堂々と持論を語っている彦右衛門に、龍太郎は少々、呆れ顔で、

「話の腰を折るようですが、父上……今は時代が違います。江戸が攻められるようなことがあれば、この国は滅びましょう」

「なんだとッ。おまえは国賊か」

ムキになる彦右衛門に、「落ち着いて下さい」と龍太郎は言った。

「元々、短気な上に、年のせいで磨《みが》きがかかりましたね」

「貴様……！」

「まあ、お聞き下さい。そんなに怒っていると、また田楽を喉に詰めますぞ」

龍太郎は半ばからかうように窘めて、

「弘化二年ですから、六年程前、メリケンの捕鯨船《ほげいせん》が、阿波《あわ》と南部《なんぶ》の廻船が難破してい

るのに立て続けに出くわし、その難民二十二人を相模国浦賀《さがみのくにうらが》に届けに来ました。本来なら、長崎にて引き渡しをするべき。ですが、異国の者が自国民を救ってくれたのですから、いわば人道的な行いに敬意を表し、阿部様は評定所に諮った上で〝権道《けんどう》〟として、浦賀で受け取りました」

〝権道〟とは例外として、一度きりの特別な計《はか》らいのことである。異国の慈悲に対して、幕府も慈悲で対処したのだ。

「その際、大久保一族で、浦賀奉行をしていた忠豊《ただとよ》殿が色々と尽力しました」

「戦国の頃は、家康公の麾下《きか》で、姉川《あねがわ》の戦い、三方ヶ原《みかたがはら》の戦い、長篠《ながしの》の戦い、小牧《こまき》・長久手《ながくて》の戦いなどで活躍した大久保忠豊様と同名じゃが、浦賀奉行のこいつは今ひとつであったのう」

「そんな話ではなく、いいですか……その翌年、メリケン東インド艦隊なるものが、やはり浦賀に現れ、通商を求めてきました。この時は、阿部様はあっさりと拒《こば》みました。鎖国《さこく》が国是《こくぜ》ゆえです」

「知っておる。阿部様は『情けが仇《あだ》になった。メリケンの深慮遠謀《しんりょえんぼう》によって、付け込まれるところだった』と話しておった」

「相手国の策略かどうかは分かりませぬが、浦賀という例外を作ったがために、今後も頻繁《ひんぱん》に来航すると思われます」

「そんなこと分かっておる」

「実は、長崎奉行からの報《しら》せで、父上も耳にしていると思いますが、またメリケンが国書を持って来るとのことです。いつのことかは分かりませぬが、近々だとのことです」

「うむ……」

「それに競《きそ》い合うかのように、オロシアの艦隊も長崎に向かっているとのこと。それにエゲレスなども、いずれ加わるでしょう。いずれも大国です。戦国の世に、キリシタンや商人が日本に現れたのとは訳が違います。これらの国々は、巨大な武力をもって世界の海という海を渡り、植民地にしてきております」

「さよう。だから国難なのだ。断固、突っぱねなければ、千丈《せんじょう》の堤《つつみ》も蟻《あり》の一穴より崩れるというではないか。阿部様は難民救護にほだされて、浦賀という一穴を開けてしまった。その反省に立って、海防なんたらを作って、海洋に面した諸藩にも……」

「武力だけで勝てましょうか」

「なに……」

「一度や二度、追い返すことができたとしても、我らが栗鼠《りす》ならば、奴らは巨大な熊です。なんとしても、この国を生存させるためには、叡智《えいち》を結集して、巧《たく》みな戦術と戦略を立てなければ、とうてい敵わないでしょう」

断言する龍太郎に、彦右衛門は怒りを露《あら》わにして、

「やはり国賊か、おまえは……儂ら旗本は、たとえ屍《しかばね》になろうとも、この江戸を守り、徳川家を存続させねばならぬのだ」

「だからこそです」

「いや。おまえの言い草だと、巨大な熊にはどうせ敵わないから、尻尾《しっぽ》を巻いて逃げろというのも同然ではないか」

「誰も、そんなことは言っておりません。むしろ逆です」

「逆……？」

「はい。我が国は異国とは違って、二百何十年も平和な暮らしを維持《いじ》してきました。それは何故だと思いますか」

「もちろん、鎖国によって交易は長崎だけにて限定したこともあろうが、庶民がよく働き、質実剛健《しつじつごうけん》をよしとし、我が家の家訓の如《ごと》く、清貧を美徳となし、我欲や贅沢を排して、何事にも刻苦勉励《こっくべんれい》してきたからだ。そして、何より、和を以《もっ》て貴《とうと》しとなすの精神があるからだ」

「おっしゃるとおりです。就中《なかんずく》、最後のお言葉……私たちは、和を大切にします。異国ともそうなるよう努めませぬか？」

龍太郎の言葉に、彦右衛門は一瞬、アッと納得したような顔になったが、訝《いぶか》しげに首を横に振りながら、

「だが、栗鼠が熊に勝てる方策があるとでもいうのか」

「熊は、芽吹いたブナの葉など草花を食べ、夏は蟻や蜂など虫を食べ、秋になれば団栗《どんぐり》などの木の実を食べます。栗鼠と同じものを食べています」

「何の話をしているのだ」

「私たちと食べるものも同じでしょう。もっとも熊は、鮭《さけ》や鱒《ます》などの魚はもちろん、鹿肉も好きで、時には人を襲うこともあります」

「つまり気をつけろと？」

「はい。熊の母親は、人は怖いから近づいてはならぬと教えているそうです。だから、人を襲うことは滅多《めった》にない。ですが……ひとたび人を食うと味をしめるそうなのです。だから決して、食われてはなりませぬ」

「おまえこそ、人を食ったようなことを言いおって」

「はあ？」

「要するに、異国の者に侮《あなど》られるなかれ、と言いたいのだな」

「はい。そのためには……」

龍太郎が言いかけたとき、ドカンドカンと激しい爆音がした。吃驚《びっくり》して障子を開けて廊下に出ると、離れの方で火花と煙が舞い上っている。彦右衛門もゆっくりと立ち上がってくると、もう一発、ドカン！　とさらに大きな爆発があった。

「――また、やりよったな……拓馬めがッ」

彦右衛門が怒りを露わにして、離れに向かおうとすると、他の部屋からもぞろぞろと家族たちが飛び出てきた。

「何事でございますか」「怖い、怖い」「また拓馬のせいですね」「怪我人はおりますか」「大丈夫ですか」「まあ、恐ろしいこと」

長女の睦美は驚きよりも怒りを露わにし、文江と葉月の双子の姉妹は慌てふためき、祥子は意外と冷静に様子を見守っていた。末っ子のとめは恐怖に震《ふる》えており、龍太郎の嫁の香織も呆然《ぼうぜん》としている。そんな中で四女の水奈は、また爆発するかもしれないのに、ズンズンと離れに近づいて、

「拓馬！　いい加減にしなさい！」

と毒づいた。

目の当《ま》たりにした彦右衛門と龍太郎は、

——これでは、婿になる虎之助の先々が思いやられるな……。

と言葉に出さずとも分かり合ったのか、肩を窄《すぼ》めて顔を見合わせた。

「またぞろ、つまらぬカラクリ仕掛けを作っていたのですね。あなたは小さい頃から、そんなことばかりしてるけれど、どれだけ人に迷惑をかければいいと思ってるのです」

強い口調で離れに迫っていると、またドカン！　と音がして、障子が吹っ飛んだ。他の女たちは悲鳴を上げた。それでも水奈は怯《ひる》むことなく、離れの一室を覗き込むと——まるで芝居で変装でもしたように、煤《すす》で真っ黒になって、髷《まげ》や着物が焦《こ》げている拓馬が突っ立っていた。

龍太郎や三男の猪三郎に比べて細身であり、武芸にもあまり励んでいないため迫力に欠ける女のような顔つきだった。今でいう科学には幼い頃から興味があり、カラクリ人形や機械仕掛けの時計から、気球のようなものなども自分で作っていた。だが、まだまともに出来た例《ため》しはなく、迷惑ばかりをかけていた。

「あ、姉上……大丈夫ですか……」

拓馬が心配そうに声をかけると、色々な器具や材料が散らかっている部屋を目の当

たりにして、深い溜息をつくと、

「情けない。それでも武士の端《はし》くれですか。大久保家の人間ですか」

「ええ、そうだと思いますが……いや、父上と母上、そうでございますよね。私だけ、河原《かわら》から拾ってきたということは、ありませんよね」

中庭を挟んで廊下に立っている彦右衛門と千鶴に尋ねた。

「こんな時に、おまえは馬鹿か」

彦右衛門が拓馬の姿を呆れて見ながら、

「何をやってたのか知らぬが、水奈の言うとおりだ。少しは人の迷惑も考えろ。うちは旗本火消しの元締めでもあるのだ。もし火事でも起こしてみろ、御家は……」

「はい。耳に胼胝《たこ》ができるほど……」

「だったら、少しは自分のやっていることを考えろ」

今度は龍太郎が叱りつけると、水奈がまた怒ろうとするので、千鶴が駆け寄って、

「怪我はありませんか。まあまあ、こんなに煤だらけになって、火傷《やけど》をしたのでしょう。早く手当てをしないと、婿入り前なのに痕《あと》が残りますよ」

「婿入り前って……母上がそんなだから、拓馬は甘えるのです」

水奈が説教しようとすると、拓馬は申し訳ないと集まっている家族に頭を下げ、

「大したことはありません。ほら近頃は、チュウチュウうるさいから、鼠退治の仕掛けを作っていたのですが、火薬の量を少しばかり間違えてしまいました」

「少しばかりじゃないだろう」

龍太郎が近づいて部屋の中の様子を見ていると、一冊の本に目が止まった。それを手にするや、拓馬を振り返り、

「おまえ……もしかして、これを作ろうとしていたのか」

と訊いた。

「これとは、なんじゃ」

彦右衛門も尋ねたが、拓馬は曖昧な表情をするだけで何も答えず、煤を洗い落とすために風呂場の方へ向かうのであった。

家族一同はその姿を目で追いながら、呆れ果てて溜息をついていた。

六

その翌日、彦右衛門の下城を待って、嫁に出ている次女の弥生と三女の皐月、八女のかんな以外の総勢十二人が、座敷に一堂に会していた。上座に就いた彦右衛門は、い

つになく陰鬱とした面差しで、

「――実に困った……」

と深い溜息混じりの声を洩《も》らした。

妻の千鶴を始め女たちは心配そうに見やっていたが、三人の息子はそれぞれ思い当たる節があるのか、覚悟した顔つきだった。

「ふむ……どうしたものかのう……」

どんよりと曇った彦右衛門の声が、天井に吸い込まれるように響くと、

「父上。覚悟が出来ております。阿部様からは、海岸防禦御用掛を仰せつかったのですね。大久保家存続のためならば、いたしかたありますまい」

「仰せつかったというよりも命令だ。のう、水奈……」

彦右衛門が声をかけると、一同は水奈を振り向いた。婿になる佐伯虎之助から聞いているのであろう、やはり覚悟を決めたように頷いて、

「佐伯家はすぐに承諾致し、直ちに海防掛として出仕することになりました」

「うむ。しかも、何処に飛ばされるか分からぬ。最も近くても浦賀、さらには伊豆《いず》か上総《かずさ》……天領《てんりょう》は諸国の僻地《へきち》まで及んでいるゆえ、蝦夷《えぞ》、佐渡《さど》、隠岐《おき》などに送られるやもしれぬ」

と彦右衛門は暗澹《あんたん》たる表情になった。

「虎之助が何処へ行かされるかは分からぬが、水奈……おまえは嫁になる身として覚悟ができておるのであろうな」

「はい。私は一緒になると決意していますから、地獄の底までついていきます」

「地獄とな……異国と戦になれば、まさに生き地獄になるやもしれぬ」

彦右衛門の言葉に、「戦になるのですか」と誰かの口から洩れ、少し不穏な空気が流れた。龍太郎はすぐに否定し、

「直ちになるわけではない。戦にならぬよう万全を尽くすのが、我ら旗本の務めだ。しかし、相手のあることだ。清国《しんこく》などを見ていても分かるとおり、西欧列国は虎視《こし》眈々《たんたん》と日本を狙っておる。この鎖国の中でも、金銀を放出してきたことを、奴らは承知しておる。いまだに〝黄金の島〟と思っているのだ」

「もはや佐渡も石見《いわみ》も枯渇《こかつ》しているというのに……」

拓馬がポツリと言った。まだ煤けた黒い顔を彦右衛門は見やって、

「御老中には、おまえを推挙《すいきょ》しておいた」

と申し訳なさそうに言った。

「えっ……？」

「儂はもう年ゆえ、僻地には行けぬ。それに書院番として上様のお側におらねばならぬ。もし儂に何かあったときには、龍太郎がすぐに出向かねばならぬ。それに妻の香織はいつ懐妊《かいにん》してもおかしくなく、江戸から離れさせるのは辛い」

「…………」

「猪三郎はまだ頼りないくらいに若く、それに綾音と結納《ゆいのう》が調ったばかりだ。祝言はこれからだし、異境の地に送るわけには参らぬ。よって、拓馬……おまえに海防掛の任に就いて貰うしかないのだ」

その役目がまるで刑罰ででもあるかのように、彦右衛門は憐《あわ》れみを帯びた目になった。拓馬は黙って聞いていたが、

「つまりは、私が除《の》け者《もの》だということですね」

「誰もそんなことは……」

「言っております。姉上たちの顔もそう語ってます」

誰も否定しなかった。拓馬は兄弟たちの顔を見廻しながら、

「分かりました。やはり私は河原から拾われてきたのですね。そういえば、盥《たらい》に乗せられて流れてきたとも聞いたことがあります」

と千鶴を見やった。

「馬鹿なことを言わないで、拓馬……」

「冗談です。真に受けないで下さい。前々から、私は覚悟ができておりました。万が一、異国と戦になったときのために、私は研究研磨《けんま》してきたのです」

拓馬はむしろ笑顔で、自分の煤けた顔を指した。

「なに……？」

彦右衛門が訝しげな目を向けると、拓馬はなぜか嬉しそうに、

「父上。今こそ、ぐうたら息子の私が役に立てそうです。兄上や虎之助殿のように、四書五経《ししょごきょう》などの学問は苦手でしたが、物作りにはいささか興味がありました」

と言うと、龍太郎が首を振った。

「いいや。こやつ、算学だけは誰にも負けませなんだ。学問所の習い事などには歯牙《しが》にもかけず、朱世傑《しゅせいけつ》の『算学啓蒙』から始まって、自ら関孝和《せきたかかず》の算学をよく学び、円理法から『解伏題之法《かいふくだいのほう》』や中根元圭《なかねげんけい》の『律原発揮《りつげんはっき》』や『律呂正義《りつりょせいぎ》』なども深く理解するようになった。それには学問所の安藤《あんどう》先生も目を丸くしていた」

「よく分かりませんが、そんなに凄《すご》いものなのですか……」

文江と葉月が双子らしく、同時に同じことを問いかけた。すると、彦右衛門はふたりに微笑み返して、

「おまえたちは小さいときから、本当に同じ事を同時に言うよな。双子とは不思議だな。そういえば、お腹が痛くなるのも、風邪をひくときもいつも一緒だった」

と言うと、和《なご》んだように他の兄弟たちも笑った。

「まあ、おまえたちには難し過ぎるし、きっと猪三郎は苦手であろう。俺も勘弁してくれと言いたいが、計算術に優れているだけではなく、勾股弦《こうこげん》の定理というのかな、数式や図形の本質までも極《きわ》めておるゆえ、複雑なカラクリ作りに役立っているのだろう」

事実、関孝和の算学は、西欧のニュートンやライプニッツに先駆けて、微積分や高次式方程式を〝発見〟し、ホーナーより一世紀も前に近似法を確立していた。幕末の知性である。龍太郎も長崎に留学したことがあり、西欧の算学を目の当たりにしたが、

——なんだ。これくらいのことは知っている。

と思った程《ほど》だった。数字と甲乙丙《こうおつへい》などの表記の違いはあるが、本質は龍太郎ですら日本の算学で熟知していたことだった。この国は西洋列国には負けていないと思っていた。

だが、日本の船は相変わらずの帆船と内海用の漕《こ》ぎ船に過ぎないから、噂に聞く蒸気機関で動く鉄の船など想像ができなかった。ゆえに、自分の目で確かめるため海防

馬である。

掛として出向きたいという思いが、龍太郎にはあった。しかし、彦右衛門の指名は拓馬である。

「さようか、拓馬。快く引き受けてくれるか」

「はい。我が大久保家のためならば、如何なる危《あや》うい地でも参りましょう」

拓馬が少しばかり皮肉を込めて言うと、龍太郎の方が進み出て、

「父上。この際、俺が出向きましょう」

「おまえが……いや、それは……」

「いえ、いずれ阿部様は俺を指名してくると思いますよ」

「何故だ」

「先日、お目にかかったとき、私にもその役を振ってきたのです。理由は簡単です。何らかの失策をさせて、大久保家を潰す……とまではいかなくても、〝天下のご意見番〟としては引っ込ませたい意図が見え隠れしていました」

「ふむ……奴の考えそうなことだ」

彦右衛門が忌々《いまいま》しげな顔になると、龍太郎の方が諭《さと》すように、

「父上、仮にも老中首座の御仁を、奴などと呼んではなりませぬ。たとえ私邸であっても……普段の言動は思わぬところで、出てしまいますからな」

「おまえに説教されるとは情けない」

と言いながらも彦右衛門は頼もしそうに見ながら、

「ならば、なんとする。おまえが海防掛になって、何処か遠くに行くと申すか」

「いえ、父上。やはり私が参ります」

拓馬も意地になったように言った。屋敷で引き籠もっていては、佐伯虎之助と同じだから、自分が出ていくというのだ。

「そうよのう……」

迷ったような顔になった彦右衛門は、一同を見廻しながら、

「此度、大久保家から海防掛を出さねばならなくなったのは、水奈には言いにくいが、佐伯家に助け船を出したからだ」

「父上……」

水奈は不安そうな表情に変わって何か言おうとしたが、彦右衛門は止めて、

「おまえのせいではない。気に病《や》むな。儂も龍太郎も、古い付き合いの佐伯を改易にするわけにはいかなかったのだ」

「…………」

「しかも、主水亮殿は罠に嵌《は》められたことは明らか。なんとしても真相を晒《さら》して、御

家存続が叶うようにしたいのだが……阿部様は、うちと佐伯家を海防掛に押しやって、勘定奉行の岩橋侍従亮の悪事は頬被《ほおかむ》りするつもりやもしれぬ」

「悪事……それはどういう……」

千鶴が不穏なことを察《さっ》すると、水奈や他の娘たちも前のめりになって、心配そうに彦右衛門を見やった。ふつうの武家ならば、女は首を突っ込まない。大久保家とて、それは同じだ。表と奥の分別はある。

だが、イザ御家の存亡に関わるときには、〝家族全員〟に物事を諮るのが、大久保家の家風であった。それは家訓の中にも示されていることだ。

そのせいか、大久保家の女たちは何事かあると、打ち揃って長刀《なぎなた》や弓などの武具を揃え、屋敷内で待機することがある。単なる格好付けではなく、もし攻撃されるようなことがあれば、籠城して戦う覚悟があった。そのような血腥《ちなまぐさ》いことは、これまで一度しかなかったそうだが、いわば家風であった。

彦右衛門はそのことが脳裏《のうり》に浮かんだが、

「千鶴……言うておくが、戦支度はしなくてもよいぞ」

「どうしてでございます」

「評定所にて、佐伯主水亮と岩橋侍従亮を直に対決させ、真相を詳《つまび》らかにすることになっておるからだ。その際に、我が大久保家が仲裁役として赴《おもむ》くのだが……」

そこで言葉を止めた彦右衛門を、千鶴たちは食い入るように見た。

「だが、知らぬ存ぜぬを決め込む奴でな……いつぞやなど、公金を高利貸しに融通して、それで出た利子で儲《もう》けていた疑いが出た。その高利貸しとは何度も芸者遊びなどをしていたが、『会ったこともない。まったく覚えていない』の一点張りでな。高利貸しの方は白状したのだが、それでも『知らぬ。誰かと間違うておるか、別の何者かを庇っておるのであろう』と言い通した恥知らずじゃ」

彦右衛門が逸話を伝えると、千鶴はわずかだが感情を露わにして、

「そんなことが通じるのですか」

と訊き返した。

「終《しま》いには、あくどい高利貸しと勘定奉行の自分のどっちを信じるのだと居直る始末。確たる証拠もなく、高利貸しも自害したから、すべてはうやむやになった……そんな輩《やから》だからこそ、佐伯殿も調べていたのであろう」

「ならば、キチンと始末をつけなければなりませぬね」

「えっ……?」

「殿の気持ちはよく分かります。私とて、水奈の嫁ぎ先の当主が、さような人の奸計《かんけい》

に嵌められていたと聞いて黙っているわけには参りませぬ」

毅然と千鶴が言うと、猪三郎が微笑して、

「出ましたね。母上の黙っているわけには参りませぬ、が」

と言うと、他の兄弟の面々も同様に身を乗り出して、なんとしても真相を暴き出し、悪事を働いた者にはそれなりの制裁を受けさせなければならないと口々に言った。

「まさにそれこそが、天下のご意見番。君主の愚行を諫めてきた大久保家ならば、獅子身中の虫たる家臣を懲らしめねばなりますまい」

海防掛として、龍太郎と拓馬のどちらが出向くかという話し合いが、とんでもない方に転がっていった。だが、一族郎党としては、隣人である佐伯家が危難に陥っているのを、黙って見ているわけにはいかない。そんな感情の方に傾いていった。

七

武家同士の祝言は、大名同士のみならず、旗本同士であっても当然、公儀の許しが必要である。両家は老中に伺いを立てて、〝御礼勤め〟といって老中のところを廻り、結納のときには両家から使者を出して、婚礼の日取りなどを御用番の老中に願い出る。

その上で、〝婚礼日限相極《こんれいひぎりあいきわめ》〟という切紙が老中から出されて、ようやく婚儀が許される。婚礼が済めば老中に報告をし、御進物《ごしんもつ》を渡さなければならない。

婚礼の際には、両家の縁組を取り持つ仲人役が必要である。お互い親交のある旗本など、しかるべき立場の者が、老中からの指名で媒酌《ばいしゃく》をする。かように武家諸法度に従って執り行われるのは、やはり〝縁をもって党を為すのを禁ずる〟ためだった。つまり、幕府に対して謀反《むほん》を起こさせないための対策である。

幕末に近い嘉永《かえい》の治世にあっては、〝引取届《ひきとりとどけ》〟という簡素な届けで済むこともあった。旗本とはいえ暮らし向きが厳しく、華美な婚礼をすることができず内々で済ませることも多くなっていた。

とはいえ、〝天下のご意見番〟の家柄ゆえ、しかも此度は危うく改易になりそうなところを、老中首座の阿部正之の計らいもあって、海防掛となった佐伯家との縁談である。一応はまだ勘定方である佐伯主水亮の上役である勘定奉行・岩橋侍徒亮に仲人役を頼んだのだ。

岩橋は自ら若輩者だということで、一度は断ったものの、相手は大久保家であるし、阿部の強い勧めもあって、渋々受けざるを得なかった。

昔に比べれば婚儀は簡素になったとはいえ、花嫁を送り出す御家は三日三晩、親族一党で飲み明かし、婿の家に送り出す。迎えた婿の側も三日三晩、宴席を行うから大変な騒ぎである。もっとも、異国船が日本近海に現れているという御時世であるから、もう少し簡単に済ませていた。

嫁ぎ先に送り出す日――。

大久保家の玄関では、金屏風《きんびょうぶ》の前に花嫁姿の水奈が、まったく別人のように物静かに座っていた。綿帽子《わたぼうし》に白打掛、白小袖の姿である。白小袖は〝太白《たいはく》〟という極限の白という意味合いだが、淡い青みを帯びて実に綺麗だった。打掛は紅絹裏《もみうら》という吉事を表した鮮《あざ》やかな赤である。

「馬子にも衣装というが、まさしく」

彦右衛門はお転婆《てんば》な水奈の淑《しと》やかな姿を見てからかいながらも、花嫁に父の心境に浸《ひた》っていた。すでに三人の娘を送り出しているにも拘《かか》わらず、胸が詰まっている様子だった。

昨夜は大久保家の親族が集まって、嫁に出す儀式と宴を行ったが、水奈にはまったく疲れた様子はない。

古来、日の出とともに、婿の家中の者が迎えに来て、嫁を馬に乗せて家まで曳《ひ》いていくという儀式があった。旗本ならば当然である。だが、同じ町内でもあるし、駕籠《かご》にて運ぶことにしていた。

まだ夜が開ける前から、佐伯家の家来らが門前で待っていた。大久保家の中間が門を開けると、淡い朝焼けが微《かす》かに広がる中、佐伯家の家臣が朗々とした声で、

「水奈様。佐伯家より、お迎えに参じました。御祝言の儀、万端整いましたので、どうぞご一緒にお越し下さいませえ」

と言った。

すると、水奈は見送りに玄関にいる彦右衛門と千鶴を振り返らずに、

「長い間、御世話になりました。今日より、嫁ぎ先の佐伯家に入りますが、どうぞ末永くお達者でお過ごし下さいまし」

と、やはり明瞭《めいりょう》な声で言った。振り返らないのは、実家には戻らないという決意の表れである。

「幸せになりなさい。三国一の花嫁と呼ばれるようになるのですよ」

千鶴が声をかける。この先、幾多《いくた》の苦労があるかもしれぬとの思いで、親が送り出す儀式である。我が娘が出ていく光景には、二親は涙を流すものだが、近所であるし、今の時代は何かあれば実家に帰ってくるから、彦右衛門も千鶴も笑って送り出した。

二町程の道を花嫁の行列が続くが、それには大久保家の人びとも随行《ずいこう》した。相手方

に招かれれば、一緒に行って親戚となる結びの祝い杯《さかずき》を交《か》わすのである。

送り出したばかりの花嫁の行列の後を、彦右衛門と千鶴を始め兄弟たちが、ぞろぞろとついていく。

すっかりと晴れやかに朝日が昇った頃には、花嫁は駿河台の武家屋敷が広がる通りから緩やかな坂道を少し登り、神田川が望める一角に来た。目の前の屋敷の門前には煌々《こうこう》と松明《たいまつ》を焚《た》いて、出迎えの佐伯家の家臣たちが並んでいた。

花嫁の駕籠が近づくと、門前脇に立っていた羽織袴《はかま》姿の能楽師が、〝待謡《まちうたい》〟の『高《たか》砂《さご》』の謡を始めた。高砂神社の相生《あいおい》の松にちなんだ夫婦愛と長寿を寿《ことほ》ぐ能である。

――高砂や、この浦舟に帆を上げて、この浦舟に帆を上げて、月もろともに〝入り汐〟の、波の淡路の島影や、〝近く〟鳴尾の沖過ぎて、はや住吉《すみのえ》に着きにけり、はや住吉に着きにけり……。

朗々と謡う能楽師の声は近在の屋敷の屋根を越えて、江戸中に響き渡るようであった。謡曲が繰り返される中、花嫁の駕籠は門を潜《くぐ》り屋敷内に入った。玄関の上がり框《がまち》の奥には、米俵が三つ飾られている。

長い廊下を経て奥座敷に入ろうとすると、朝日を受けて消えかかっている三日月が西の空に浮かんでいるのが見えた。

「――月立ちて、ただ三日月の眉根掻《か》き、日長く恋ひし、君に逢へるかも」

万葉集の坂上《さかのうえの》郎女《いらつめ》の歌が、水奈の赤い唇から零《こぼ》れた。

三日月が新しく生まれ出てくる時のような、私の眉を掻いたからなのか。長年恋慕《こいした》っていた貴方《あなた》に、お逢いすることができた、という思いが、花嫁化粧をした水奈の気持ちと重なったのであろうか。誰にも聞こえないように呟《つぶや》いて、水奈は幸せそうに笑った。

奥座敷に入ると、やはり金屏風の前で花婿が座っている。俯《うつむ》き加減ではあるが、真剣なまなざしで待ち受けていた。

部屋に入った瞬間、水奈の顔が「えっ!?」と硬直した。

水奈は信じられないという表情になって立ち止まり、思わず目を擦《こす》った。その仕草が来客たちには異様に感じられるほどだった。水奈は何度も瞬《まばた》きをして、花婿の顔を見つめた。紋付き羽織袴姿の花婿の顔に、水奈は何度も繰り返し視線を送っている。

媒酌人として立ち会っている岩橋侍従亮も、不自然に感じたのか、

――妙だな……。

という顔で花嫁を見ていた。

花婿の方は、花嫁を振り向いて見ようともせず瞼《まぶた》を閉じたままである。

水奈はゆっくりと少し間を置いて、花婿の横に座らされた。水奈は横を向きたいが、数十人ほどの来客の手前、伏し目がちにしていた。それが恥じらっているようにも見える。

能楽師たちは今度は、『四海波《しかいなみ》』を謡い始めた。

――四海波静かにて、国も治まる時つ風、枝を鳴らさぬ御代《みよ》なれや、あいに相生の、松こそめでたかりけれ。げにや仰ぎても、事もおろかやかかる代に、住める民とて豊かなる、君の恵みぞありがたき、君の恵みぞありがたき……。

天下泰平で民が暮らせるのは、帝《みかど》の政事《まつりごと》が素晴らしいからだという意味だが、夫婦が揃ったときに詠じられる寿ぎの歌として、古来より繰り返されてきたものだ。旗本としては、徳川家と幕府の安泰を祈念する意味合いもあった。

数人の能楽師の清涼でありながら荘厳な謡に、夫婦になるふたりだけではなく、臨席した人たちも胸打たれるものがあった。

媒酌人の岩橋が三三九度の杯の儀式をしようとしたとき、グウウッと花嫁の腹が鳴った。水奈の首筋が紅色に染まり、指先が震えるのが誰の目にも明らかだった。すると、末席に座っていた彦右衛門が、

「無理もない。水奈はずっと飲み食いもせずに夜通し、座っておったからのう」

と助け船を出した。だが、さらに腹の虫が鳴ったとき、誤魔化すように花婿の方に向き直って、いつもの張りのある声で、

「あなた。誰ですか」

と水奈は相手の顔を覗き込み、

「虎之助様ではありません。これは、一体、どういうことでしょうか。まさか座興ということではないですよね」

意外な水奈の言葉に、岩橋は元より、来客たちも唖然と見やった。

花婿は黙って俯いたままである。出不精の引き籠もりとは聞いていたが、まさか祝言の席にまで出てこないことはありえまいと誰もが思った。

岩橋も少し驚いて、改めて花婿を見たが、そもそも会ったことはない。もちろん顔も知らない。老中の命令で役儀として赴いてきただけである。一体どういうことかと、岩橋の方が訊きたくなった。

するど、佐伯主水亮がおもむろに立ち上がり、

「御一党様には申し訳ありません。万端整えて今日が婚礼の日取りとして、皆様に来て貰いましたのに、実は……」

と額に滲《にじ》んだ冷や汗を拭《ぬぐ》う仕草をして、

「実は、つい先刻、虎之助は急に、評定所より呼び出されたのでございます」

「ええ……!?」

誰より大きな声で驚いたのは岩橋だった。佐伯は深々と頭を下げて、

「折角《せっかく》、万端整えておいたのに、改めて、皆様に集まってくれとは言えませぬので、祝言の儀式と宴だけでも挙げようと思いまして、大変、申し訳ありません」

来客たちはざわめいたが、彦右衛門は黙って見守っていた。花嫁姿の水奈は不安げな表情のままだったが、何か考えがあってのことであろうと察したように小さく目顔で頷いた。

だが、承服できない岩橋は苛《いら》ついたように扇子で床を叩き、

「かような時に評定所とは……それならそうと媒酌人の儂に話してもよかろうものを。一体、何があったというのだ」

と責めたが、佐伯は言葉に窮した。

「さあ、どういうことか話すがよい。勘定奉行の儂も評定所の役人なるぞ」

「それが……」

「言えぬというのか、佐伯ッ」

「評定所の役人でもある岩橋様に、他の町奉行や寺社奉行らは何も伝えてないのです

か」

「知らぬ。さあ、どういうことだ」

さらに訊く岩橋に、佐伯は申し訳なさそうにもう一度、頭を下げて、

「実は……あなた様の所行について、どうしても調べたいことがあると、評定所から呼び出されました。私どもに疑いが向けられた公金の流れについてです」

「な、なんと……！」

岩橋は事の次第を察したかのように、腰を浮かせたが、来客の目が集まったので座り直した。そして、深い溜息をつくと、

「――では、この祝言はなしということだな」

「いいえ。岩橋様は媒酌人として……」

「黙れ。佐伯……おまえは儂をよくもたばかったな」

「えっ……」

「儂を強引に媒酌人としてこの場に連れてきて、その隙に儂のことを評定所にて暴くつもりであったのであろう」

「暴く……何をでございます」

「惚《とぼ》けずともよい。おまえは前々から、儂が公金を横領したと疑っていたようだが、

さようなことはしておらぬ。儂の何が気に食わなくて、陥れようとしているのか知らぬが、片腹痛いわい」

「とんでもございませぬ。倅は本当に、今一度、自らが調べたことを正直に話しに出向いただけでございます。我が佐伯家は御家取り潰しにされるようなことはしていないと」

切実な顔で佐伯は訴えたが、岩橋は腹に据えかねたように、

「もうよい。帰るッ」

と立ち上がった。その前に座り直して、

「ならば、せめて、この場で私の無実を正直に話して下さいませ」

「なに……？」

「私は十両を着服などしておりませぬ。岩橋様が一番、ご存知のはずでございます」

「！……」

「友田は元々、正直な男です。勘定所を辞めてでも、本当のことを評定所にて話すと覚悟をしております。しかし、それでは岩橋様の顔が立ちませぬ。それゆえ……」

佐伯は必死に頭を畳につけて、

「御自らの進退をご決断下さいませ。さすれば、岩橋の御家だけは存続させると阿部

様も申しております」

「………」

「倅の虎之助は引き籠もりがちですが、数理には長《た》けております。それゆえ本来ならば、勘定方として、その才を遺憾《いかん》なく発揮《はっき》できるはず。海防掛などは到底無理でございますから、引き続き勘定奉行のもとで働くことができますれば幸甚《こうじん》に存じます」

「──何を勝手なことを、いけしゃあしゃあと……」

「友田は他の勘定組頭らと相談の上、裏帳簿をすべて評定所に出しております」

「裏帳簿……」

「そうです。岩橋様が何年かかけて抜いた三千両を誤魔化すための帳簿です。勘定所に保管されていたものです」

「出鱈目を申すな。そんな所にあるはずがない。あれは……！」

と言いかけて岩橋は口を閉ざした。その言葉尻を捕らえて、今度は彦右衛門が「よっこらしょ」と立ち上がりながらニンマリと笑いかけた。

「あれはなんでございましょうや。勘定所に置いてないと言いたいのですね。今頃は、岩橋様のお屋敷にも評定所役人が出向いて、家探しをしているはずです。御家中にも、心根の真っ直《ま》ぐ《す》な者がいるようですな、ははは」

苦々しく彦右衛門を睨《にら》みつけながら、

「――大久保……おまえがやりそうなことだ。儂を嵌めたつもりであろうが、かような茶番に付き合うほど暇ではない。帰る！」

「屋敷を検められると、お困りのようですな」

「黙れ。後で吠《ほ》え面《づら》かくなよ」

「勘定奉行の中には刻苦勉励の末、その地位になられた御仁もおります。貧しい御家人から頑張って、人々のために尽力しておられます。出世をするのは金儲けのためではなく、世の中をよくするためだと、うちにはご先祖から伝わっております」

「………」

「岩橋家も同じだと思います。これから御家を継がれるご子息らのためにも、正直になされるのが一番かと存じます」

物静かだが、彦右衛門は頑固者らしく毅然と申し述べた。だが、説教臭い物言いが、岩橋の気分を害したのか、「黙れ！」とだけ怒鳴りつけて立ち去ろうとした。

そのとき、来客の中から、礼装の羽織袴姿のふたりの男が立ち上がり、

「お待ち下され、岩橋様……」

と声をかけた。

振り向いた岩橋には見覚えがある顔だったのか、俄に表情が強張《こわば》った。

「今しがたおっしゃられた『そんな所にあるはずがない裏帳簿』について、お聞かせ願えますか。宜しいですな」

「おぬしたちは……」

「ご存知のとおり目付配下の者です。大久保様がおっしゃったとおり、他の者が家探しをしておりますので、間もなく明らかになることかと存じまする」

丁寧《ていねい》な言い草だが、もはや何を言っても無駄だとばかりに鋭い目を向けたふたりに、岩橋は憤懣《ふんまん》やるかたない顔で、

「おまえたちも、覚えておれよ」

と負け惜しみを言った。大勢が見守る中で、岩橋は目付配下たちと共に立ち去った。入れ替わりに、虎之助が奥から入ってきた。

一同は不思議そうに見やったが、すぐさま彦右衛門が誤魔化して取りなすように、

「おお。花婿殿が帰ってきた。首尾《しゅび》良くいきましたかな」

と声をかけた。

岩橋に〝失言〟させるための一芝居だったと、大久保家の親族たちは納得したように見ていた。来客たちは唖然としていたが、花婿花嫁が揃ったところで、急遽《きゅうきょ》、他

の旗本が媒酌人となって三三九度が交わされ、恙なく宴が始まるのであった。

だが、この佐伯家との婚儀が、大久保家にとって迷惑千万な事態に陥ることになるとは、彦右衛門といえども知る由もなかった。

とまれ、佐伯主水亮は隠居し、当主となった虎之助は勘定方ではなく海防掛となったが、遠国に出向くのではなく、在府での出仕となった。その代わり、大久保家の跡取りである龍太郎は、浦賀に出向くことになったのである。

新時代への風は、大きく吹き荒れてきた。

第二話　情けは人のため

一

　大久保家の中間頭《ちゅうげんがしら》に、佐助《さすけ》という男がいる。熊のような大男で、腹一杯飯を食いたいという必死の思いだけで、たまさか通りかかった彦右衛門の行列の前で土下座をして奉公を頼み込んだのが、もう十数年前のことだ。

　本人は「先祖は、かの魚屋の一心太助《いっしんたすけ》だ」と話しているが、その真偽は分からない。ご先祖の大久保彦左衛門が書き残した『三河物語』には登場しないが、一心太助は義理人情に厚く、忠誠心の篤い中間だったと思われる。

「そうよ。一心太助てなあ、この腕に〝一心如鏡《いっしんにょきょう》一心白道《いっしんびゃくどう》〟ていう彫り物があったからなんだ。俺の腕にも、ほら見てみな」

佐助は手下の中間たちに、関取のような太い腕を見せびらかした。

だが、中間長屋に集まって朝餉《あさげ》を食っている中間たちは「また言ってらあ」と見向きもしない。一心鏡の如し、極楽浄土へ続く道だと佐助は説明したが、「それがなんだ」とばかりに無視している。彦右衛門からは可愛《かわい》がられているが、どうやら中間たちからは今ひとつ慕われていないようだ。

「聞いてるのか、おい」

野太い声を数人の中間に浴びせると、若い権吉《ごんきち》と寛平《かんぺい》というのが同時に、「耳にタコですよ」と返した。それが気に入らない佐助は、さらに自慢話をしようとすると、権吉が続けて、

「はいはい。一心太助は元は大久保家の草履取りに過ぎなかったけれど、数々の手柄を立てて、可哀想《かわいそう》な人たちを助けたり、誰かの無実を晴らしたりして、それが縁で小田原町かどこかの魚屋の娘と一緒になったんでしたよね。はいはい、よく分かってます」

「――ならいいんだ。目の前の一尾の魚に感謝して、今日も精一杯生きろ」

「説教はいいから、佐助さんもそろそろ嫁でも貰《もら》った方がいいんじゃないですか。男やもめに蛆《うじ》が湧くってね、四十過ぎてだらだら暮らしているから、若い俺たちにくど

くど年寄りみたいに言うんですよ」

今度は寛平が嫌みたらしく言った。茶碗を置いて思わず腕を振り上げた佐助を、若い中間たちはビクリともせず見ている。絶対に殴らないことを知っているからだ。

「おまえたち……俺が本気で怒らないことを知ってるから、なめてるんだろうが、人は虫の居所が悪い時があるんだ」

「腹の虫が鳴いてますよ、佐助さん。早く食わないと、お櫃《ひつ》の中の飯、ぜんぶ俺たちがたいらげちまいますぜ」

寛平は飄々《ひょうひょう》としたひょっとこみたいな顔を向けた。その横では、いかつい面構えの権吉もクスクスと笑っているが、却《かえ》って不気味にすら感じる。他の中間たちも、まったく無防備で飯を食べ、味噌汁を啜《すす》っていた。

すると、佐助は立ち上がり様、目の前の権吉と寛平の膳をほとんど同時に蹴飛ばした。膳台は吹っ飛んで壁に当たって、茶碗などは粉砕された。

「なにするんでえッ」

思わず立ちあがった権吉と寛平は今にも摑《つか》みかからんとする勢いで、佐助を見上げた。その面構えは、ならず者のようだ。

「てめえ、分かってんのか。龍太郎様は単身、浦賀まで行かされて、海防掛って辛い職務をやってるんだ。そんな体《てい》たらくで、恥ずかしいとは思わねえのか」

「――なんだよ、いきなり……」

「性根を叩き直してやるから、かかってきやがれ」

佐助は権吉に頭突きをかますと同時に、寛平には平手を食らわした。ふたりは一瞬にして吹っ飛んだが、さらに凶悪な顔になると立ちあがって、同時に佐助に組みついた。だが、佐助にとっては子供も同然で、膝蹴りや拳骨を見舞って、あっさりと倒してしまった。

他の中間たちは部屋の片隅に移り、驚愕《きょうがく》して立ち尽くしている。佐助は一歩二歩とまさに熊のように近づきながら、

「おめえらもこうなりてえか。人を舐《な》めた真似をすると遠慮しねえぞ、こら」

「いえ、俺たちは……」

中間のひとりが手を振りながら、逆らわないと言った。

「いいか。おめえらは大久保家に拾われなきゃ、ただの人間のクズでしかなかったんだ。お武家の中間でいられるだけ幸せだと思わねえのか。三度の飯を食えるのは誰のお陰だ。言ってみろ」

「大久保家の御当主……彦右衛門様です」

「その彦右衛門様の一の子分は、この俺だ。武士は主君に忠誠を誓ってなんぼだ。武士に雇われてるおめえらも同じだ。俺に楯突《たてつ》くってことは、主君を蔑《ないがし》ろにしてるも同然だ。分かってんのか、このやろう」

中間は士分ではないが、俸給を貰っているからには、主君に忠誠する〝義務〟はある。佐助はその気持ちを叩き込んでいたのだ。

彦右衛門は縁故関係で雇うのではなく、誰もが相手にしないような輩《やから》を好んで中間にしていた。食《く》い扶持《ぶち》がなくて悪さをする奴らだからこそ、救ってやりたいという思いやりである。目に余る者を連れて来ることもあったから、家人は「何かあったら困る」と迷惑していた。

しかも金がかかる。千石の旗本とはいえ、知行地からの実収入は三百五十両から四百両だ。家禄に応じて定められた家臣は必要なので、減らすわけにはいかない。

つまりは旗本には軍役があるのだ。低禄の家でも、公式な外出には家来を連れていく決まりがある。むろん、家格以上に人数を揃えることもあった。その分、出費が嵩《かさ》む。家来の食い物はもとより着物や飲み代、屋敷外に住まわせれば店賃《たなちん》もかかる。

そういうのをすべて引き受けてでも、彦右衛門には、「駄目な奴を救いたい」という思いがあって、中間を増やしていた。これもまた先祖伝来の家訓にあるからだ。

三千石以上の旗本になれば、家老や年寄などを置いて、側用人《そばようにん》、奥用人などの主立った家臣の他に家士、番頭、給人、物頭、取次《とりつぎ》、小姓、徒歩《かち》、足軽、中間など様々な家来が百人余り必要で、八千石ともなれば、二百人は下らない。

大久保家にあっても、家来は用人の檜垣左馬之助を筆頭に、三十人ほどいる。もちろん軍役の人数を揃える意味もあるが、中間はいわば〝非戦闘員〟だから、食わせるだけ損とも言える。それでも、彦右衛門は先のある若者を抱え込んで、人として生きる素養と術《すべ》を学ばせていたのだ。

「いいか、てめえら。俺の言葉は彦右衛門様の言葉と思え」

これも頻繁に佐助が言っていたことだが、虎の威を借る狐としか、若い中間らは思っていなかった。ましてや、あれこれ命令されるのが嫌いな連中だから、余計に逆らいたくなるのであろう。

「なんだ、その面《つら》は……権吉、寛平。おめえらは神田川までいって、厨《くりや》にある水桶一杯に水を汲《く》んでこい」

「えっ。屋敷には水道《すいどう》が流れてるじゃねえですか……」

「うるせえやい。楽して只《ただ》で水を飲む根性からして直さなきゃならねえ。水がなきゃ米も炊けねえし、てめえらの褌《ふんどし》も汚ねえままだぞ。四の五の言わねえで言われたとおりにしやがれ」

乱暴な口調で命じた佐助も言い出したら聞かない気質であることは、権吉たちも承知している。これ以上、殴り飛ばされるのは御免だし、権吉と寛平は渋々と水汲みに出かけるしかなかった。

「――まったくよ……いつも偉そうに……」

権吉は悔しそうに仕返ししてやると言ったが、寛平の方はこれ以上逆らわない方が身のためだと諭した。

「でねえと、俺たちまたあんな肥だめみたいな所で暮らさなきゃならねえんだぜ。旦那様や娘さんたちの手伝いをするだけで、三度の飯にありついて、雨風凌《しの》げるんだから幸せじゃねえか、なあ」

「ふん……今に見てろっつんだ」

「不忠義なことを考えるなよ、権吉……」

「うるせえやい」

そんな話をしているうちに、神田川の崖の上にある雑木林に来た。河畔に湧き水の井戸があったため、〝お茶の水〟と呼ばれている。が、享保年間の川幅の拡張で井戸は川底に埋没してしまった。

今や井《い》の頭《かしら》の湧き水が神田上水の源で、江戸市中の水道の水として使われているのである。江戸っ子が「水道《すいど》の水の産湯に浸《つ》かり」と自慢をするが、元を辿《たど》れば江戸から四里余り離れている武蔵野《むさしの》の水である。

「考えてみりゃ、江戸って町は百万の人間がうじゃうじゃいるが、関八州《かんはっしゅう》から運ばれる米や野菜を食い、諸国から送られてくる材木や竹で家を作り、絹や木綿などで着物をこさえ、酒や醤油だって余所《よそ》から買う。江戸前や大川の魚じゃ足りねえから、上総や相模から仕入れてよ……俺たちゃ楽して食って寝てばかりいるような気がするなあ」

しみじみと寛平が言うと、権吉は「それがどうした」という顔で、

「どうでもいいから、さっさと水を汲んできやがれ」

と命じた。

「俺だけでかい。無理だよ、こんな急な崖を降りて運んでくるなんて」

「忠義心が足りねえじゃないか。俺がここで待っててやるから、さあ行ってこい」

水桶から手を離して、権吉は道端の石に腰掛けると煙管《キセル》を取り出して銜《くわ》えた。その時、雑木林が途切れた所に、一軒の店がポツンとあるのが見えた。

「あんな所に店があったっけな……」

と権吉が声をかけると、寛平は頷《うなず》いて微笑《ほほえ》ながら、

「酒屋だ。この駿河台は武家屋敷が多いから、けっこう繁盛してるらしいぜ」

「そうなのか」

「ああ。客は決まって何処《どこ》かの御家来衆か俺たちみてえな中間ばかり。狙いは、あの若後家さんだって噂だ。ほら、噂をすれば……」

寛平が指さしたのは、地味な着物に前掛け姿の女だった。年増《としま》というには若々しく、まだ二十代半ばだろうか。化粧っけはないが、色が白くて艶のある肌は、陽光に美しく燦《きら》めいていた。

一瞬にして、権吉の顔が好色な感じで歪《ゆが》み、迷うことなく若後家に向かって、ズンズンと歩いていった。

「おい。水汲みはどうするんだよ」

呼び止める寛平に、「おまえがやっとけと言っただろうが」と背中で言って、権吉は迷うことなく、若後家に近づいていった。

「いやあ。まさに観音様か天女様か……仙人でも落っこちそうな美人だなあ」

「いらっしゃいまし」

屈託のない笑顔で、若後家は権吉に挨拶をした。

「知らなかったよ。こんな所に……女将《おかみ》さん、名前はなんてんだい」

「お蔦《つた》と申します」

「へえ、そうかい。なんだか絡みついてきそうな良い名前だな」

「面白い御方……うふ」

笑い顔がまた男をそそるものがある。

「近くの旗本や御家人がよく買いにくるんだってな」

「はい。大久保様にもよく……」

「えっ……俺のこと知ってるのかい」

「印半纏《しるしばんてん》が〝右三つ巴下に一文字〟……大久保彦右衛門様宅の御家紋でございます。一心佐助さんもよく来て下さってます」

「なに、佐助が……いや、佐助さんが……」

権吉はわずかに嫉妬したような顔になって、お蔦の色っぽい顔をまじまじと見て、

「まさか佐助さんと、何かあるんじゃゃねえよなあ」

「残念ながら佐助さんは指一本触れようともしません。私は男の中の男と思っているんですがね。うふふ……」

何処まで本気で言っているのか分からぬ態度のお蔦だが、権吉も靡《なび》きそうだった。

「ふん。何が男の中の男だ。あいつは……ま、いいや。折角だから、ちょいと一杯、啊き酒でも戴《いただ》こうかなあ」

「宜《よろ》しいですよ。さあ、どうぞ」

店は間口二間ほどと小さくて奥行きもさほどない。酒徳利や酒樽が並んでいるだけで殺風景だが、お蔦が徳利からぐい飲みに注ぐ姿はなかなか絵になっていた。権吉は嬉しそうに一杯飲んでから、

「うわあ。こりゃ、なかなか美味《うめ》えじゃないか。灘《なだ》の下り酒かい。なんとも上品で繊細な感じがするなあ」

「嬉しいです。これは江戸の酒です」

「江戸の酒……」

「ええ。神田川の水で造ったものなんですよ。といっても、ずっと上流の武蔵は井の頭の湧き水でね。亭主の実家の酒蔵から、時々、送って貰うんですよ。新酒です」

「わはは。こりゃいいな……もう一杯、貰えるかな」

「どうぞ、どうぞ。銘柄はありませんが、義父の名の『菊茂《きくしげ》』で親しまれてます」

「ははは。実に美味い。もう一杯」

「続きはお屋敷で如何《いかが》ですか」

お蔦が微笑んだとき、権吉はアッと何かが閃《ひらめ》いて、まだ雑木林の所で立っている寛平に「おおい」と声をかけ、

「こっちへ水桶を持ってこい！　早くしろ、さっさとしろ！」

と手招きした。

寛平は面倒臭そうな顔になったが、何事かと水桶を引きずるように運んできた。

「今度はなんだ、権吉……おまえは佐助さんよりも人使いが荒いな」

「お茶の水で、水桶に汲んでこいってのは、この店の酒のことなんだよ」

「えっ。まさか……」

「そうに違いねえ。でねえと、こんな所まで水汲みなんておかしいだろうが」

「まあ、そう言われればそうだけど……」

首を傾《かし》げる寛平に構わず、権吉は今飲んだばかりの樽酒を、水桶に流し込んでくれと、お蔦に頼んだ。

「えっ……だったら、樽のまま……」

「いいんだよ。こっちに移して貰った方が飲みやすいし、とにかく頼むわ。四斗くらいになるかな、アハハ。こりゃ豪快だ」

何が楽しいのか権吉が大笑いしていると、ぶらりと武家がひとり入ってきた。目つ

きが鋭く、人相は余り良くないが、紋付き羽織姿だから、旗本の家来であろうか。いかにも偉そうな態度で、

「景気が良さそうだな、女将……」

と声をかけた。

お蔦の表情が一瞬にして曇ったが、気を取り直したように微笑んで、

「これは沢村《さわむら》様……ご無沙汰《ぶさた》しております」

「無沙汰もなにも、おまえのせいで、こっちは少しばかり痛い目に遭ったのだ。せいぜい労《いたわ》って貰うぞ」

と言ったが、物腰はまるでならず者だ。

そういう輩を見ると、ちょっかいを出したくなるのが権吉の性分のようで、

「お武家様。今、あっしら美味い酒を買ってるんで、野暮はなしにしやせんか」

「なんだと……おまえたちには関わりない。立ち去れ」

「失礼ですが、この店とはどういう……」

「うるさい。余計なことに……」

と言いかけた沢村という侍は口をつぐんだ。印半纏から大久保家の中間だと気づいたのであろう。それでも、鼻白んだ顔になるや、

「うちと揉《も》めたければ、とっとと帰って、ご主人様に言うんだな。俺は大目付配下、闕所物奉行手代《けっしょもの》の沢村賢吾《けんご》という者だ。伝えれば、彦右衛門様も知っておるだろう」

「大目付……」

さすがに権吉は息を呑んだ。寛平と一緒に急いで酒を水桶に適当な量を注ぐと、酒代は屋敷につけといてくれと言って、重くなった水桶を懸命に抱え、そそくさと立ち去った。沢村は冷ややかな目で見送っていた。

二

「そろそろ、色よい返事が欲しいのだがな」

沢村は、ふたりきりになったお蔦に迫ったが、お蔦は平身低頭で、

「もうご勘弁下さい……」

とだけ言った。

か弱いお蔦に比べると、沢村は立派な体軀《たいく》で、閻魔《えんま》のように見開いた目の力も恐いくらいであった。大目付配下であるから、江戸の地廻《じまわ》りを束ねている親分衆にも顔が利くらしく、何か事があれば、

――裏渡世の奴に始末をつけさせる。

ことをしているという噂もある。たとえ幕府の役人であっても、厄介者は闇から闇に葬るというやつだ。この手合いは、権力を笠に着て、自分の悪さを棚に上げ、弱い者を威嚇するなどタチが悪い。沢村もその類いである。

お蔦は少し震えながら首を竦《すく》め、

「あのことについては……前に何度もお断りしたはずです」

と答えると、沢村は勝手に徳利から酒をぐい飲みに注いで飲みながら、

「俺は顔を潰《つぶ》されたんだぜ。この店が、ならず者に目をつけられてるから、助けてやったのではないか。にも拘《かか》わらず、おまえは俺をならず者の仲間扱いにして、町方に訴え出やがった」

「……申し訳ありません。でも、乱暴を働いていたのは、沢村様の知り合いですよね。助ける振りをして、私をその……」

「嫁にしたいのは本当だ。ならず者とも関わりない」

「でも私は亭主に死なれましたが、まだ弥七《やしち》の女房です。何方《どなた》の所へも嫁ぐつもりは、まったくありません」

「死ぬまで孤閨《こけい》を守るというのか」

「はい。そうです」

キッパリとお蔦が答えると、沢村はふて腐れたような顔つきで、

「そうかい、そうかい。そこまで嫌われたのでは、こっちも立つ瀬がない。いや、浮かぶ瀬もあるかと思ってたが、亭主とふたりして繁盛させたこの店も沈むしかないか」

「え、それは……」

「この辺りの武家屋敷に、屋号もないこの店の酒を売り込んでやったのは誰だか、忘れたわけじゃあるまい」

「それは……」

困っているお蔦の顔を舐《な》めるように睨《にら》みつけて、沢村は上がり口に腰を降ろし、さらに酒を注いで飲んだ。そして、おもむろに煙管に火をつけながら、

「——亭主が死んでどれくらいになる……」

「うちの主人のことですか」

「他に誰がいるんだ。弥七だよ」

沢村は煙を吸い込んで、わざとお蔦の顔に向かって吹きかけた。

「三回忌を済ませましたから……」

「その間、俺は待たされたってことだ。少しくらいは靡いてくれると思ったがな。この先もずっと女手ひとつじゃ何かと不便だぜ」

「はい。それは覚悟してます。近くには辻番もありますし、他のお武家の方々も目をかけてくれてますし……」

「そりゃ結構なことだがな……みんな、おまえのその白い肌を狙ってるんだよ」

沢村はジロリと睨みつけて、

「娘のお松《まつ》がまだ三つくらいだったからな……弥七もさぞや心残りだろうが、たまにその辺をうろついてるのを見るが、おまえに似て、なかなかの器量よしになりそうだ」

「やめて下さい……」

娘のことを出されて、お蔦は人身御供《ひとみごくう》のようにされるのではないかと不安になってきた。沢村はニンマリと笑いながら、

「俺の娘にしてやってもいいって話だ。仮にも武家だからよ。大きくなって苦労して身売りするようなことはないと思うぜ」

「やめて下さい。娘には変なことは……」

「おいおい。そんなに信用されてないのか。亭主が恋しいのは分かるがな」

元々は弥七の祖父が、この地で酒屋を始めた。武蔵野の井の頭の出だから、湧き水を使って酒を少しばかり造り始めたのも祖父だった。親戚には醬油や味噌などの醸造元もいたから、以前はそれらもおいていた。

お蔦は神田佐久間町の小間物屋の娘だったが、弥七がたまたま立ち寄って見初め、足繁《あししげ》く通ったのである。お蔦の方も弥七を心憎からず思っていたのであろう。迷うことなく嫁に来たのである。しかし、思いがけず、流行病《はやりやまい》で弥七を亡くしてしまった。だが、お蔦は店を閉めないで、娘のためにも頑張るしかないと心に誓ったのだ。

番頭はおらず、手代は万吉《まんきち》という小僧同然のがひとりいるだけだが、井の頭にある造り酒屋の職人たちが、遠路、様子を見に来てくれる。

――一麴《こうじ》、二酛《もと》、三造り。

とはよく言われることだが、特に麴造りは、酒の命である。まさに生命の息吹を吹き込む過程であるから、最も重要なことである。蒸した米を指などで丁寧に細かくひねって確かめながら、麴黴《こうじかび》を〝白花〟や〝黄花〟などと言われる色合いで判断しなければならない。

少し淡い雪のような色合いの酒は、酛に蒸米《じょうまい》や麴、水を何度も加えて作られた醪《もろみ》のせいらしい。それが井の頭の水で造られる酒の特徴だという。上方の酒は繊細で柔らかで、関東の酒は荒くて強いと言われるが、井の頭の酒は口当たりのよい爽《さわ》やかな味わいだった。

沢村も酒好きだから、何杯か飲んでいるうちに、さらにお蔦を口説きたくなったようだが、ふと見ると五歳になる娘のお松が店先に立っていた。目鼻立ちがすっきりしており、愛らしい顔つきである。

「お侍さん。もう来ないで下さい。かんちゃんをいじめないで下さい」

と幼子らしくないハッキリした口調で言った。かんちゃんとは、母親の呼び方であろうか。妙に可愛らしかったが、沢村は小さい子を相手に笑顔も見せず、

「もうすぐ、おまえの父上になるんだぞ。楽しみにしてな」

「とんちゃんは弥七です。かんちゃんは、お侍さんのことが嫌いです」

沢村は子供が相手だから本気になることはなかったが、まるで脅すかのように、

「人のことを嫌いと言っちゃだめだ。怒ってるんじゃないぞ、教えてやってるんだ。そんな物言いをすると、かんちゃんが恥を掻《か》くんだ。躾《しつけ》が悪いってな。だから、俺がとんちゃんの代わりに……」

下卑た笑みを浮かべる沢村に、今度は強い口調で、お蔦は言った。

「いい加減にして下さい。こんな小さな子を相手に、それこそ恥ずかしくないのです

か。お松の言うとおり、どうぞお帰り下さい」

振り向いた沢村の頬が微《かす》かに震えている。おもむろに立ち上がると、お蔦に顔を近づけて息を吹きかけるように、

「帰れぬな。色恋の話に来たのではないことくらい、とっくに察してるだろう。俺は闕所物奉行手代だと知ってるよな」

「………」

「お蔦……悪いことは言わぬ。俺の言うことに従った方が、身のため店のためだぞ」

威圧するような目をギラリと輝かせる沢村を、お蔦は気丈に睨み返したが、

「どうしろと言うのです」

「ガキがいるところではなんだ。手代に預けて、屋敷まで同行して貰おうか」

「同行……」

「ああ。公儀御用には逆らわない方がいい」

沢村は有無を言わさず、ついて来いと言った。心当たりがあるお蔦は、渋々だが従わざるを得なかった。


大久保邸内の中間長屋に、水桶を運んで帰ってきた権吉と寛平を迎え出て、

「意外と早かったじゃねえか。ちゃんと汲んできたのか」

と、からかうように言った。

「へえ。お言いつけどおり……佐助さんの大好きな水でございます」

権吉が答えると、佐助は上機嫌で、

「俺のためじゃねえ。中間みんなのためだ」

「そうでしたか。だったら、あっしらも頂戴して宜しいんでしょうか」

「当たり前じゃねえか。これだけ重いものを運んで疲れただろうから、喉を潤すがいいぜ」

「では、遠慮なく……」

権吉と寛平はそれぞれ柄杓《ひしゃく》を手にして、ぐぐいっと飲み干すと、佐助は訝《いぶか》しげに、

「てめら、どっかで酒でも飲んできやがったのか」

と鼻の穴をひくひくさせた。

「野暮はおっしゃらず、佐助さんもどうぞ。さあ、どうぞどうぞ。やっぱり井の頭の水は美味いなあ」

柄杓に汲んで差し出されたのを、佐助が飲むと「おっ」という顔になって、一瞬、表情が緩んだが、

「なんだ。こりゃ、おめえら……酒じゃねえか、おい」

と文句を言いかけたが、権吉は笑って、

「お蔦さんてんですね。ええ、お茶の水の酒屋から、たっぷり汲んで参りやした。可愛げのある女将さんで、佐助さんにもよろしくって言ってやしたぜ」

「えっ、お蔦が……本当かい」

「佐助さんも隅に置けやせんねえ。でもよ、指一本触れないなんて、らしくねえや。あいつみてえに、ぐいぐいいかねえとよ」

「――あいつ……？」

首を傾げる佐助に、権吉が言った。

「へえ。人相の悪い侍が来やしてね……俺よりはマシかもしれねえが、とにかく大目付支配の闕所物奉行手代とかいう奴が来やして、お蔦さんをなんだか脅してたみたいで」

「帰るふりをして、ちょいと様子を窺《うかが》ってたんですよ」

と寛平が付け足した。

「もしかして、沢村様かい……」

「たしか、そんな名前でした。何かあるんすかい？」

権吉が訊《き》き返すと、佐助の表情が曇って、「いや、それがな……」

と言いかけたときである。ひょっこりと彦右衛門が中間長屋に入ってきて、

「朝っぱらから酒とはいいご身分だな」

「あ、いえ、これは水です」

とっさに権吉が言ったが、彦右衛門は自ら柄杓で掬《すく》って飲んでから、

「たしかに水だ。美味いものだな。これで顔を洗って、米を炊くがよいぞ。この水で炊けば、米もふっくらとして甘みや旨味《うまみ》が出るというからな」

「いいんですかい……」

「それくらいの楽しみがないと、中間なんぞやっててもつまらぬだろう、ははは」

「さすがは大将。肝っ玉がでっかいや」

喜ぶ佐助を横目に、彦右衛門は権吉に顔を向けて、

「詳しく聞かせてみな。沢村のことだよ」

と言った。どうやら耳に入って気になったようだった。

三

大目付・早瀬主水之介《はやせもんどのすけ》の屋敷内の一室にて、お蔦は沢村から詰問されていた。表門の脇にある中間長屋では、番人や中間がいるようだが、そこは武家屋敷にありがちな隠れ賭場《とば》になっているようだった。怪しげなならず者たちが数人、集まってクダを巻いていた。

「――おい、聞いてるのか、お蔦……答えて貰おうか」

沢村が迫っても、お蔦は黙って俯《うつむ》いたままである。だが、凛《りん》とした態度には妙な色香が漂っており、沢村の欲情をそそるのに充分だった。お蔦の顔から膝まで舐めるように眺めながら、

「随分と艶っぽくなったが、男でもできたのかい」

と沢村は掠《かす》れた声で言った。

「でないと、体が寂しくてしょうがないだろう……なあ、お蔦。本当は体の芯が疼《うず》いてたまらないんじゃねえのかい」

舌なめずりする沢村の言い草に、お蔦は慣れきっているのか淡々と、

「御用の話じゃないのなら、帰らせて戴きます。こう見えて忙しいもので」

「繁盛してるのは誰のお陰だと、さっきから訊いてるんだ。つれなさ過ぎるではないか」

「どういう意味でしょうか。喉につっかえた言い方はよして下さい」

とは言いつつも、お蔦は微かに不安な目になって沢村を見つめた。

「亭主が死んで大変だろうって、運上金を減らしてやったのは何処の誰だと思ってる。大目付に承知させたのは俺だ」

運上金とはいわば営業税である。それらは通常、町奉行所に支払うものだが、闕所物奉行手代は、潰れた店の土地家屋や身代《しんだい》を処分する権限がある。亭主が死ぬと、跡取りがいなければ、お店は闕所扱いとなることもある。お蔦には幼い娘しかいないから、改めて入り婿でも貰って、主人を立てなくてはならない。

「はい。よく分かっております。でも、うちは町奉行所に申し出て、営み続けてよいこととなりました。主人の実家が、小さいけれど造り酒屋で、後見人になってくれているからです」

「だから、なんだ」

「なんだって、それは……」

「大久保の爺《じじ》イがしゃしゃり出て、ごり押ししただけのことではないか」

「いいえ。彦右衛門様は、きちんと御定法に則《のっと》って処理して貰ったと話して下さいました。でないと、このようなことは……」

「あの爺イ。いい年こいて、おまえに惚れてるのかもしれぬな」

「そんな御仁ではありません」

「御仁とな……だが、おまえは結局、俺の好意を受けたではないか。それとも、これまで免除されていた運上金を払うか。でないと店は闕所だ。そもそも亭主に借金があったから、払うに払えなかったのではないか」

「…………」

「それに酒を扱う商売は鑑札がいるが、おまえは亭主から書き換えてないではないか。それだって、裏で上手く取りなしたのは、この俺だ。当たり前のように商売ができてるんだ。役人から睨まれないのも、厄介な輩から守ってるのも、俺だってことを忘れては困る」

感謝しろという目つきになった沢村に、お蔦は毅然《きぜん》と言い返した。

「そうやって恩着せがましいことは、なさらないで結構です。厄介なのは、沢村様……あなたでございます」

「――そこまで言うか、お蔦ッ」

沢村は障子戸を閉めて、嫌らしい目つきになると、お蔦に近づいてきた。博打《ばくち》に興じている中間たちの馬鹿騒ぎが聞こえる。

「おまえには恩義に感じるという心がないのか。店の評判を俺たち旗本の家臣らが上げたから、商売できているのではないか」

「それもありますが、亭主が頑張ったからですし、義父のお酒が美味《おい》しいからです」

毅然と睨みつけるお蔦の頬に、沢村は軽く触れて、

「自信満々の勝ち気な面もたまらぬな……どうしても、俺の女房にしたくなった」

と求愛というより下卑た声で押し倒そうとした。咄嗟《とっさ》に逃げようとするお蔦に、沢村は堅強な体でのしかかり、

「女房が嫌なら妾《めかけ》でもいい。でなければ、これまでの運上金だけではなく、大目付様に払った賄賂《まいない》も返して貰おうか。こっちはそれくらい金をかけてやったのだ。世の中、只で物事が進むと思うておるほど、うぶではあるまい」

「賄賂など頼んだ覚えはありません」

「そんな言い草は通じぬ。返す金がないなら、体で払って貰うしかあるまい」

「やめて下さい……」

「俺と夫婦になりゃ、余計な苦労をしなくて済む。娘にだって贅沢させてやれる」

強く体を押しつけてきた沢村を、お蔦は必死に押し返し、障子戸を開けて逃げようとしたが、廊下に中間がふたり立っていた。

「女将さん。沢村様のお気持ちは本気でございやすよ」

「ええ。あっしらにも指一本触れるなって、言い含められてるんですから」

中間たちは通せんぼのまねをしたが、お蔦は気持ち悪そうに逃げようとした。だが、中間が取り押さえて座敷に押し戻そうとすると、悲鳴を上げた。その口を押さえられ、まるで手籠《てご》めにされそうだった。

そのときである。

「座興が過ぎるぞ、沢村」

声があって、廊下を踏み鳴らしながら来たのは、誰であろう、彦右衛門だった。穏やかな顔つきだが、目は険しい。

「なんだ、この爺イは。どっから入ってきた」

中間のひとりが怒鳴りつけると、沢村は目を見開いて、「よせ」と声をかけ、彦右衛門の前に立ちはだかった。

「早瀬様は今、国難を危ぶみ、諸国見廻りに出かけているはずだが、留守中に家臣は乱痴気騒ぎとは情けなや」

　彦右衛門が責めるように言うと、沢村は苦笑し、

「これはしたり……大久保様はいつから、大目付の屋敷を監視するお役目になったのでございますかな」

「留守を頼むと早瀬様直々に頼まれておる」

「まさか、そんな出鱈目《でたらめ》……」

「誰が信じるかと言いたいのかな。嘘だと思うなら、上様にでもご老中にでも訊いてみるがよかろう。ささ、お蔦さん。帰ろう」

「——ふざけるなよ」

「沢村。今日のことは黙っておいてやる。突っかかるのはよせ」

「御書院番だからって、〝天下のご意見番〟だと吹聴しているようだが、いい気になっては困るな、爺さん」

「儂《わし》が十歳若かったら、おまえはもう斬り殺されてるな」

「なんだと……」

「年を取ると気が長くなるというが、おまえみたいな輩をみていると、つい口よりも手を出したくなるわい」

「上等だ。大目付の屋敷に乗り込んできた不逞《ふてい》の輩として始末する。やれッ」

中間長屋からも加勢に出てきた奴らが、一斉に懐に隠し持っていた匕首《あいくち》を抜き払って突っかかった。が、次の瞬間、彦右衛門の巧みな柔術によって、次々と中間たちは廊下から吹っ飛んで庭に落ちていた。ならず者の類いなんぞ相手にならぬという態度だ。

「さあ。おいでなさい」

お蔦の手を握って、立ち去ろうとする彦右衛門に、沢村が声をかけた。

「その女は役儀によって調べているのだ。その邪魔をするとなると、大久保様も只では済みませんぞ」

「大目付配下の沢村というのは評判が悪いと誰でも知っておる。闕所になりそうな商人を脅して金を取ったり、闕所にしたらしたで、公儀が押収するはずの金を懐にしたりな。図星だと顔に書いておるわ、あはは」

「おのれ……」

沢村は、座敷の片隅に立て掛けてあった刀を手にした。彦右衛門は、お蔦を庇《かば》って立ち、鋭い目つきに変わって、

「それを抜くと、どういうことになるか分かっているのだろうな」

「うっ……」

「覚悟ができているのなら、かかってくるがよい。面倒だから、この場で儂が斬り捨ててもよいがな」

まったく動じず、堂々と立っている彦右衛門の姿に、沢村は身動きできなかった。

中間たちも固唾《かたず》を呑んで見守っている。彦右衛門の目がさらに鋭くなると、

「ま、大久保様のお立場もありましょう……今日のところは言うことを聞いておきますが、早瀬様がほうっておかないだろうから、心得ておくのですな」

と俄《にわか》に下手に出たが、言外には恫喝《どうかつ》する気迫があった。

「おまえも首を洗って待っておけ。余所の家来に偉そうに言われる筋合いはない」

彦右衛門はお蔦を促して立ち去ろうとすると、沢村はお蔦を振り返って、

「これで済んだと思うなよ。俺が黙っても、大目付様が……」

と言いかけたが後は飲み込んだ。

表門から出ると、お蔦は彦右衛門に深々と頭を下げた。

「どうも、ありがとうございました。なんとお礼を言ったらよいか……」

「礼には及ばぬ」

彦右衛門は微笑み返し、

「先程、店に立ち寄って、女将がこの屋敷につれてこられたと知ったが、若い手代と小さな娘だけでは、どうも心許《こころもと》ない。うちの若いのをふたり、用心棒に預けておく。但《ただ》し、酒はあまり飲まさぬように」

と言うと、すぐ近くで権吉と寛平が半ば照れくさそうな顔で待っていた。

「こう見えて、結構真面目で腕が立つ。心配はいらぬ。それに……実は、おまえの店のやりくりのことを、亡き亭主の弥七に頼まれておってな」

「え……？」

お蔦は不思議そうに首を傾げるのだった。

四

その昼下がり──大久保屋敷では、三男の猪三郎はいつもの父親からの命令で、書類仕事に勤《いそ》しんでいた。そこには、同じく駿河台の一角にある両替商『大黒屋《だいこくや》』の主人・忠兵衛《ちゅうべえ》が来ていて、あれこれ帳簿について話していた。年の頃は、まだ四十絡みの壮年で、いかにも商人らしい損得に長《た》けたような顔をしていた。

大黒天は守り神だが、まさしく『大黒屋』は大久保家の財務の面倒をよく見てくれていた。もっとも借金は年々、重なっており、どこぞの武家のように、二百五十年の分割ということができれば如何《いか》に楽かと、彦右衛門は日頃から冗談めいていっていた。

諸大名も旗本も借金が積み重なっているのは、公儀普請が大きな原因だったが、当世は国防に関わる費用が嵩んでいるのだ。いずれ戦船《いくさぶね》を建造せよとか、武器弾薬を備えよと幕府から命令がくるであろう。

むろん旗本の大久保家は徳川家に忠誠を誓っているが、先立つものがなければ、ご奉公もキチンとできない。とはいえ、所領は相模に五村、上総に二村、武蔵に三村しかない。この村々からの収穫である千石が、すべてである。領民の暮らしにかかるものを除けば、公務に加え、一家と家来を養うのがやっとで、国防に廻すのは微々たるものだ。

彦右衛門はいつも溜息《ためいき》をついていたが、猪三郎は、それほど実感がわかなかった。次男の拓馬はそれこそ、唯我独尊のような暮らしをしているから、娘たちの方が家の行く末を心配しているくらいだった。

千二百坪ほどの屋敷には、鯉が泳ぐ池があり、池畔に茶室が設《しつら》えられていた。が、そのような風情には関わりなく、〝表御殿〟に詰めている家臣らは、算盤《そろばん》を繰り返し置き直していた。裃《かみしも》姿ではあっても、やっていることはまるで商人のようだった。

だが、忠兵衛といえば、のんきそうに天麩羅《てんぷら》や日干しの並ぶ食膳の前で、酒をちびりちびりやっていた。誰も文句を言う者はいない。貸主の強みというところであろうか。

そこに、外から帰ってきた彦右衛門が現れると、忠兵衛は陽気に微笑みかけて、

「用人の檜垣様に聞きました。大目付の屋敷に乗り込んでいったとか」

「いや。そんな大それたことではない」

「沢村なんぞ雑魚《ざこ》ですから、どうでもいいですが、早瀬様はなかなかの曲者ですからな、気をつけた方がよろしいですよ」

在府の大名屋敷や旗本の台所事情を熟知している忠兵衛は、意味ありげに言って、

「まま、駆けつけ三杯といきましょう。といっても余所様の酒ですがな」

と勧めた。年は彦右衛門よりも遥かに若いが、まるで〝タメ口〟である。もっとも、それを許しているのは彦右衛門であって、借主だからといって卑下しているわけではない。

「儂は昼間から酒は飲まぬ。金貸しは働かずとも稼げるから、気楽でよいものだな」

「あはは。ご隠居に言われると、なんとなく恥ずかしい……」

「儂はまだ隠居しておらぬぞ。龍太郎は浦賀に出向いたが、親戚の浦賀奉行の手下と

してだ。御書院番としては、まだまだ役に立たぬ」

「私には、あなた様以上に、〝大久保彦右衛門〟らしい人になると思えますが」

「忠兵衛の人を見る目は確かだが、まあ世辞として受け取っておこう」

「それにしても、この酒は美味い」

手酌でやった忠兵衛は、感心したように頷いて杯を重ねた。

「さすが舌が肥えてるな。もしかして、中間部屋の水桶のやつかな。それなら、お蔦の店の酒だ。井の頭のな」

「ああ、どうりで……スッキリした味わいで、これなら女でも飲めそうだ……そのお蔦の店……いや、亡き弥七さんの実家のことでちょっと小耳に挟んだことがありましてな」

「はて、なんだ。今し方、お蔦と会ったばかりなのだがな。何か、よからぬことでも」

「そうです。実は……実家の造り酒屋のことでね。いや、これがただの造り酒屋ではなく、大久保家の御領地の村の話ですから」

江戸の水利を支える神田上水の源流である湧き水は、大久保家が支配する井の頭村にある。それゆえ、彦右衛門は弥七とお蔦夫婦のことも知っており、大事にしていたのだ。

「何か異変でもあったのなら、儂が直々に出向いてみるが、何事かな」

彦右衛門が身を乗り出すと、忠兵衛は苦笑しながら、

「ご隠居の足腰では無理でしょう」

「まだ隠居ではないというに。それに、儂の健脚を知らぬのか。五里や十里、平気だわい。必要ならば一緒に参るか、忠兵衛」

「いえ。私は寝転んで金を稼ぐ方が性に合っているので」

と言いつつも、傍らに置いてあった綴《つづ》り本を、忠兵衛は差し出した。

「彦右衛門様が好きな浮世絵ではありませんぞ。実は……過日、お蔦から預かっていた店の大福帳なのです。あ、店といっても、実家の造り酒屋の方ですがね」

「何か厄介なことでも？　うちの領内のことだから気がかりだ」

元々、井の頭界隈《かいわい》はかつて、徳川家の鷹《たか》狩り場であった。その折、茶にして飲んだ湧き水であり、三代将軍家光《いえみつ》の鷹狩り御殿があったから、周辺は御殿山《ごてんやま》と呼ばれている。弁財天があるので信仰と行楽を兼ねて、江戸から訪ねて来る人々もいたくらいだ。その地を拝領し、しかも江戸の水源があるのだから、他に代えがたい重要な村である。

ここを大久保家は代々、任されてきたのである。

酒造りには良い水と良い米が必要だが、この地にはいずれもが揃っていた。しかし、この辺りは鬱蒼《うっそう》とした雑木林が広がっており、江戸で押し込みを働いて逃げた盗賊一味が潜んでいるという噂もあった。

その探索は本来、関東取締出役《かんとうとりしまりしゅつやく》や火付盗賊改《ひつけとうぞくあらため》の役目だが、日が暮れると野武士も現れるため、彦右衛門は村役人以外に、腕の立つ家臣を置いていた。

夜になると深閑としていて、風に揺れる雑木の音や梟《ふくろう》の鳴き声が聞こえるだけだ。

「実は……井の頭の弁財天辺りには、〝赤目《あかめ》の天狗《てんぐ》一味〟という盗賊が逃げたとの噂があるのです」

忠兵衛が言うと、彦右衛門は首を傾げ、

「赤目の天狗一味……？　聞いたことがないが……」

「盗賊の頭は、髪の毛や目が赤っぽくて、鼻が高いらしい。だから天狗。でも、私はもしかしたら、かねてより噂にあった異国人の盗賊ではないかと思っているのです」

「異国人……まさか……」

「オランダ人かポルトガル人か、はたまたエゲレス人かメリケン人かも分かりません。でも、盗みに入られた店の者たちの話では、盗賊たちの体は大きく、何を話しているか分からなかったらしい」

その盗賊一味が、江戸の両替商に押し込み、主人と手代ら四人を殺して、三千両余りを盗んで逃げたということで、町奉行所は探索をしていた。だが、行方を眩《くら》ましたままで、大久保家の支配領地である村に逃げた。井の頭弁財天の門前は騒然となっていたのである。門前といっても、本当に数軒の出店があるだけである。

一味は数人だとのことだが、旅籠《はたご》に泊まれば様子が分かろうというもの。だから、人が集まらない所に潜んでいるのであろうか。ゆえに、見知らぬ輩が来たら気をつけるようにと、村役人は住民たちに注意喚起していた。

酒蔵は発酵させるために、独特な匂いと湿気が漂っている。小さな酒蔵とはいっても、三百坪ほどある二階屋である。三分の一くらいが酒造場で、白米蔵、玄米蔵、薪《まき》置き場、船場、洗い場、釜屋、道具干し場、勘定場などが同じ屋内にある。

勘定場には、酒醸造元の証《あかし》である〝将棋の駒〟の形をした立派な鑑札が置かれてある。磨かれて艶々としているのは、代々、継がれていることを物語っている。弥七の父親はまだ六十前で健在であり、自ら杜氏《とうじ》として働いているという。

「ですが、武蔵の米が悪いわけではないが、やはり、近頃は味が落ちてきたらしい。米の仕入れに金をかけるのは大変ですし、酒は樽の運び方如何《いかん》でも風味が変わるし、小さい酒蔵だからこそ、不評は避けたいはずです」

忠兵衛がそう話すと、彦右衛門もまた納得したように、

「つまり、水は良いが、米が駄目だから味が落ちた……とでも」

「両替商として気になったのは、杜氏は自分だからよいとして、蔵人《くらびと》への手当がどんどん下がっていることです」

「手当が、な……」

「お蔦さんとは直《じき》に関わりがあるわけではないけれど、仕事がなければ蔵人は余所の造り酒屋に移っていきます。だから、蔵人はいなくなる。杜氏が優れていても、蔵人という職人がいなければ、酒造りは土台、無理な話でしょう」

たしかに、酒蔵の主人と杜氏、蔵人たちの厚い信頼関係がなければ、良い酒は生まれない。酒はまさに生き物であるから、まったく手を抜けない。ましてや、〝腐造《ふぞう》〟という酵母が働かずに腐ってしまうことを起こさないためには、何人もの蔵人の働きが重要なのである。

「秋の新米が蔵に入ってくると同時に、酒蔵で働く杜氏や蔵人も来て、酒造りの成功を祈願してから精米に入ります」

「…………」

「玄米を精米して白くするには、物凄《ものすご》い手間がかかりますな。ここで失敗すれば、後

が大変。食べる米は、わずか一割を糠《ぬか》にするだけですが、酒に使うものは、四割から六割も糠にしてしまう。つまり半分は捨てるわけです……胚芽を取り、雑味を除去するのが大変なんです」

まるで自分が杜氏であるかのように、忠兵衛は話した。口当たりのよい淡麗な味わいにするためには、米が〝胴割れ〟しないように丁寧に精米し、水につけて適度に水分を吸わせてから、甑《こしき》で〝蒸《ふ》かし〟という作業に入る。こうしてできた蒸し米で、麹を育てて、酒母《しゅぼ》、つまり酛を作る。蒸すのも水分の量などを考慮して作業するから、非常に手間がかかる。

忠兵衛は酒飲みの蘊蓄《うんちく》のように語った。井の頭の水によって、淡麗でサッパリした辛口の酒ができるのだと。

「酒造りは大変なんです。種麹を作るのだって、麹室《こうじむろ》で丸々三日か四日かけて作るけれど、ここでも絶対に失敗ができませんからね」

忠兵衛は色々と話した後、杯を傾けて、

「いいねえ……やっぱり美味い」

と嬉しそうに言ってから、自分を責めるように言った。

「感心してるときではなくてですな……この酒がなくなるやもしれません。その帳簿をご覧になって何か思いませんか」

「儂はどうも数理の方は苦手でな。拓馬に見せてみるか」

「今のところはまだ主人の菊茂さんに対して、蔵人たちも亡くなった弥七さんへの思いから手伝ってますが、三回忌が過ぎたので、そろそろ我慢も……」

「であろうな」

「もう潰すしかないかもしれません」

忠兵衛は言いにくそうになったが、短い溜息をついて、

「菊茂さんは頑張ってますが、後を継ぐ者がおりません。いずれは弥七さんがと思ってたようですが、お蔦さんは酒造りには素人ですので、もう無理かと」

「うむ……」

「酒造りとは人造りとも言われるほど、杜氏と蔵人ら職人ときちんと絆ができていないと、それこそ酒蔵自体が〝腐造〟になってしまいます。

家業というのは傾き始めると、あっという間に倒れてしまう。今で言えば、投資と人材育成が上手くいっていないということだ。

「それに……江戸は毎年百万樽を超える〝下り酒〟が運ばれているので、とても太刀打ちできません」

「菊茂が灘の酒と勝負するわけではあるまいに」

「それはそうですが、お蔦は商いにしても素人同然です」

「まあな……」

「酒問屋、仲買人、小売酒店が扱うのは上方の酒がほとんどで、廻船によって早く大量に届くから、江戸近郊の酒蔵は悲鳴を上げてますな。しかも武蔵の辺りは、川船も使えず、運ぶのは大八車か馬ですから量も少ない」

「質量ともに勝ち目は薄いということか」

「確かに、この酒は美味いですがね、灘や伊丹《いたみ》の酒と比べてどうでしょう。大量に造り出せないなら、値を上げなければならない。でも、それでは到底、勝負にならない」

「もしかして……」

彦右衛門は腕組みで頷いて、ポンと膝を叩いた。

「忠兵衛さんの考えは、上方の酒とは違う特質を生かし、商品としての流れも変えなきゃならんと」

「ええ。ですが、酒造株の関わりから、大根や芋のように勝手に売るわけにはいきません。そこで何か良策が必要かと」

酒造株とは、幕府が酒造りを統制するために設けた制度である。飢饉《ききん》に際しては米が不足するから、酒造り自体が制限されているのだ。それが逆に特権となるため、駒形の木製の鑑札を与えられていた。

鑑札には酒造人の名前や住所、酒造の石高、御勘定所の焼き印などが刻まれており、同一の国内であれば、譲渡や貸借もできた。それゆえ、後継者がいないとか運上金が払えない場合などは、売買によって別の蔵元が酒造の石高を増やしたり、他の業者が参入することもあった。

菊茂が苦しんでいたのも、この課税のための借金が増えたのが大きな原因であった。

「つまり、酒蔵の駒札を売り渡すのが一番、賢明だと言いたいのか」

「私に任せてくれればいいのですが、菊茂さんは何か拘《こだわ》っているようで……彦右衛門様のお力で、大久保家の御用達にするか、あるいは村が酒蔵を営むか……如何でしょうかね」

忠兵衛が溜息混じりに言うと、改善してやりたいのは山々だが、大久保家自体が関わるということには、さしもの彦右衛門も尻込みした。只ですら女どもには酒のことで、なんやかやとうるさく言われる。もし加担するとなれば、非難囂々《ごうごう》に違いあるまい。

「まあ、儂もなんとかするが、ちと考えさせてくれ……龍太郎も留守ゆえな、儂ひとりでは決めかねる」

「ごもっともでございます。私としては、大久保家が『菊茂』を営んで利益を出せば、借金も返して貰えると思いましてね」

「武家に商いを押しつけるか」

「あはは、武家だの商人などと言っているご時世ではないでしょ」

「ふむ……それについても考えておく」

彦右衛門は曖昧に返事をして、忠兵衛に酒のお代わりを勧めるのだった。

五

その夜、大久保家の奥座敷の方で、何やらガサゴソと不審な物音がした。

目が覚めた千鶴が寝間着を整えて、廊下の方へ向かうと、離れと表の中間部屋の間に何やら気配がする。

——もしかして盗人《ぬすっと》か。噂の〝赤目の天狗一味〟かもしれない。

と思い、鴨居《かもい》に掛けてある長刀《なぎなた》を手にすると脇に抱《かか》えた。すると、別の部屋からも、長女の睦美と双子の文江と葉月も、同じように長刀を持って出てきた。

「誰じゃ。怪しげな奴、出て来よ」

迫力のある声を、睦美が張り上げた。未《いま》だに嫁にも行かず、大久保家を支える覚悟の睦美は体も大きく武芸にも優れている。睦月生まれのせいで寒さにも強く、真っ先に中庭に駆け下りると、

「顔を見せなさい。この不逞の輩めが！」

空に浮かぶ月も驚いて落ちるのではないかと思えるほどの怒声だった。

物置の裏でガタッと音がする。しかも玉砂利を踏んだようで、慌てている様子の足音も明瞭に聞こえた。

「そこじゃ！」

睦美の掛け声と同時に、文江と葉月も庭の一角に駆け寄ろうとすると、物陰から黒い人影が現れた。よろよろと足下が覚束《おぼつか》ない様子だが、「覚悟せよ！」とさらに睦美が怒鳴りつけると、人影はその場に蹲《うずくま》った。

渡り廊下からは、高橋や小松ら数人の家臣も「すわっ。何事か」と押っ取り刀で駆けつけてくるや、ひらりと地面に飛び降り、人影に向かって近づいた。

すでに長刀の切っ先を突きつけられて、座り込んでいる賊らしき男の顔を、微かな

月光が浮かび上がらせたが、よく見えない。

「ご、ご勘弁を……申し訳ない。このとおりだ……つい魔が差して」

土下座をするからハッキリと表情が読み取れない。謝るふりをして、いきなり斬りかかってくるかもしれぬ。睦美たちはお互い、気をつけろと申し合わせるように言ってから、切っ先で男の肩に触れた。

「申し訳ない。なんとも……」

顔を上げた男を見て、千鶴たちは三人とも「あれ？」と凝視した。

月明かりに明瞭に見えたのは、水奈の婿殿である虎之助ではないか。千鶴は前に踏み出て顔を覗《のぞ》き込んで、

「虎之助殿……一体、かようなところで何をしているのですか」

家臣たちがすぐさま加勢して取り囲んだが、千鶴は制しながら、

「水奈が嫁いだ佐伯虎之助殿です」

「まことですか。もしかして、水奈様と喧嘩でもして追い出されたのでしょうか」

思わず高橋が言うと、小松が「おい」と注意をして引き下がった。

「あ、いえ……まあ、ご家臣が言われたのは間違いではありませぬ」

半ば泣き出しそうな表情で虎之助が言うと、千鶴は子細があると思い、

「ここではなんですから、表の座敷に」

と誘《いざな》った。

騒ぎに感づいた彦右衛門も寝間着姿で廊下に現れたが、虎之助の姿を見て、少し酔っ払っていると気づいた。

「何事かな、虎之助……おぬしらしくないが、話を聞こうではないか」

彦右衛門は、長刀を抱えたままの妻と娘たちを下がらせて、自分の部屋に招こうとした。家臣たちは不審げに護衛しようとしたが、

「物騒な真似はするな」

と念を押して、彦右衛門は自室に連れていった。それでも高橋と小松だけは近くの廊下に控えていた。何事かあってはならないからだ。

虎之助が深々と謝ると、「もうよい」と彦右衛門は優しく返した。

「それより、どうしたのだ。水奈が何か粗相でもしたのか」

「いいえ。とんでもありませぬ。私にはもったいない嫁御にございます」

少し震える声で言う虎之助の顔を、彦右衛門はまじまじと見て、「そうは思えぬがな」と言ったとき、「ごめんなすって」と佐助が廊下から声をかけてきた。中間が母屋に入ることは許されていないが、彦右衛門は佐助だけは特に認めていた。

「お殿様が留守のときに、虎之助様が見えまして、中間部屋で待っていたのですが、例の樽の水を飲みましたもので……美味い美味いと何杯も」

「それで酔ったのか」

「さようでございます。そしたら、急に姿が見えなくなったので、てっきり帰ったものと思っておりました」

「物騒だな……もうよい。下がれ」

彦右衛門は不機嫌に言って、改めて虎之助に話を聞いた。恐縮していた虎之助だが、酒に酔っているのもあり、少し乱暴な口調で、

「私には海防掛など向いていないのです。龍太郎とは〝竜虎〟と煽《おだ》てられたこともありますが、子供の頃の話です」

「…………」

「龍太郎は真面目な上に度胸もあります。私とは大違い」

「だが、おまえは在府の役職ではないか。龍太郎は浦賀の方に出向いておるがな」

「私には到底、無理です。帳簿を眺めている方が性に合うのでございます」

「それが嫌で酒に逃げたか」

「いえ。家では水奈が飲ませてくれません……体に良くないと」

「だから、我が家に来て……」

「いえ、そういう訳ではありませぬ。ただ……水奈が怖くて逃げてきただけで、それでたまさか飲んだ酒が美味く……いや本当に美味い酒でした。できれば、もう少しだけ……」

「いずれにせよ、情けない婿よのう」

呆《あき》れ顔になる彦右衛門は、仕方がなさそうに徳利に入れておいた酒を、ぐい飲みに注いで飲ませてやった。すると、

「ひやあ……こりゃ、たまりませんな……」

と虎之助は実に嬉しそうに相好を崩し、遠慮もせずに二杯三杯と重ねた。その間に、彦右衛門は『菊茂』の酒蔵の話をすると、何か閃いたのか、虎之助は頷きながら、

「つまりは、この美味い酒を造っている酒蔵を立て直す、ということですな」

「有り体に言えばそうだが、武士に商売なんぞ無理に決まっておる」

「そういうことならば、我が佐伯家にお任せ下さいませぬか。いえ、代々、勘定方ですので金の扱いには慣れております」

「財務と商いでは勝手が違うであろう」

「たしかに儲《もう》けることと、無駄遣いを減らすことに違いはありますが、我らのように

領地が少なく米の出来高が少ない所は、特産を作って江戸で儲けるのが常道。天保の飢饉もそれで乗り越えてきたではありませぬか」

佐伯の領地も武蔵や相模に点在しているが、養蚕を奨励して絹織物を作ることによって、米不足を補ってきた。幕府の旗本は治者として〝偃武《えんぶ》〟、つまり平和を維持し、仁政をもって領民を守らなければならない。しかし、凶作という天災には勝てず、百姓たちが一揆を起こすまでになった。

それに加えて〝夷狄《いてき》〟を恐れる風潮が、ますます強くなって世情不安となっている。二百数十年続いてきた平穏無事も危うくなっているから、これまで封印されてきた百姓衆の武力による決起も増えてきた。

「それらを押さえ込むには、ただ徳を説いたり、来年の豊作を期待させたりするだけでは無理でございます」

「やはり先立つものか……」

「有り体に言えばそうですが、ただ金を配るだけでは何にもなりませぬ。使って消えるだけだからです。新しい事を起こし、それを継続させ、さらに富を生み、後世に繋《つな》げることが大事です」

虎之助は持論を語ると酒を飲み、徳利もすぐに空になった。まだ話を聞きたい彦右衛門は、佐助を呼びつけてさらに酒を運ばせた。

「お義父様《とうさま》もご存じのとおり、百姓にも〝株〟があって、土地家屋や田畑は代々、家の持ち物です。それゆえ先祖を崇拝し、我々武家と同じく御家を存続繁栄させるために、新田開発などを行ってきました。祖法墨守に武家も百姓もありませぬ」

「そのとおりだ」

「しかし、武家は未だにその権威に胡座《あぐら》をかいて、借金で済まそうとしている。それに比べて百姓衆は創意工夫して、その土地なりの独自の特産物を作って儲けています」

　後の殖産興業に繋がる事業を、百姓たちが執り行っていたのだ。

「さすれば、お義父様。大久保家と佐伯家は親戚になったのですから、井の頭の酒をこの佐伯家が取り扱うのは何の問題もありますまい。商いが苦手な大久保家に比べて、我が家は少しは得手でございますれば、力になれると思いますがね」

「なるほど。それは頼もしい……うちの次男坊は訳の分からぬことばかりしており、三男坊は〝風見鶏〟みたいなものだからな」

「風見鶏……なんですか、それは」

「異国の家の上にあるらしいが、風向きによってクルクルと顔の向きを変えるそうじゃ。つまりは人の顔色を窺って、損得ばかりを考える愚か者じゃ」

「なるほど。しかし、それは愚か者ではありませぬ。賢者です。世渡り上手ということですからな、佐伯家のように、アハハ」

「さようか。おぬしが手を貸してくれるか……あ、もしかして、その酒が気に入ったので、適当なことを酔った勢いで言っているのではあるまいな、虎之助」

「いいえ。私はいずれ世の中が変われば、何か事業を興して、金儲けに勤しみたいと考えております。だから異国と戦などは、絶対に嫌でございます」

虎之助がキッパリと言うと、彦右衛門は首を横に振って、

「いいや。異国が攻めてくれば、この国を死守し、民百姓の命を救うのが武家の務めじゃ。儂はこの命を捨ててでも戦う所存」

「立派なお考えです。しかし、その前に〝夷狄〟を悪者と決めつけず、上手く捌《さば》けばよいのです。まさに風見鶏とかのように」

「ガハハ。それもまた孫子の兵法よのう」

ふたりは何が楽しいのか、和気藹々《あいあい》と杯を重ね始めた。

彦右衛門は何度も佐助に酒を運ばせて、水桶の中身はほとんどなくなってしまった。

自分の息子たちとも、ふたりだけでじっくり話すことなど、めったになかったからだ。

夜明けまで話は尽きることはなく、見張り役の高橋と小松ら家臣の方が寝落ちしているのであった。

六

大目付配下の沢村は、どうやら佐伯家が一枚嚙《か》んできたと気づいたようだが、彦右衛門は相手にしなかった。それゆえ、虎之助は気にすることもなく、お蔦の店を訪ねて、義父である菊茂に話を繫いでくれるよう頼んだ。

だが、お蔦はどうも元々、武士が好きではない様子で、話も要領を得なかった。しかし、虎之助は乗りかかった船であるから、辛抱強く説得しようとした。

「このままでは、菊茂の酒蔵は消えてしまうかもしれぬ。それでは、亡き亭主にも義父にも申し訳が立つまい」

「はい。ですが私は……お義父さんの体を案じているのです」

「菊茂の……」

虎之助が訊き直すと、お蔦は控えめながら誠実な態度で、

「たまにしか行けませんが、蔵人たちも少なくなり、お義父さんが不眠不休で働いて

いるのを垣間見てました。だから、とても申し訳ないという気がしてくるのです」

「それは杜氏として、蔵元として当たり前のことなのでは」

「正直申しまして、売り上げが下がってましてね……原因は上方の酒に負けたというよりは、質が落ちたからではないか……そんな気もするのです」

「そんなことはない。俺は美味くて飲み過ぎたくらいだ。だからお蔦……」

虎之助が正直に伝えようとすると、お蔦は自嘲気味に、

「嬉しいお言葉ですが、気配りはご無用です。酒の出来不出来を一番良く分かっているのは杜氏のお義父さんや蔵人たちだと思います」

「…………」

「井の頭の酒が好きで、みんな安い給金で頑張ってくれてたそうですが、このままでは酒が造れなくなるかもしれません……所詮、私はお酒を売ることしかできませんしね」

自分でも分かっている。お蔦は辛そうな顔になって、

「お義父さんも年ですし、この際、酒蔵をやめることを決めなくてはいけないと思ってるようです……せめて孫が男の子なら、私も一人前になるまで頑張れるのですが」

悔しそうにお蔦は言ったが、虎之助はじっと見つめて、

「そうやって悩んでいても仕方がない……引きこもりの俺が言うのもなんだが、この美味い酒を造り続けることで、亡き弥七の供養にもなるのではないかな」

「供養……」

「菊茂だって、そう望んでるはずだ」

「──かもしれませんが……」

お蔦は義父の秘めたる気持ちは分かると言った。

「ならば智恵を出し合って、井の頭の酒を残そうではないか。『大黒屋』忠兵衛という両替商も力になると言うておる」

「あの『大黒屋』さんが……」

駿河台の旗本家を支えている両替商だということを承知しているようだ。虎之助は自分も勘定方に出仕していたと話すと、お蔦はもちろん知っていると伝え、

「そういうことでしたら、私からもお願い申し上げます」

と態度を変え、商売のことは何もかも正直に話すと言った。

「この店は、弥七が死んでから、実家の酒造株高にかかる運上金を払わないで済んでいるそうだな。闕所物奉行手代の沢村が関わっているらしいが」

「──はい……」

お蔦は困ったように頷いたが、嘘や誤魔化しはならぬと思ったのか、虎之助の顔をじっと見つめて、

「実は……、沢村賢吾が、勘定奉行に酒造石高、つまり酒に使う米の石高を低く偽って届けていたのです。運上金を安くするために……なので、なんやかやとかかった費用を引いて、ほとんど払わなくて済みました」

「親切ごかしで、その代わり、おまえに何か代償を求めたのだな」

「後家暮らしはきついだろうからって……でも、亭主が生きている頃から、私には色目を使っていました……でも暮らしが楽になるならと、私もつい……」

項垂《うなだ》れたお蔦を、虎之助は見つめながら、

「その時にキチンと断り、菊茂にも相談しておくべきだったな。沢村は人の弱みにつけ込んで、己《おの》が思うがままにする輩だ」

と責めるように言ったが、むろん同情している。

「しかし、沢村などどうでもできる。酒蔵をどうするかだ。お蔦も本当は守りたいのであろう。弥七が受け継ごうとした酒蔵を」

「はい……」

「だが感傷に浸っているときではない。これからは、女だからって甘えることなく、

造り酒屋の主人として励んだらどうだい」

「主人……でも、お義父さんが……」

「酒蔵の鑑札も大切だろうが、酒造りに関わる人々の暮らしもかかっている。この江戸で大きな商いをする覚悟でやらないと、俺としてもやり甲斐《がい》がない」

「やり甲斐……」

「そうだ。菊茂の酒を大久保家の御領地の特産物として、この江戸で売り捌くくらいの気概を持って貰わないとな」

「…………」

「それくらいしないなら、沢村の女になって、面倒を見て貰うのがオチだと思う」

言い過ぎたと思った虎之助は謝って、

「とにかく、こっちとしても菊茂の酒蔵を利用して、大久保家の財務に役立てたいという思惑がある。お互い良いと思うがな」

お蔦は素直に頷いた。

「美味しいお酒は幾らでもあると思いますけど、菊茂の酒はキレがあって、味わいも深いと思います。下り酒に決して負けていないと思います。どうか宜しくお願い致します」

継続については、お蔦も本心では喜んでいるのだ。菊茂にも匠《たくみ》の技で酒を仕込んできた意気込みはあるはずだという。

「お義父さんの意気地が、そのままお酒に表れていると思います。年によって出来不出来はあるでしょうけれど、決して手を抜きませんから、お義父さんも納得すると思います」

そう言って喜んだお蔦だが、心配していたことはすぐに起こった。日を跨《また》がずに、家来を引き連れた沢村が、お蔦の店に乗り込んで来たのである。

「残念だが、お蔦……御用で店を検《あらた》めるぞ」

沢村が険しい口調で言った。

「言うことを聞かないと、亭主の実家の酒蔵がどうなっても知らぬぞ。かねてから懸案のこともあるが……」

言いかけて振り返ると、店の外には町方同心と岡っ引きらも控えている。

「一体、この騒ぎは……」

「隠し立てすると、ためにならぬぞ。正直に話すがよい」

「え？　何のことでしょう」

「血も涙もない〝赤目の天狗一味〟が江戸から逃げる前に、ここで匿《かくま》っておろう。その疑いがある」

「はあ？　馬鹿馬鹿しい。沢村様、私のことが気に入らないからって、こんな嫌がらせはおやめ下さい。でないと……」

「でないと、なんだ。大久保彦右衛門様に訴え出るか。上様の覚えがめでたいからといって、盗人を捕らえる邪魔立てはできぬぞ」

「ですから、そんな盗賊など……」

追い返そうとしたお蔦を押しやって、店の奥を覗き込んで、「そこに、いるではないか」と沢村が声を上げた。すると、町方同心と岡っ引きも店に踏み入ってきた。

沢村が指さすと、すぐに町方同心が押し入って捕まえたのは、手代の万吉である。

お蔦は目尻をあげて、

「ふざけないで下さい。この子がうちの手代ってのは、沢村様もよくご存じでしょう」

「盗人の仲間に間違いない。それとも、お蔦……おまえもお先棒を担いでたのか。言いたいことがあれば、番屋に行ってからにしな」

町方同心が強引に、嫌がる万吉を縄で縛りつけると、表に連れ出した。懸命に止めようとするお蔦の体を、沢村は抱き寄せ、

「無駄に抗《あらが》うのはよせ。俺はおまえを助けてやりたいだけだ」

「放して下さいッ……」

沢村は笑い声を高らかに上げて、

「今頃は、井の頭の弥七の実家にも、火付盗賊改の連中が向かってる。そこに隠している盗賊一味は一網打尽だろう」

振り返る万吉が不安そうな顔になるのを、お蔦は見つめて頷き、

「大丈夫よ。これは明らかな間違い。私がなんとかする。だから、大人しく言うことを聞いてて。必ず助けるから」

と声をかけた。

町方同心は容赦なく、泣き出す万吉を連れ去ったが、お蔦は険しい目を沢村に向け、

「こんなことをして、通ると思っているのですか。情けない人……」

沢村はギロリと目を見開いて、

「黙れ、お蔦……何の証拠もなく、おまえを盗賊の仲間扱いしてるわけではない。俺はこう見えて、あちこちに顔が利くんだ。闕所物奉行手代とは、裏の事情が耳に入ってくると話したことがあるだろうが」

「………」

「今まで甘い顔をしていたが、〝赤目の天狗一味〟と関わりがあるなら、俺も庇い切れぬ。だが、スッパリと縁を切るなら、おまえのことだけは、なんとかしてやる」

あくまでも沢村は、お蔦をモノにしたい思いで頭が一杯らしい。

「事実、火盗改の話では、菊茂は盗人を匿っているとのことだ」

「嘘ばっかり。沢村様の本当の狙いは……」

「ああ、おまえだよ。だがな、心底、惚れてのことだ。亭主の弥七も菊茂も、この店や井の頭の酒蔵を隠れ蓑《みの》にしていたのは、間違いのないことなのだ」

そう言いつつも、舌舐めずりする沢村の顔は醜く歪《ゆが》んでいた。沢村はお蔦を羽交い締めにして押さえ込もうとしたが、娘のお松がギャアッと泣き叫んだ。その時、

「まったく……どうしたら、おまえのような人間になれるのか、不思議でたまらん」

という声があって、彦右衛門が入ってきた。またおまえか、という顔になった沢村だが、今度ばかりは盗賊絡みだと言い張った。

「勝手な御託や作り話は懲り懲りだ」

彦右衛門は懐から出した程村紙《ほどむらがみ》を突きつけて、

「見てのとおり、この店と井の頭の菊茂の造り酒屋は借金の形として、両替商『大黒屋』のものになった。井の頭辺りは大久保家の拝領地だ。『大黒屋』から請け負って、

佐伯家とともにこの『菊茂』を立て直す」

「なんだと……」

「分かったら、とっとと立ち去れ。盗賊一味のことも聞いたが、それなら領地内のことゆえな、前々から警戒をして、家臣らが常駐しておるわい」

差し出された証文を見ても、沢村は素直に納得はしなかった。文句を言おうとしたが、彦右衛門は突き放すように、

「控えろ、沢村。勘定奉行の堀部《ほりべ》丹波守《たんばのかみ》様には話をつけておる。おまえに勝手な真似はさせぬから、さよう心得よ。それとも、まだ大目付の早瀬様の虎の威を借りるか」

「…………」

「さあさあ、どうする」

不敵な笑みを投げかけた彦右衛門に、沢村は荒い鼻息を立てたが、仕方なく立ち去るしかなかった。

土間の傍らで、お松は泣き続けていたが、彦右衛門はその顔を覗き込んで、

「べろべろばあ。大丈夫だぞ。万吉も連れて帰ってくるから、案ずるでない。このじいじめは悪い奴じゃないからな」

彦右衛門は柔らかいまなざしで微笑みかけながら、お松の頭を撫《な》でるのであった。

七

数日後、虎之助は『大黒屋』忠兵衛とともに、井の頭の菊茂の造り酒屋まで行った。菊茂にもすでに彦右衛門から文にて届けていたが、大久保家や佐伯家が関わってくれるのなら、大歓迎であった。領主直々の話だから、菊茂は緊張していた。

虎之助と忠兵衛は、菊茂に案内されて酒蔵を丹念に見た。

「ふむ……かなり建物は傷んでいるな。酒樽は雑菌が繁殖しやすいから、味が落ちるどころか、まさに〝腐造〟になってしまう」

忠兵衛は自分の考えを述べながら、改めて酒造場を眺めた。職人らは懸命に仕事をしているが、大久保家の特産物になるかどうかは難しいと感じていた。菊茂が手がけてきた酒蔵を守るために、お蔦に繋ぎたい気持ちは分かるし、綺麗な湧き水を大切にしているのは理解できる。しかし、彦右衛門が期待するほどの品質と量を賄うのは難しいであろう。

「実はですな、大黒屋さん……」

菊茂は話しにくそうに眉を下げて、

「うちの倅、弥七は……世間様には流行病で死んだことにしておりますが、それは孫のお松のためでしてね。本当は、新酒の具合を見に帰ってきて、江戸へ戻る途中、何者かに殺されたんでさ」

唐突な話に、忠兵衛は戸惑った。虎之助も驚いて立ち尽くしたまま訊き返した。

「どういうことだ。有り体に申してみよ」

「弥七が見つかったのは、江戸の店の近く、お茶の水の断崖の下……川の中でした」

小赤壁《しょうせきへき》と呼ばれる断崖から転落したと思われた。

「誤って落ちたとも言われました。けれど体に刺し傷があったので、お蔦は町方同心に懸命に訴えたそうですが、なんとも……」

首を横に振りながら、菊茂は昨日のことのように身を震わせて、

「私が知らせを聞いて駆けつけたときには、もう茶毘《だび》に付されていて……ですから、お蔦はお侍というか、町方同心のことは信じられなくなったらしく……それでも、必死にお武家様相手の商いをしたのは、弥七への思いからだと思います」

と懸命に訴えるように言った。小さな店ながら武家屋敷を相手に勝機を開いたのは、弥七だからである。

その姿に打たれるように聞いていた虎之助は同情の目になり、

「誰がやったか、下手人はまったく分からなかったのか」

「まったく……」

菊茂は暗澹《あんたん》たる表情で、

「でも、お蔦は密《ひそ》かに弥七を殺した奴のことを調べていたそうなんです。ですが、子持ちの女ひとりに何ができましょう」

「ふむ……」

「なので、大目付配下の沢村という方が色々と手を貸してくれたらしいのですが……」

「いや、それはお蔦を狙ってのことだろう」

事情を知っていた虎之助は、あっさりと否定して、

「それよりも、何故、病死などと……人に殺されたことを娘に隠したい気持ちは分かるが、それならば転落死でも……」

「はい。それでも良かったのでしょうが……事故だと認めると、殺しの探索が止まってしまうので、お蔦としては殺しだと言い張り、でもまだ幼い娘には、そう……」

菊茂の話を聞いた忠兵衛は、なんとも厄介だという嫌な顔つきになって、

「父親《てておや》が殺されたと伝えるのは残酷な気もしますがね……やはり頑張って、本当のこ

とを調べるように押し通した方が良かったと思いますな。町方同心の中には、親身になって探索する者もおりますのでね」

「かもしれませんが、女の身ひとつでは……」

「だから、沢村様のような手合いが、無理無体なことをしてくるのでしょう。しかし、このままでは商売の方がダメになってしまう気がします。母子のためにも、キチンとしなきゃいけないでしょうな」

「あっしも倅に先立たれて、もう気持ちが萎《な》えてましたが、此度《こたび》のお話を戴いて、本当に感謝しております」

頭を下げる菊茂に、漂っている酒蔵を匂いが嗅ぎながら、忠兵衛は考えを示した。

「酒ってのは、大体が一日中働いた後、キュウッとやるのが楽しみですな。頑張った自分への褒美みたいなもんだ。でも、お上はそれが〝贅沢〟だといって運上金を課すから、江戸での値も吊り上がる」

「はい……厳しいです」

「仲買たちへの金もかかるから、菊茂の酒は直売ということにしているのだろう。手を広げるとなると、卸し問屋の仕組みを変えねばならぬ。仲買たちの反発もあろう」

「でしょうね……」

「知ってのとおり、公儀とは特別な関わりのある播磨《はりま》や丹波、山城《やましろ》、河内《かわち》、和泉《いずみ》、そして摂津《せっつ》は、酒を大量に造ることができる。ゆえに薄利でも商いが成り立つ。それに比べて関東の酒は厳しい」

事情に詳しい忠兵衛はさらに不利な点を指摘した。

「承知のとおり、関東のは荒くて辛いのが多いために、〝甘掛け〟によって旨味を出そうとしている」

甘掛けとは、もろみを搾《しぼ》って粕を取る前に、甘酒を作って加える方法だが、それで旨味を出すには無理がある。上方の酒は火入れ後に変質することはないが、関東のは変酒となることが多く、腐りやすかった。そのことを菊茂は熟知しており、酒は安定していたとはいえ、上方の酒に勝るとは言えなかった。

「そこでだ、菊茂さん。今後は普通の酒ではなく、特別な酒を造って貰いたい」

「え？　特別な酒と申しますと……」

「菊茂のは淡麗だが味わいも深く、それでいてサッパリとしていて飲み飽きない酒だ」

「ありがとうございます……」

困惑気味に頭を下げる菊茂に、忠兵衛は丁寧に話した。

「当たり前だが、酒造りの米と食べる米とは違う。食べて美味しい米は、粘りけがあるから雑味が出るけれど、香りの深い酒を造るには相応《ふさわ》しい米がある。それを仕入れるとなれば金がかかるし保存も難しい」

当たり前のことだと、菊茂は少し不満げに聞いていた。

「その米は、大久保家が別の御領地から運んで来ようということです。しかも、今後はこの酒蔵のためだけの米を作る」

「え、そんなことが……」

「彦右衛門様はやる気満々です。しかも、この蔵では年に三千石もの酒を造っているから、酒粕がかなり余っているはず。それを肥料として使ってくれるところもあるでしょうが、それは只同然。捨てているも同じですから、それを見直します」

忠兵衛の提案を、菊茂は頷きながらもためらいがちに、

「……これだけ精一杯やっていて、江戸で売れないとなれば、余った酒も酒粕も捨てるしかないんだ、残念ながら……」

「酒は働いた後のご褒美だと言いましたよね、つまり、お上は贅沢なものだと言っているのですよ。だったら、いっそのこと、もっと贅沢にしてしまえばいい」

「ええ……？」

「これ以上、美味い酒はないというくらいの、最高のものを造ればいいのです」

「そんなことは……」

「できると思いますよ。あなたの腕なら」

煽てるわけではないが、忠兵衛は自分が飲んだ感想も含めて言った。江戸庶民は贅沢な酒を求めている訳ではない。疲れた体を癒やす程度の寝酒で充分なのだ。

「しかもですな、お蔦さんが相手にしているのは、駿河台の旗本のお屋敷ですぞ。大久保家よりも立派で石高も高く、大目付とかお奉行様とか重い役職のお武家ばかりだ」

「つまり、武家だけを相手にせよと……」

「そうです。旗本どころか、将軍家御用達なんぞになれば、大名屋敷なんぞでも、こぞって求めるでしょう。武家は見栄張りだし、めでたい席などでは奮発しますからなあ」

「あ、ああ……」

忠兵衛の言葉に、菊茂は目を輝かせてきた。むろん、自分は出来る限り一番の酒を造ってきた自負はある。それが武家に喜ばれれば、菊茂も願ったり叶《かな》ったりだ。

「あっしはね……限界まで精米し、洗米に手をかけ、蒸米も甑が熱くなって壊れるくらいやって、種麹も古くから使われる麹蓋を使ってました。酛造りももろみの仕込みも……」

枝桶を使って、〝初添え〟〝仲添え〟〝留添え〟という段階をもって仕込んでいく手間のかかる作業は繊細で、油断ができないくらい丁寧に重ねていく。長い間発酵させて、やがて酒袋から搾り取るわけだが、粕を搾りすぎると雑味が出てくる。これまた、〝荒走り〟〝中取り〟〝責め〟というように三段階に分けて搾られるのだ。その中でも、〝中取り〟は最も貴重で美味いとされている。

「いやいや、本当に美味い。これは売り物にするのが勿体《もったい》ないくらい美味い。めったに飲めないほど貴重なものです」

忠兵衛はお世辞抜きで褒め称《たた》えた。今でいえば、高級な大吟醸というところか。酒好きの武家にはたまらなかった。

「まこと、そのとおりッ」

虎之助は手を叩いて、柄杓で掬って飲む真似をして、

「大久保家では、水桶に一杯、蓄えておくくらいだからな、はは。この酒だけを……菊茂が一番だという〝中取り〟の酒だけを売ったらどうだろう」

「それは無理ってものです」

「どうしてだ」

「ふつうの三倍くらいの日数がかかるから、今の給金では蔵人たちは暮らせない。それに、〝中取り〟だけを三千石も造ることは、到底できっこねえ」

「そんなに造ることはありませんよ」

　忠兵衛は微笑んで頷いた。

「千石だけ造って、その分、値は三倍、いや五倍にしようではありませんか」

「まさか……そんな高い酒が売れるわけがありません。誰が買うのですか」

「だから、武家ですよ。江戸の半分は武家ですからね」

「ですが……」

　あり得ないと首を横に振る菊茂に、忠兵衛は励ますように、

「大丈夫です。はじめのうちは赤字が出ても、うちが面倒見ます。仕込みに手間がかかるぶん酒造高は減らし、値を上げる……逆に考えてみて下さいな。上方からの酒は、江戸に何十万石も入ってくるんですよ。でも、ここの酒はわずか千石としても、吃驚《びっくり》するくらいの美味い酒なら……本物の酒好きは飛びつきます。しかも人というものは、〝限定品〟に弱いのです」

「…………」

「誰だって、どうしても欲しいものは、多少値が張っても買いますよ。ええ、私も伊達《だて》や酔狂で金貸しをしてません……変な話ですがね、人が欲しがるものを煽っておいて、借金させてまで買わせてたんですよ」

自信満々の忠兵衛に、菊茂は自分も騙《だま》されているのではないかと、たじろいだ。

「売れれば結構なことですが……良い酒を造れば、酒粕が沢山出ます。それだけ損をするということに……」

「なりませんよ」

忠兵衛はまた余裕の笑みで、

「江戸では、〝ひゃっこい〟水と同じように、昔っから甘酒が大流行です。特に夏場はね。知ってのとおり、酒粕には人の体に必要な滋養が沢山詰まってますな。それを甘酒にして、江戸中の茶店に置こうと思います。温めても美味しいから、冬場も体に良いってね」

「たしかに体には良いです」

「でしょ。しかも、酒粕は元手がかからないも同然だから、美味い酒で高い値を張ったぶん、江戸で棒手振《ぼてふ》りが売っているものより安く多く売ることができる」

夢を語るような忠兵衛の話を聞いているうちに、菊茂は新しい事ができるような気になってきた。虎之助も思いの外《ほか》、忠兵衛が頑張ってくれそうなので、心から喜んだ。

「つまりは、菊茂の酒は余所行きの酒だな」

虎之助が笑うと、忠兵衛はすぐに相づちを打った。

「おっしゃるとおりです。下り酒が普段着の木綿ならば、ここの酒は絹。井の頭の酒『菊茂千石』――どうです。この銘柄で売れば、通のお武家様に菊茂の名は知られているから、食らいつくと思いますぞ」

「まさに、大久保家と同じ千石。こりゃ、なんとなくめでたいわいなあ」

ふざけて歌舞伎のように見得を切った虎之助を、「よよッ！　天下の大酒飲み！」と忠兵衛がからかった。そんなふたりを見ていた菊茂の顔も、微かな希望の光を見い出したように微笑んだ。

八

その頃、大目付の屋敷では、主人が留守であるのをいいことに、万吉が若い衆に殴る蹴るの仕打ちを受けていた。もちろん、沢村の命令でである。

武家屋敷には中間長屋の一角に、仕置き部屋があった。その板間の部屋で、竹刀や笞《むち》で何度も強く打ちつけられていた。万吉の顔や体は元が分からないほど、腫れ上がっていた。その傍らには、なぜか――縄で縛られたお蔦がおり、片隅ではお松が恐れおののいた顔で、目の前の惨劇を見ていた。

「てめえらが盗賊一味だってことは、間違いねえんだ！　白状しやがれ！」

中間頭がまるでならず者のように怒声を浴びせるたびに、お松は悲鳴を上げた。

腕組みをしている沢村は、血も涙もない顔で、

「仲間は何処だ。話せば、おまえの命だけは助けてやる」

と責め立てたが、万吉は必死に訴えた。

「俺は知りません。仲間でもありません……そもそも〝赤目の天狗一味〟なんてのは本当にいるのですか……」

「まだ白を切るのか！」

今度は沢村自身が木刀で叩こうとすると、お蔦は必死に叫んだ。

「やめて下さい。死んでしまいますッ」

「ならば、おまえが打たれてみるか。激しく繰り返すと、気持ちが良いらしいぞ」

「ありもしない盗賊を仕立てて、因縁を付けて商家を闕所にする理由にしてるだけじゃないのですか。万吉が盗人だというなら、証拠を出して下さいと何度も言ってま

す」

「そこまで言うなら……」

沢村は「おい」と手下に命じて、黒っぽい財布を持ってこさせた。それを差し出されたお蔦はアッと凝視した。

「分かったようだな。亭主のものだ。中にはおまえたちが信心している神社の札も入っている……これが何処にあったか、知っているか、お蔦……」

「…………」

「先般、〝赤目の天狗一味〟が押し入った油問屋に落ちてた」

「そんな馬鹿な。亭主の弥七は……」

「死んだよな。流行病で……ってのは嘘で、本当は何処かで生きている」

「…………」

「お茶の水の崖から落ちて死んだのは、別の奴……弥七の子分だ。たしか、文五郎《ぶんごろう》とか言ったかな。だが、おまえは町方の調べに、『亭主だ』と答えた。別人を亭主だと言い張ったんだ。だから、幼い娘にも亡骸《なきがら》を見せなかった」

黙って聞いているお蔦を、沢村は前に座り込んで頬を撫でながら、

「つまり、〝赤目の天狗〟ってのは、おまえの亭主、弥七だ。駿河台のあんな所に、

ポツンと酒屋があるのは、前々から妙だと思っていたんだ」

「………」

「あの店は隠れ蓑どころか、盗人宿ってわけだ。万が一、逃げ損ねても辺りは武家屋敷だらけ。何処かに逃げ込んで息を潜めてりゃ、町方も乗り込めない。そうだろ、お蔦」

　怪しい雲行きになってきたが、お蔦は却って凛とした顔つきになり、

「その財布を出したのは、沢村様……とんでもない失態でしたね」

「なんだと……」

「財布は確かに亭主のものです。間違いありません。ですが……その財布は、弥七が文五郎にやったものなんです。それを、どうして沢村さんが持っているのでしょう」

「ふん。弥七が〝赤目の天狗一味〟だと認めるのだな」

「だとして、文五郎を殺したのは、あなたということですね」

「なに……？」

　訝しむ沢村を、お蔦は強い目力で見上げて、

「あの夜のことは忘れもしません……ええ、井の頭まで出向いて、なかなか帰ってこなかったからです」

と言った。

雨が蕭々《しょうしょう》と降っており、心配していたところ、ずぶ濡れの弥七が帰ってきた。そして、ガタガタと震えながら、

『まずいことになった。俺が〝赤目の天狗一味〟だってことがバレちまった』

『えっ……!?』

驚くお蔦に、弥七は慌てたように、

『誰か分からねえが、侍が数人、追いかけてきてな。だから、文五郎が俺の身代わりになって囮《おとり》になって逃げたんだ』

『そんな……』

『おまえは百も承知だが言っておくぞ。俺たちは、評判の悪い武家から盗んで、貧しくて薬も買えねえような可哀想な人たちに配ってただけだ』

『分かってます。でも……』

『他の三人の仲間も逃がした。後は文五郎が逃げ切ってくれればいいが……俺もしばらく身を隠す。すまねえ。お松は任せたぜ』

弥七はそのまま姿を消した。

その翌日、文五郎の死体が上がったのを見て、〝身代わり〟になってくれたと思っ

たお蔦は、自分の亭主だと言って、弥七が逃亡したことを伏せていたのだ。

「――そうかい、そうかい。ようなく白状したな、お蔦……で、弥七は何処だ」

「死にました」

「この期に及んで嘘を重ねるつもりか」

「本当です。上州の知り合いのところに逃げていた亭主は、旅のやくざ者と喧嘩になって殺されたそうです。やはり、悪いことはできませんねえ……」

「到底、信じられぬな」

「文五郎さんを斬ったのは、あなたですね。そして崖の下に突き落とした……私の亭主だと思い込んで。そして後家になった私を、どうにかしようとした」

「黙れッ」

沢村は腹いせのように、万吉を足蹴《あしげ》にした。もろに鳩尾《みぞおち》に入ったから、本当に息ができないくらい苦しそうだった。

「白状したんだから、もう言い訳は聞かぬぞ、お蔦。町奉行所に盗人一味として引き渡す。しかもおまえは頭目の女房だ。ふん。大人しく俺の女になってりゃいいものを」

憎々しげに笑って、沢村はお蔦の前に立ちはだかり、

「おまえだけじゃ済まぬぞ。弥七の親父《おやじ》の酒蔵もぶっ潰してやる。盗人の親なんだから一蓮托生だ」

「それは無理ってものです。あの酒蔵は、領主である大久保家が差配することになっておりますので」

「立て直しの話は耳に入ってる」

沢村はまたしゃがみ込むと、お蔦の着物の裾の間に手を忍ばせながら、

「往生際が悪いな。どうせ潰れる酒蔵だ。大久保の爺イだって、おまえの色香にコロリと騙されて、ひと肌脱いだってわけか」

「そんな方ではありません」

「どうだかな。おまえが盗賊の女房だと知れば、百年の恋も冷めるだろうよ」

「…………」

「どうせ、井の頭辺りなんざ貧しい百姓ばかりだ。無駄な足掻《あが》きってもんだ。それより、お蔦……まだ遅くないぞ。弥七が本当に死んだのなら、俺の女房になれ。さすれば楽して暮らせるってものだ。可愛い娘もな」

沢村はお蔦に顔を近づけ、荒い息を吹きかけた。身を震わせるお蔦を見て、沢村はさらにあざ笑い、

「悪いようにはせぬ。言うことを聞け」

「結構でございます」

「しぶとい女だな。ならば……」

乱暴に襟元に手を突っ込もうとしたとき、「ワアアッ」とお松が泣いた。振り返ると、中間がお松を抱きかかえて、喉元に刃物をあてがっている。

「——お、お松……そんな幼子をどうしようってんですか」

「おまえの返答しだいだ」

「やめてッ」

「ならば観念しろ。気の長い俺だが、堪忍袋の緒が切れそうだ。それとも、親子心中といくか、ええ？」

冷徹な目で沢村が言ったとき、お蔦は思わず吹き出して自嘲した。

「何が可笑《おか》しい」

「なんとも運がない人生だと思いましてね……何もなくて貧しい山の中で生まれ育って、岡場所に売られそうになったとき、俠気《おとこぎ》を張って助けてくれたのが弥七さんだった。女房にしてくれるとは思わなかったけれど、幸せでしたよ」

お蔦は己を哀れむように寂しげな顔で、

「出会った人によって、運が変わるのですね。どうやら、私は悪い人に出会ったようだ。沢村様、あなたのようにね」

「せいぜい恨み言を並べるがよい。弥七のところへすぐに送ってやるよ」

沢村が中間に命じて、縄をお蔦の首に掛けたとき、

「阿漕《あこぎ》な真似はそこまでにしときな」

声があって乗り込んできたのは、またしても彦右衛門だった。余裕ありげに笑みを湛《たた》えているが、皺《しわ》んだ瞼《まぶた》の奥の目は険しい。沢村は疎ましそうな表情を見せ、乱暴な口調で言った。

「またか。年寄りの冷や水じゃないが、はしゃぎ過ぎると怪我では済みませぬぞ」

だが、彦右衛門は大袈裟《おおげさ》なほど腹の底から大笑いをして、反っくり返りそうだった。

その笑い声を却って不気味に感じたのか、中間たちはお蔦から離れた。

「おまえこそ、裏では〝赤目の天狗一味〟とやらと繋がっていたのではないのか。匿ってやった見返りに、盗賊から金の分け前を貰っていた。だが、弥七たちはそれを断った。だから、殺そうとした」

「どうして、そんなことを……！」

不思議そうに沢村が首を傾げると、彦右衛門の後ろから入ってきたのは、当家の主

人・早瀬主水之介である。三千石の旗本で大目付らしき、風格ある面差しである。

「あっ……ああ！」

驚愕《きょうがく》する沢村に、早瀬はズイと威風堂々とした態度で近づいて、

「板橋宿《いたばし》まで帰ってきていたのだがな、大久保殿から火急の使いが来て、慌てて舞い戻ってくれれば、この始末」

「違います、早瀬様。これは……」

「言い訳無用。明日にでも評定にかけるゆえ、覚悟せい。それとも、主人のこの俺に迷惑をかけたと反省するならば、己で腹を切ってみせるか」

早瀬は迫ってみせたが、沢村は元より主人の言うことを聞くつもりはなさそうだ。沢村に肩入れしていた中間のひとりが懐に手を入れるや、最後の悪足掻きとばかりに突きかかった。彦右衛門はその腕を摑んで捻《ひね》り上げ、簡単に匕首を奪うと、お蔦と万吉の縄を切り、お松を廊下に押し出した。

だが、沢村はいきなり抜刀して、早瀬に向かって斬りかかっていった。その寸前、彦右衛門は間に入って、沢村の鳩尾に拳《こぶし》を当てて刀を奪うと、沢村の背後に廻って羽交い締めにするように刃を喉元にあてがった。還暦過ぎの動きとは思えぬ素早さだった。

「早瀬殿。よければ私が、この不埒者《ふらちもの》を斬っても宜しいかな」

彦右衛門が尋ねると、

「よ、よせ……」

と沢村は情けない声で、殺さないでくれと訴えた。額には汗が噴き出している。

「俺はただ……お蔦と一緒になれれば、それでよかったんだ……惚れた弱みで運上金をごまかしてやってただけだ」

「だとさ、早瀬様。後の始末は、あなたのご支配の者なので宜しく」

と彦右衛門は、お蔦とお松らを連れて屋敷を出ていくのであった。

九

井の頭から帰って来た虎之助は、お蔦に会って、菊茂と纏《まと》めた話を告げた。その場には、彦右衛門も立ち会っていた。

「お蔦。なんとか目途がつきそうだが、何もかも、お義父上《ちちうえ》の後押しがあってのことだ。菊茂も頑張って、今年の秋に仕込んで、寒い冬を越えて来年になれば、さらに美味くて立派な酒が生まれているであろう」

「ありがとうございます……皆様のお陰でございます」

涙声になって、お蔦は頭を下げたが、虎之助は手を振りながら、

「いや。水奈は何もしておらぬ。お義父上が……」

「おい、虎之助。その水奈様ではなかろう」

「え、ああ、そうですよね」

「もしかして、おまえはもう水奈の怖さに打ち震えておるのか」

「め、滅相もありませぬ。可愛い嫁御でございますれば」

咳払《せきばら》いをひとつしてから、虎之助は顔を引き攣《つ》らせながら話を続けた。自分と忠兵衛の考えや方針を伝えると、お蔦は安堵《あんど》したように何度も礼を言うのだった。

「しかし、すべてが片付いた訳ではない。蔵元の借金は『大黒屋』が引き受ける形になっているが、返すまでは幾ばくかの利子を伴う。おまえも頑張らねばならぬぞ」

「承知しております。実は、私の亡くなった亭主は……」

正直に言いかけたお蔦に、彦右衛門が止めて、

「そのことについては言わぬが花だろう。この彦右衛門、あれこれ調べてみたが、確たる証はなにもない。弥七は亡くなったのだし、救われた者も多いのだ。困ったのは沢村のような輩だから、まあよかろう」

と言った。何のことか分からぬ虎之助は余計に気になったが、彦右衛門はすぐに話を変えて、こう続けた。

「虎之助。おまえは勘定方に戻りたいのであれば、儂の命令に従え。悪いようにはせぬ。海防掛からも外れるよう手配りしよう」

「ま、まことですか！」

「うむ。武士に二言はない。よいか、この店も借金の形《かた》に入っておる。おまえも万吉と共に、『菊茂千石』を駿河台はもとより、江戸中の武家屋敷に売り込むのだな」

「むろんですとも」

「お松が婿を貰って、跡取りができるまで、おまえも頑張れ」

「それは気の長い話でございまするな」

「佐伯家の跡取りも頑張って作らねばな。儂も水奈が産む孫を楽しみにしておる」

「はい。もっともっと大きな商いにして、大久保家の一助になるよう、身を粉にして頑張りたいと存じまする。ですが……」

割高な『菊茂千石』だけでは、やはり不安で、お蔦は誰もが手に出来る安い酒も造って売った方がよいのではないかと心配した。

「さもありなん。万が一、大損してしまえば、『大黒屋』に借金を返せず、我が大久保家の実入りもなくなる。儂とて慈善を施すために動いたわけではないからのう」

「まさか、私たち親子は……」

何か見返りを求められると思ったのか、お蔦は少しびくついた顔になった。

「はは。よほど人を信じられぬ暮らしをしてきたのかのう。商売が上手くいかず、万が一のときは大久保家で面倒を見てやる。なに、情けは人のためという家訓があるのでな」

「情けは人のためならずでしょうが」

虎之助は笑って返したが、彦右衛門は平然とした顔で、

「いや。人のためじゃ。巡り巡って何か良きことがなくても構わぬ」

彦右衛門は優しいまなざしをお蔦に向けると、

「とはいえ、お蔦……おまえが杜氏である菊茂や蔵人たちの腕を信じなければ、良き酒を造ることも叶わぬ。もちろん、酒を買って飲んでくれる人のことも信じなければ、売ることもできぬ。人生、情けの貸し借り……金の貸し借りだけじゃ味気ないものだ」

と言った。

「はい……そうですね。分かります」

お蔦は感じ入って、彦右衛門を見つめ返した。

「のう、お蔦……たしかに世の中には悪い奴もいる。あの沢村はまだまだ可愛いもので、もっと極悪人がおる」

「あ、はい……」

「これは儂の心がけだがな、大悪《だいあく》を倒すには小悪《しょうあく》をせねばならぬときもある、と思うておる。殊に天下国家を担う者はさもありなん。されど……」

「………」

「されど、悪事は何の手本にもならぬ。この世の中が慈悲に溢《あふ》れるためには、感謝が一番情けが二番。だから、娘のお松には、おまえが生きる手本とならねばならぬ。親が世の中や他人を疑ってばかりおると、素直に人を信じない子になってしまう」

「はい……」

「人を信じられぬ子が一番、可哀想じゃ。だから、これからは母親のおまえが、心の底から人を信じることだ。人に頼ることだ」

「頼る……」

「さよう。菊茂たちが匠の技を駆使して頑張ったとしても、発酵するという自然の力を信じなかったら、美味い酒はできぬではないか。それこそが他力本願。他力本願の極意は、信じることじゃからな」

　彦右衛門の真面目な顔を、横から虎之助も神妙に見ていた。

「――はい。おっしゃるとおりだと思います」

　お蔦が素直に頷くと、彦右衛門はニコリと微笑んで、

「その顔じゃ……何もかも忘れて、辛かった思いはすべて捨てて、これから先のことだけを考えていればいい」

　淡々と仏のような表情で話す彦右衛門に、お蔦は胸に込み上げるものがあったのか、ふいに涙ぐんで、

「――考え方が間違っていました……」

「え……？」

「大久保様のお話を聞いていて、弥七さんの言葉を思い出したんです……」

　お蔦は遠い目になって、

「ある晩、売れ残ったお酒を見ていて、私は溜息混じりに、もっと売れればいいのにね。どうして、みんな買ってくれないんだろうね。こんなに美味しいのにね……そう言ったら、主人は平気な顔で笑ったんです」

「笑った……」

「はい……来ない客のことを考えても仕方がない。菊茂の酒を飲みたいと飲んでくれる人に、誠心誠意、届けることだ……そう言って笑うんです」

「――なるほど……」

彦右衛門も感じ入って、静かに微笑み返した。

「でも、その言葉は、菊茂お義父さんの受け売りだったんです、あは……でも、買ってくれない客のことは憂えても仕方のないこと。それよりも、わざわざ買いに来てくれる人のために、おいしいお酒を造るんだって……」

「立派な旦那さんだ……知足安分の心得は立派なことだな。しかし、政事《まつりごと》にあってはそれだけでは成り立たぬ。民百姓がみな幸せになるためには、どんどん売って貰わなくてはな。しかも、武家から取り上げて庶民に返すのだから、それこそが真心というものだ」

「はい……頑張ります」

弥七のことをしみじみと思い返したのであろうか、お蔦はお松の体をひしと抱きしめて、彦右衛門と虎之助に深々と頭を下げた。

「お義父上。なんだか私もやる気が出てきました。水奈さんを貰ったし、引きこもっているときではありませぬね」

虎之助は溌剌《はつらつ》とした顔で、彦右衛門を嬉しそうに見やって、

「景気づけに、樽をひとつ買って帰りましょう。ねえ、そうしましょう。うちの父はさほど飲みませんので、大久保家に」

「そうだな。いっそのこと、おまえをうちの養子にして、龍太郎たちを外に出すのであったな、あはは」

彦右衛門は頼りないと思っていた虎之助のことを少しは気に入ったようだ。笑顔を交わすふたりを見て、お蔦も「人を信じる」という思いが明瞭になった。

その夜のことである。寒空の中にぽつんと浮かんでいる月を見上げながら、彦右衛門が寝酒を一杯やっていると、

――ガタガタ。ガタガタ。

と屋敷内の何処かで音がした。またぞろ中間たちが揉め事でも起こしているのかと思って、よっこらしょと立ち上がろうとしたとき、廊下を走る音がして、「大変でございまするッ」と檜垣左馬之助が駆けつけてきた。手には槍を持っている。

珍しく錦之介も一緒である。父親と違って病がちで線が細い若侍だ。

「何事だ。いつも騒々しいのう、左馬之助。おまえの大変だは……」

聞き飽きたと言う前に、檜垣は必死の形相で、

「怪しげな奴が忍び込んでいる節があります。家臣一同、中庭に結集しておりますれば。もしや噂の〝赤目の天狗一味〟やもしれませぬ」

「いや。それはない」

「えっ。どうしてそう断言を……」

「もうとっくに死んでおる」

「えっ……？」

「それより、騒ぎはなんだ。どうせ鼬《いたち》でも走ってるだけだろう」

彦右衛門がそう言ったとき、中庭を挟んだ向こうの奥向きの廊下からも、千鶴を筆頭に娘たちが、やはり襷《たすき》掛けに長刀を抱えて駆け出てきていた。

「いたぞ。向こうじゃ。追え、追え」

千鶴が高い声を発すると、娘たちはさらに奥の庭の方へ向かった。さすがに彦右衛門も腰を上げて、娘たちが駆けていった方に向かうと、檜垣たち家臣も数人ついてきた。

すでに庭の片隅にある石灯籠《いしどうろう》の方まで、賊を追い詰めているようだった。

「何者だ。姿を現しなさい！」

長刀をブンとひと振りして千鶴が迫ると、

「うるせえなあ！」

大声を張り上げて、石灯籠の後ろから出てきたのは――虎之助だった。灯籠の灯は落としているが、月明かりに浮かんだ顔を見て、

「なんと。おまえか……どうした。また酔っ払っておるのか」

思わず彦右衛門が声をかけると、千鶴たちもすぐに分かって、わずかに身を引いた。

だが、虎之助の方は悪びれる様子はなく、大きな鍋に入れた酒をガブガブと飲みながら悪態をついた。

「酒を飲んだら悪いか。なあ、お義父上、いや彦右衛門。美味い酒を沢山造って、一杯売って、儲けようぞと鼓舞したのはおまえではないか、ひっく……」

義父をおまえ呼ばわりする虎之助の姿に、千鶴たちは驚いて目を見開いていた。彦右衛門当人も戸惑っていたが、なんとなく様子を察したのか優しい声で、

「何があった、虎之助……そこまで酔うとは、水奈と喧嘩でもしたのか」

「喧嘩……？　冗談じゃない。あんな男勝りな女、こっちからぶっ飛ばしてふん縛って、叩きのめしてやったわ」

「まあ、なんてことを……！」

千鶴が踏み出るのを、彦右衛門は止めて、

「そんなことできるわけがなかろう。水奈は武芸十八般。おまえなんぞ、赤子の手を捻るより簡単に倒すであろう」

と言うと、虎之助は一瞬、言葉に詰まった。そして俄に泣きべそをかいて、

「――だって……酒を飲んじゃいけないって、徳利を取り上げるんだぞ……これから俺が造る酒だ。味を確かめていただけじゃないか。それを酔っ払い扱いしやがって、二言目には大久保家の女です。酒蔵を立て直すのも結構ですが、佐伯を立て直すためにシッカリせよだのなんだのと、もううるさくてかなわない！」

「あいつなら……さもありなん」

同情して言う彦右衛門に、千鶴は非難する顔を向けたが、

「そんな顔をするでない、千鶴。虎之助の気持ちを考えればだな……儂はこやつを責める気がせぬのだ」

「だからといって、妻の実家とはいえ、仮にも余所様の家に勝手に入り、好きなだけ酒を飲み、乱暴にクダを巻く殿方など信頼するに値しませぬ。今すぐにでも水奈を返して貰っても結構でございます」

「まあ、そう言うな。ふたりにはふたりの話があるのだろうし……」

庇おうとする彦右衛門に、長女の睦美も怒りを露《あら》わに、

「けじめがなってないのです。母上がおっしゃるとおり、この際、水奈を……」

「まあ、待て。そう事を荒立てるでない。のう虎之助。おまえの気持ちも分かる、今宵は付き合ってやるから、さあ、儂の部屋に来るがよい」

彦右衛門はあくまでも善処しようとしたが、今度は虎之助の方が、

「そうやって事勿《ことなか》れを良しとするお義父上も如何なものか。天下のご意見番が聞いて呆れる。自分の妻子も制御できない奴が、なんで天下を操れようか。へっ。ちゃんちゃらおかしくて笑いが出てくるわい」

「おいおい……」

「悔しかったら、お義母様を怒鳴り散らして有無も言わせず、引っ込んでおれと命じたらどうだ。ケッ。大久保家がなんだというのだ。ひっく……佐伯の方が元はといえば、神君家康公の槍奉行としてだな……ひっく」

「おまえがここまで大虎になるとはな。まさに名前どおりだな。もうよい、さあ」

と彦右衛門が思わず手を差し伸べると、虎之助はとっさに殴りかかった。軽くよけた彦右衛門の傍らをすり抜けて、勢い余って池に落ちた。だが、虎之助は立ち上がろうともせず、そのまま沈んでいく。

檜垣たちがすぐさま池に入って抱え上げたが、虎之助はくしゃみをひとつしてから、ぐうぐうと眠っていた。

「どうしようもない奴だな……だが、水奈にはちょうど良い相手かもしれぬ」

何がおかしいのか、彦右衛門が手を叩いて笑った。だが、千鶴たち女は長刀を抱えて険しい顔のままだった。

「おっ……」

彦右衛門は一歩引いてから、月を見上げながら、

「檜垣。虎之助は中間部屋に寝かせておけ。儂はもう少し寝酒を飲む」

と言うと、何処かで梟が鳴いた。虎之助夫婦の先々が思いやられるが、それよりも国難が迫っていることの方が、彦右衛門には気がかりだった。

第三話　友と争うことなかれ

一

大久保家次男の拓馬の部屋は、いわゆるエレキテルや天球儀、屈折望遠鏡から弁才《べざい》船《せん》の〝模型〟に測量器の象限儀中、国友《くにとも》の火縄銃などが雑多に置かれていた。片付けるのが苦手なのか、散らかっている室内に、拓馬はずっと寝起きしている。

そのだらしがない姿を見るたび、彦右衛門は愚痴を言うのだが、一向に改善されないどころか塵芥《ごみ》屋敷のように酷《ひど》くなっている。しかし、下手に触れようものなら、

「俺は何処《どこ》に何があるのか分かっているのだから、微動だに動かさないでくれ」

と興奮気味に文句を言った。

今、力を入れて研究しているのは、大砲造りと船による測量術だった。むろん、ま

だ設計の段階だ。いずれも国防のために必要だからと、龍太郎に頼まれたというのだ。むろん、拓馬は前々から、この世の成り立ちを解き明かしたいとのことから、科学や天文学はもとより、今で言えば地学や民俗学などの知識にも磨きをかけていた。如何《いか》なる国が、どのような技術の武力をもって日本を攻めてくるのかを、自分なりに探っていたのである。いずれ幕府の〝防衛軍〟の役に立つだろうと、拓馬は確信を抱《いだ》いていた。

彦右衛門とて、弓矢や刀だけで鉄の船で来る異国の軍勢に勝てるわけがないと思っていた。だが、御書院番はいわば籠城戦になったときに将軍を守る役目であるから、戦術よりも戦略によって異国の威力を封じ込めたいと考えていた。

「父上……仮にも番方筆頭格の旗本ならば、我が国の周辺に出没している異国の力の恐ろしさは承知しておいででしょう。熊のような清国に比べれば、この国は栗鼠《りす》にもならぬほど……力を蓄えながらも上手く立ち廻《まわ》って、滅ぼさぬようにせねばなりますまい」

拓馬に説教されて、彦右衛門は鼻白んだ顔で、

「そんなこと言われなくても分かっておる。おまえは口先ばかりで、何もしておらぬではないか。甘えるのも大概にせい」

「何もしていないとは心外です。たしかに私は父上のように武芸は苦手ですが、何度も言いますが槍や刀だけでは異国の軍勢には決して勝てませぬぞ。座して死を待つより、誰もが考えつかぬ方策で敵を討ち倒そうではありませぬか」

「威勢だけは頼もしいのう。その前にまことの武士がいなくなり、国は滅ぶであろう。兵法学の山鹿素行《やまがそこう》を持ち出すまでもなく、我々は武士道を全うするために……」

「説教は結構です。父上の精神は立派ですが、武士は食わねど高楊枝では、敵に勝てませぬ。大きな武力でもって腹を満たしておかねば、犬死にするだけです」

「黙れ、拓馬。如何に武器弾薬を整えようとも、それを使うは武士なるぞ。刀を持ってもへっぴり腰では戦えぬように、心身を鍛えておかねば戦には決して勝てぬ。今や命をかけて戦う大名の家臣や公儀旗本もじわじわと減っておる」

彦右衛門は暗澹《あんたん》たる面持ちになって、

「我が大久保家の親族も次々に嫡子がおらず廃絶になったり、つまらぬ諍《いさか》いを起こして御家断絶になったりしておる。情けなや」

「──丹波亀山《かめやま》藩のことですか」

拓馬は小馬鹿にしたように微笑を浮かべて、

「藩主の大久保丹波守定則《さだのり》様は、父上の再従兄弟《はとこ》になりますが、どうせろくでもないことしかしてこなかった」

「おい。なんということを……」

「政事は家老任せ。自分は歌を詠んだり、謡曲を舞ったりして優雅な人生でござった。父上と違って、世のため人のためには何の役にも立たなかったようですな」

「いい加減にせい。人の悪口を言うなど、一番してはならぬことだ。とまれ……御家断絶になってから、丹波亀山藩の江戸屋敷は取っ払われることとなった。その後始末をまたぞろ、儂《わし》が任された。おまえも暇なら手伝え」

丹波亀山藩はわずか一万石の大名とはいえ、徳川家譜代の家臣である。戦国の昔は、豊臣秀吉に最も畏《おそ》れられたという北条《ほうじょう》家に繋《つな》がる武門としても知られ、築城家として名を馳《は》せた藤堂高虎《とうどうたかとら》や賤《しず》ヶ《が》岳《たけ》七本槍のひとり加藤嘉明《かとうよしあき》とも縁戚にあったという名家である。むろん先祖の大久保彦左衛門の一門である。

屋敷は隅田川《すみだがわ》沿いの向島《むこうじま》に、六百坪余りのものがあるが、下屋敷に過ぎない。一旦潰され、公儀の蔵屋敷が建つことになっているが、狭いながら小堀遠州《こぼりえんしゅう》が造ったとされる庭が見事である。ゆえに、隅田川の土手にある桜並木と合わせて、江戸町人の行楽場所にしてくれないかと、藩主の大久保丹波守定則は切腹前に、老中若年寄ら幕閣に働きかけていた。とはいえ、そもそもは拝領屋敷であるから、願いが叶《かな》うかどうかは分からなかった。

藩主が切腹をして御家断絶になるとは、よほどのことをしでかしたのであろうが、実はよく分かっていない。大久保定則は奏者番という、将軍家と大名を取り次ぐ重い役職を担っていたことがあるが、滑舌がよくなく、物覚えも今ひとつだったせいか、大切な儀式の折に名前を間違えたりした。元々、上がり症でもあったために、堅苦しいことが苦手だったのだ。

そのため、大きな失態をやらかしてしまった。諱《いみな》や守名《かみ》乗りを少し間違えるだけでも切腹ものだが、完全に人を間違えてしまったのだ。五十万石の大藩の藩主と、三万石の小藩の大名の席次を間違えた上に、そのことで慌てて、臨席していた他の大名の長袴《ながばかま》を踏んで転がし、大怪我をさせるという信じられぬ失態を演じたのである。

大久保丹波守は、評定所の吟味と採決を経て切腹に相成ったが、その前に自邸にて自刃して果てていた。

——雲遥か桜の峰に散る渚　夢見し故郷《さと》や死出に立ち寄り

短冊に書かれた辞世の句が、切腹の場の三方に置かれていたという。

人は分《ぶん》に応じた仕事や職務に励むべきで、できないことを無理にしようとして失敗をして、下手をすれば死ぬことにもなる。定則は常日頃から、

「分を弁《わきま》えよ。不平不満を言うな。自慢話をするな」

という大久保家の家訓を繰り返し家臣に話していたが、自分では望んでいなかった奏者番という重い役職のために切腹する事態に陥ってしまった。やはり分相応な役職でないから断っておくのだったと、後悔していたという。

やはり、書をよくして絵筆を執《と》るのも好きだった定則だが、何かと厳しい政事の渡世には向いていなかったのかもしれぬ。藩主として生まれたことを、苦痛に思っていた節もあるが、異国船が現れる時勢だから、あの世に行った方が幸せだったかもしれぬ。

何をやっても〝殿様稼業〟だと、家臣たちには随分と暢気《のんき》そうに見えたようだが、当人にしか分からない苦悩があったはずだ。その苦悩を間近で見ていたのが、朝桐《あさぎり》という奥女中であった。大奥女中の滝山《たきやま》に仕えていた女である。

滝山とは将軍家定《いえさだ》に寵愛《ちょうあい》されたが、その後も、まだ幼い家茂《いえもち》の面倒を見ている大奥の実力者であり、江戸幕府最後の御年寄と言われている人物だ。かの勝海舟の母親のいとこにあたる。

その滝山のもとで修業をした朝桐は、定則からの信頼が厚かった。腹が痛いとか風邪を引いたとか、爪が剝がれたといっては、つまらぬことでも朝桐を呼びつけては、甘えるように面倒を見させていた。定則は心底、朝桐を姉のように慕っていたのである。

彦右衛門は定則が切腹した後、朝桐と直《じか》に会ったが、その折に聞いたことを、なぜか拓馬に語って聞かせた。

二

「――まこと、無念でございまするな、朝桐……」

定則の正室の芳枝《よしえ》が、江戸屋敷の後片付けをしている朝桐に声をかけた。

「殿はわらわよりも、そちの方と気があっていたようだしのう。腹を召される前にも、朝桐のことを案じて、家老らに色々と遺言を残しておった」

「さようでございますか。私、ちっとも知りませなんだ。ええ、殿が城中で失敗をしていたことをでございます。名前を間違えたり、席次を違えたりしたくらいで、命まで取られるとは、今更ながら、お武家とは厳しいものでございますな」

しみじみと語る朝桐に、芳枝の方はニコリと微笑《ほほえ》みかけて、

「わらわよりも、朝桐と過ごした時の方が長いゆえな……もう五十年余りになるか

「……行く末が心配だったのであろうのう……」

「はい……」

朝桐が国元である阿波小松《あわこまつ》城に預けられたのは、三歳になったばかりの頃であった。

これには、ちょっとした訳がある。

大海原に面して白砂青松が続く阿波小松藩には、海亀がよく上がってきていた。産卵のときに限らず、甲羅を日干しするかのように現れていた。亀甲紋が家紋であるのも、その土地由来のめでたい言い伝えがあるからだろう。まさに亀は阿波小松藩にとっては、守り神のようなものだった。

あるとき、海亀が赤ん坊を背負って歩いているのを、漁師が見つけて、庄屋の所へ運んでいった。状況から見れば捨て子なのだが、生きていたのが幸い、庄屋が面倒を見ることになった。

だが、その女の子を育てているうちに、庄屋屋敷には枯れたはずの梅が咲き、里村の桜にも花が開き、旅人が大勢訪ねて来たり、寂れていた湊《みなと》に瀬戸の島々から船が沢山来るようになったりした。交流が増えると、藩の財政も潤うようになる。まさに、亀が連れてきた子が、幸運も運んできたという噂が領内に流れた。

それが、朝桐であった。

時の藩主は、家老らを使わして、庄屋から、朝桐を城に上がらせよと命じた。幸運にあやかろうというだけだったが、身分は奥女中として殿の側《そば》に、人形のように置いておくことであった。朝桐が藩の幸運を運んだかどうかは疑問であるが、それまで子宝に恵まれなかった時の藩主に、跡継ぎができた。それが、定則である。

その頃、朝桐は六歳になっていたから、丁度よい遊び相手である。もちろん、奥女中らが丁重に定則を育てたが、定則がみっつになれば、朝桐は九歳。定則が十歳になれば、朝桐は十六歳だから、本当に頼りになる姉として育ったも同然だった。

長じて、芳枝の方を正室に迎えたが、幕府の許しを得た上での、大名同士の血縁であるから、庶民のように好いた惚れたの仲ではない。祝言を挙げたその日ですら、定則はその報告を朝桐にしたほどである。

一方、朝桐の方は縁起の良い女だという噂が流れて、大奥女中に招かれ、滝山の下で勤めたのだ。定則が参勤交代で江戸に出た折には、宿下がりとして下屋敷に呼ぶことができた。また、寺社奉行や奏者番として幕府の役職に就いて江戸詰めになったときも、何かあれば側に呼び寄せた。

「まるで夫婦か、仲の良い姉弟のようでございまするな」

というのが、家臣たちの感想で、彦右衛門も何度か会ったが、羨ましいくらいであった。朝桐は素直な人柄だったから、大奥でも大切にされ、よく耳にする女中からの嫉妬や羨望などはまったくなかったという。それゆえ、芳枝の方も〝焼き餅〟など妬《や》いたことがなかった。

「で……どうするのじゃ、朝桐。この屋敷もまもなく処分される」

芳枝の方も行く末を案じていた。当家がなくなった限りにおいては当然、奥女中もなくなってしまう。芳枝の方は実家の大名家に戻って余生を過ごし、他の奥女中たちも大概は裕福な商家か下級武士の出だから、実家に戻って、それなりの暮らしができる。

しかし、朝桐には帰る家などない。庄屋夫妻は遥か昔に亡くなっており、その縁者はいないではないが、今更、老婆となった朝桐の面倒を見るのはきつかろう。

「私のことなら大丈夫ですよ、奥方様。亀に運ばれて来たのですから、何処ぞの海辺を歩いておれば、また亀が迎えに来てくれるかもしれませぬ。亀は千年も長生きするというから、私を連れて来た亀はまだ、うろうろしているかもしれませぬ」

いかにも上品な言い草、仕草で事も無げに言う朝桐に、芳枝の方は頭を下げて、

「すまぬな、朝桐」

「いやですわ、奥方様。そんな暗い顔」

にっこりと、朝桐は愛嬌のある顔で微笑み返した。

「おまえひとりくらいなら、わらわの実家で面倒を見ることができよう。どうじゃ、一緒に参らぬか。丹波の国ゆえ、冬は寒さが厳しいが、住めば都ぞよ」

「ありがとうございまする。でも、考えてみれば……」

と遠い目になって、朝桐は呟《つぶや》くように、

「私は三歳のときに小松城に上がり、他は江戸屋敷の中だけ……いわゆる世間というものを、生まれてこの方、見たことがありません。そりゃ三歳までのことも、うっすらとは覚えておりますが、まったく城やお屋敷の中だけが、人生のすべてでございました」

「そうよのう……それを言えば、わらわも同じじゃ」

「もう六十近くになりました。ですから、今一度、ふつうの暮らしというのを垣間見てみたいものでございます。冥途《めいど》の土産に……と言っても、冥途で待ってくれているのは、お殿様しかおりませぬがね」

「さようか。それもまた、余生として楽しそうじゃのう」

共感したように芳枝の方は頷《うなず》いて、朝桐の手を優しく握りしめた。

「当座は困らぬほどのものは渡しておきます。もし、足らなくなったら、いつでも中間の善六《ぜんろく》に命じて、実家の江戸屋敷まで取りに来させなさい。善六は実家の中間をさせることにしていますのでね。おまえとも懇意であったでしょう?」

「はい。今時、珍しい若い衆です」

「若い衆……善六もそろそろ、四十ですからね。余所《よそ》では使い物になりますまい」

「ええ、そうでしたね。月日が経《た》つのは、本当に早いものです。光陰矢のごとし……昔の人は本当のことしか言いませんね」

溜息混じりに、小堀遠州の庭を見廻しながらも、朝桐は新たな門出を迎える少女のような爽《さわ》やかな顔になった。そして、目に焼き付けるように、屋敷を眺めた。

「お名残《なご》り惜しゅうございます」

しみじみと言う朝桐に、芳枝の方は念を押すように言った。

「外へ行っても、主家のことは口外してはなりませぬよ。御公儀に取り潰された藩の女中などと言えば、そなたも卑屈な思いをせねばならぬし、信頼もされぬであろう。何より、亡き殿が不憫《ふびん》です。お取り潰しになったと人の噂が続けば……」

「よく承知しております。殿の不名誉になることは、決して言いませぬ。私がここでお世話になったことも」

「いいえ、そういう意味ではありませぬぞ」

「分かっております。芳枝の方様のお気持ちを、私は重々、承知しておりますれば」

朝桐はそう言って、もう一度、庭を眺め廻すのであった。

三

「で……父上、それが何なのですか。改易になればお屋敷は返上するのが筋……私に何をしろと」

拓馬が訝《いぶか》しげに訊《き》くのへ、彦右衛門はものは相談だがと神妙な態度になって、

「その下屋敷を儂が借り受けることになった。というか処分役だがな。親戚故な、老中や若年寄から反対はない。隠居場所にとも考えたが、まだ引退するつもりはない。そこで、おまえが住むことにした」

「えっ……もう決めたような口ぶりですが……」

「さよう。公儀にもそう届けておる。あの屋敷ならば、おまえひとりで広く使えるし、好きなだけカラクリ作りに専念できるのではないか。うるさい姉や妹もおらぬからな」

彦右衛門がそうした裏には何かあるに違いないと、拓馬は勘ぐった。が、たしかに

今の部屋では手狭だし、周りの目も窮屈である。

——いっそのこと引っ越して、ひとりで優雅に暮らすのもよいか。

と拓馬は頭の中で計算した。

「うまくいけば、屋敷はおまえにやる」

気軽に言う彦右衛門の言葉を信じたわけではないが、いい年をこいて親元にいるのも気が引ける。渡りに船とばかりに頷いたとき、騒々しい声が門前の方で聞こえた。

「なんですかな。またぞろ貸し家か蔵屋敷で、厄介事が起こったのかのう」

よっこらしょと彦右衛門が玄関まで行くと、檜垣左馬之助が門番とともに押し寄せている町人たち十数人を相手に何やら揉《も》めているようだった。

門前に集まっているのは、やはり大久保家の貸し家の住人のようだった。旗本や御家人は屋敷内の空き部屋を町人や浪人などに貸して家賃を得ているが、公儀から預かっている地所や空き家などを貸して暮らしの足しにしていた。

だが、今日はどうも単なる陳情ではなく、険悪な雰囲気が漂っている。玄関から歩み出てきた彦右衛門が「何事だ」と野太い声を上げると、ようやく厳しい声は収まった。それでも不満げに町名主の満右衛門《まんえもん》と名乗る者が、

「どうか、聞いて下さいまし、大久保の殿様。町奉行所のお役人が来て、とんでもな

いことを言い出したのです」

と頭を下げた。

訴えというのは、大久保家の貸し家を含む数軒の棟割長屋が、町奉行の意向で取り壊されることになったのだ。そこには、新しい道と掘割、船着場、鉄砲教練所などを造り、御船手とともに戦支度に使うという。江戸防衛にとって大事な所にするため、棟割長屋や何軒かの商家は立ち退けというのだ。

ゆえに、その長屋に住んで仕事をしている桶屋、表具屋、金具屋、鍛冶《かじ》、竹細工師、紙漉《かみすき》や墨屋などがドッと押し寄せていたのは、「俺たちの仕事や暮らしを奪うのか」という激しい抗議だった。

「大久保様の地所や家屋ばかりではありませぬ。他の御旗本や御家人に関わりがある所が、わんさか同じような目に遭ってます。だから、どうか取り潰すのはやめて下さい」

「待て、待て。新しく何かを造るわけではない。あんたたちの長屋は古すぎて、ちょっとした地震でも潰れかねないし、火事になったときに延焼しやすいのでな……」

「そんな言い訳は、大久保様らしくないですな」

人を掻《か》き分けるように入ってきたのは、両替商『大黒屋』の主人・忠兵衛だった。

「おう、大黒屋……聞いておったか。事情を知っておるのなら、どうにかせい」

「此度《こたび》は立ち退きとか建て直しの話ではありませんでしょう。世の異変に備えるためとはいえ、町人に犠牲を強いているのですから、私としても承服しかねます」

「おいおい。大げさなことを言うな」

「惚《とぼ》けないで下さいまし。上様は国難に際して祖法を持ち出しているではありませんか。武家諸法度を天和令《てんなれい》にお戻しするという噂もありますが」

「まさか。それはない。御書院番頭としても断言できる」

彦右衛門は否定した。町人たちはあまり訳が分からないが不安げに顔を見合わせた。

武家諸法度は幕政安定のために、武家の統制をする法律だが、公事方御定書《くじかたおさだめがき》は現代でいう〝罪刑法定主義〟による刑法典である。それまでは前例中心の慣行を根拠として裁判を行っており、道徳と刑事の責任も明瞭に分かれていなかった。ゆえに犯罪のことも、悪事、不届、曲事、邪曲、不実、非道などと様々な言い方をしていたのだ。

だが、庶民にとっては、それまで大した罪ではなかったものまでが厳しくなる虞《おそれ》があったので、何でもないことでも罪になるのはないかと危惧していた。事実、関所破りはその場で処刑となり、誤って大八車などで人をひいても罪にならなかったものが流罪になった。

厳しさは世が下るほど増してきて、今や異国人と通じているのではないかという疑いや、町人が新しい洋学思想に触れただけでも、入牢させられる。

今般の立ち退き騒動は、お上が町人に対して直接的な危害を加えるものではなかったが、お上に逆らうという行為に対して、不届き者として島送りだという。だから、お上のやることに、大っぴらに反対ができなかったのだ。今は〝尊皇攘夷〟の考えも広がりつつあり、逆に開国開明思想も水面下では唱えられている。

「たしかにいろいろな考えがあるが、お上が町人を虐げるなどと……事実ではない。お上に逆らっただけで流罪になるなんて、あり得ぬことだ」

彦右衛門は真摯《しんし》に答えたが、忠兵衛は丁寧な口調ではあるが、まるで反論するかのように言った。

「さあ、それはどうでしょうな」

酒蔵の一件では手を貸してくれたが、時々、腹を読めぬときがある。

「大久保様は心優しいからそう言われるが、実際に町方役人が押し寄せてきて、長屋で寝たきりの年寄りを追い出しました。そんな非情なことが罷《まか》り通ってよいのですかな」

「馬鹿な。誰だ、そんなことをする奴は。俺がキッチリ意見してやる」

「その馬鹿とは、北町奉行の井戸対馬守《いどつしまのかみ》様でございます」

忠兵衛が言うと、周りの町人たちに緊張が走った。名指しで言ったからである。だが、彦右衛門はさもありなんという顔で、

「前職は長崎奉行で、留守居次席の目付をしていた奴だからな。異国のことは詳しいし、国難のことから、国内への目配りも厳しいのであろうが、江戸町人をいたぶるとは思えぬがな」

「しかし、現実にこうして……」

「いやいや。儂もよく知っておるが、胆力があって立派な武士だ。長崎に来航、上陸したインドシナ艦隊のなんたらセシールという海軍少将とサシ向かいで話をつけ、その後、もう三年前になるか、東インド艦隊司令官の命令でやってきたアメリカ軍艦のなんたらグリン艦長とも、密入国したメリケン人などのことで交渉に当たった。それゆえ、御老中の阿部伊勢守が、北町奉行に抜擢したほどだ」

米国人に負けない高身長で、太っているが好感の持てる人物だと、後に来航するペリーの日記にも残されているほどだ。

「さあ、どうでしょう。酷いものですよ。殊に、筆頭同心の草薙伸次郎《くさなぎしんじろう》様なんぞ、貧しい者が野垂れ死にするのは当たり前だとばかりに、罵詈雑言《ばりぞうごん》を浴びせてます。どう

やら、金持ちの商人からは袖の下を貰ってるようですしな」

「そいつのことは知らぬが……ならば、井戸殿に話しておこう」

「ぜひ、そう願います」

彦右衛門はしかと頷いたが、忠兵衛は町人たちの味方をするように話し続けた。

「それはそれとして……大久保様の貸し家は数軒並んでいますが、どちらかと言えば貧しい者。もっとも彦右衛門様が承知の上で安く貸してますな」

「うむ……」

「職住が一緒の職人ばかりですから、なかには腕は一端《いっぱし》とは言えず、どちらかといえば、世間から取り残されているような人たちも」

忠兵衛が言うと、後ろに控えていた者たちはバツが悪そうに俯《うつむ》いた。

「仕事の要領も良くないから、稼ぎも悪い。だから、注文も少なくなって、店賃《たなちん》も滞っている人も多いのですな」

「それを、おまえが立て替えている。ふむ、奇特な両替商だ」

親しみを込めて彦右衛門は言ったが、忠兵衛は笑いもせず淡々と続けた。

「しかし、私も慈善でやっているわけではありませんよ。稼ぎが入れば返して貰うし、利子も戴《いただ》いております。ですがね……」

　忠兵衛は咳払いをして、

「腕が少々悪いとか、仕事ができぬことを理由に、長屋を潰すとはあんまりではありませんかね」

「そのとおりだ」

「でも、長屋が古すぎるから建て替える。その際、場合によっては、代替地を用意した上で、今の場所は船着場や道、掘割にするかもしれないと、北町奉行所からお達しがきました」

「――まさか……井戸殿は、住人を追い出すつもりか」

　俄《にわか》に腹が立ってきた彦右衛門に、今度は忠兵衛が慰めるように、

「まあ落ち着いて聞いて下さい。更地にした後のことは、町奉行らが検討してから決まるとのことですが、まずは長屋の人々に何処に移って貰うか……それを決めて貰わなければ、この人たちが困ります」

　と長屋の住人たちを代弁して言った。

「町奉行様は何かと説明はしてくれますが、結局は御定法に則《のっと》って、土地を取り上げて、お上が利用するということです。我々には我慢せよと。後のことは自分らでなんとかせいとね」

「…………」

「鉄砲教練所はすでに牛込《うしごめ》や浅草にありますが、大砲とか大きなものはもっと広い所で作りますよね。お台場のように……やはり異国と戦が起きますかな。我らの長屋がある所は隅田川に出やすい所ですから、新たな公儀の船溜まりにするには好都合。だから、住人のためと言いながら没収するのでしょう」

忠兵衛が自説を滔々《とうとう》と話すのを、彦右衛門は黙って聞いていた。

「しかも、近頃は、落首や軽口に対しても、町方の取り締まりが厳しくなりました。ましてや読売で政事の批判などをすれば、牢送りになります。事実、何人もの儒学者や洋学者が咎人《とがにん》にされている」

たしかに幕政批判には厳しい世の中になってきている。封建体制を崩す事態になりかねないからだ。内憂外患の表れであろう。庶民のみならず、諸藩の大名家の家臣の中には、公然と将軍家のあり方に意見をする者も出てきた。公儀が圧力をかければかけるほど、重苦しい空気を跳ね返すような輩《やから》が出てくる。

「庶民の気持ちが塞《ふさ》ぎ込んで、ろくに物を言えぬ世の中になればなるほど、国は滅ぶと思いますがな」

ただの両替商ではない物言いに、彦右衛門は感心して頷いて、

「儂とて同じ気持ちだ……なあ忠兵衛。儂は何かを隠したり、騙《だま》し討ちをするつもりはない。町人たちを苦しめることもせぬ」

と断じた。

だが、忠兵衛は納得できないとばかりに首を横に振りながら、

「近頃、色々と御定法が変えられ、住み替えや旅もしにくくなってきました。お上というものは、必ず良いことを言って、私たちが知らぬうちに苦しむように仕向けてます」

「おいおい。そこまで言うか。儂とおまえの仲ではないか」

「ここに来て、運上金や冥加金《みょうがきん》も上がって参りました。百姓衆らはその比ではなく、五公五民どころか、六公四民の藩も増えたとか」

「事情は国によって違うが、年貢というものは、いわば富んでいる者から貧しい者へ分け与える方策だ。決して武家が贅沢をしたいがためではない。しかも今は、異国の脅威が迫りつつある。一筋縄ではいかぬ」

「ほらね。彦右衛門様のお考えは、まさにお上そのものです」

「忠兵衛……」

「本当に困っている人々の声を、真摯に聞いてみて下さい。誰も物や金が欲しいので

はありません。自分たちのささやかな、爪に火をともすような暮らしでも、そっとしておいて貰いたい。自由にさせて貰いたい。願いはただ、それだけなんでございますよ」

切実に語る忠兵衛の顔を見ていて、彦右衛門は分かりきっていると言ったが、それ以上の説教はやめた。わざわざ大久保家まで縋《すが》りに来たのは、ただの長屋の大家としてではなく、将軍にももの申す〝天下のご意見番〟であることを期待してのことであろう。

「相分かった。儂に任せておけ」

彦右衛門は見栄を張って胸を叩いてしまってから、短い溜息をついた。

四

大久保家の拝領している地所の長屋が、「天下長屋」と呼ばれているのは、やはり〝天下のご意見番〟から来ている。十軒続きの棟割長屋の総称で、八十程の部屋がある。

たしかに古びていて薄汚れているが、一軒ごとに井戸があり、部屋の前の側溝や厠《かわや》も禅寺のように掃除がされている。ガタはきているが清潔感があり、職住一致がほとんどの住人たちは仕事を大切にしている。長屋のあちこちから、槌《つち》を叩いたり鋸《のこぎり》が挽《ひ》かれたりする音が聞こえており、そこに赤ん坊の声も混じって不思議な心地良さがあった。

そこへ、朝桐が、ぶらりと木戸口から入ってきた。見知らぬ町にでも迷い込んだように、あちこちを珍しそうに見ている。

朝桐は武家女のいでたちで、見るからに高そうな加賀友禅をまとっている。長屋暮らしとは縁がない人だなということは、井戸端でたむろしていたおかみさん連中には一目で分かった。

「誰か、探してるのですか?」

井戸端で洗濯物をしていた若いおかみさんが声をかけた。

振り返った朝桐は申し訳なさそうに頭を下げて、

「おひやを一杯、所望できますでしょうか」

「しょもう……ああ、水を飲みたいのですね……ちょっと待って下さい」

返事をしたおかみさんは、自分の部屋に飛び込んで水瓶《みずがめ》から柄杓《ひしゃく》で掬《すく》って出て来た。

「ささ、どうぞ。江戸の水は日本一と言いますからねえ」

柄杓を差し出すと、側にいた別のおかみさんが、

「馬鹿だねえ。かようなお方にそれはないでしょうに……」

とすぐに湯飲みを取りに行って、それに注ぎ直した。

「これはかたじけない。私は、朝桐と申す者でございます」

「朝桐……吉原《よしわら》の太夫《たゆう》かなにか……にしては年を食いすぎてますわよねえ」

「はい。まもなく還暦でございます」

「えっ。それにしては若い。肌艶なんて、私たちよりいいですわ」

「有り難く戴きまする」

丁寧にお辞儀をしてから、朝桐は湯飲みを受け取り、まるで茶席のように丁寧に扱って少しずつ飲み干した。

「ほんに、よいおひやでございました」

「どういたしまして。私は、お才《さい》。この辺りにいるのは、おぶんにおりきに、おちかに……ま、名はどうでもいいか」

お才は途中でやめて、

「誰かの部屋を探しているのですか」

「ここは一体、何をする所なのですか？」

「え？」

「実に楽しそうな笑い声が聞こえたので、立ち寄ってみたのですが、みんなで集まって何をなさっているのでしょう」

「なさってるのでしょうって……住んでいるだけですよ」

「住んでいる。ここに？」

ぐるりと長屋全体を見廻した。その仕草はゆっくりとしていて風格があった。おかみたちはその様子に首を傾《かし》げながら、

「何処ぞのお武家の奥方かねえ」

「だとしたら、とんだ所に迷い込んだものだわいな」

「ほら見てごらん、あの物珍しそうな目」

「かなりのご身分の方で、町場なんぞに出たことがないんじゃ」

「そうかな……ただの惚《ほ》けた人にしか見えませんがねえ」

などとボソボソと言葉を交わしていたおかみさん連中に、

「実によろしい所でございますね。トンカンと色々な音が聞こえておりますが、ちょっと覗《のぞ》いてもよろしいでしょうか」

「ええ、ようござんすよ」

と、お才は答えた。

「でもね、仕事をしていると、人に見られるのを嫌がって怒鳴る人もいるから、気をつけた方がいいですよ」

「仕事？　住んでいるのではないのですか」

「ここじゃね、仕事もするし、寝起きもする。そういう長屋ってのを、奥方様はご存じないのですか」

ほんの少し嫌悪の情を込めて、お才は返したが、朝桐はニコリ微笑んで素直に、

「知りませんでした。ほんに世間知らずで相済みません」

と礼をした後で、

「けれど、私は奥方ではありません。ただの女中でございますので、遠慮なく、朝桐と呼び捨てにして下さいまし」

そう言ってから、長屋のあちこちを覗き始めた。戸は開けっ放しになっているので、桶屋や鍛冶、飾り職人、鋳掛屋などが自分の部屋で仕事をしている様子がよく見える。物珍しそうに目を輝かせて歩き廻っている朝桐の姿を眺めながら、おかみさんたちは、

「やっぱり惚けてて、帰り道が分からなくなったんじゃないのかねえ」

「あの物腰は年季の入った上品さだよ。大久保の奥方様だって、私らとは違うだろ」

「だよねえ。女中といっても、大奥だったりして」

「あら怖い」

「わざと下女のふりをして、庶民の暮らしを覗いているだけじゃないかな」

「暇潰しさね。いいご身分だこと」

「もしかしたら……探りに来たのかもしれないよ」

「探りに？　何をさ」

「この長屋を壊して、立ち退かせたい奴らの手先かもしれない」

「ああ。なるほど……」

好き勝手に想像していると、キャッと驚きの声を発して、朝桐が飛び跳ねた。おかみさんたちが目をやると、紙漉職人の鎌五郎《かまごろう》の部屋の前で立ちつくしている。朝桐の顔にちょっと紙の材料になる液の飛沫《しぶき》が、飛んできたのだった。

「何処の奥方様か存じやせんが、そんな所に突っ立ってると、綺麗なお召し物も汚れてしまいますぜ。ささ、行ったり行ったり」

三十過ぎの鎌五郎は、丁度、朝桐の子供くらいの年齢であろうか。作業をしながら、鎌五郎が声をかけると、朝桐は興味深げに目を輝かせて、簀《すこ》の子のような道具で手際よく紙を漉いているのを見て、深い溜息をついた。

「見事な手捌《てさば》きでございますねえ。何をなさっているのですか」

「見りゃ分かるだろう。紙を漉いてるんだよ。こうやって……」

と道具から半畳ほどの大きさな濡れた紙を、さらりと傍らの台に置いた。すでに何十枚も重ねられている。

「紙ですか……へえ……そうやって作るんでございますねえ……私、何も知らないものですから、珍しくって」

紙はコウゾ、ガンピ、ミツマタなどの植物の繊維を原料として、中国から伝来した溜漉《ためすき》という技法に、皮や根などの抽出液を混ぜる日本独自の手法を加えて、質感のよい和紙を作ることに成功した。『延喜式』にも、その工程が残されている。

もっとも、紙漉の匠《たくみ》の技は言葉では伝えにくく、また一子相伝の面もあり、門外不出の秘法でもあった。だが、印刷文化が庶民に広がりを見せた江戸時代になって、諸藩の殖産興業として紙漉が奨励された。それによって、江戸の文字文化、絵画文化が高度になり、爆発的に拡大したのである。まさに、紙のお陰だった。

「拝見してもいいですか」

「邪魔しないなら見ててもいいけどよ。また液汁が飛んでも知らねえぞ」

鎌五郎はチラリと朝桐の顔を見て、なんだ婆アかと小さく呟いた。声だけを聞いていると、娘のようだったからである。

「はい。婆アです」

「……聞こえてたのかよ」

「耳だけはいいんですのよ。けれど幼い頃から、まったくと言っていいほど、屋敷から出たことがないものですから、本当に何もかもが新鮮で、さっき食した〝みたらし団子〟というのは、物凄くおいしかったです」

「……そうかい。俺たちゃ飽きて、食う気もしねえがな」

調子よく作業を続ける鎌五郎に、にこにこ微笑みかけながら、

「あんなおいしいものを飽きるほど食べられるなんて、よほど裕福な暮らしをなさっておいでですのね。まさに極楽ですね。お仕事をしながら仲の良い人々と寝起きができて、おいしいものをたらふく食べられる。幸せの極みですね」

「からかってるのか、婆さん」

「朝桐と申します」

「俺たちゃね、貧乏暇なしって奴で、働いてないとおまんまが食えないんだよ。あんたのように何もしないで優雅に暮らすご身分じゃないんだ。邪魔だから、もう相手は勘弁してくれ」

「相済みません。でも、もう少し見させて下さい。紙は私たち、毎日、お世話になっているものです。紙がなければ困ることが沢山ありますものね」

「はは。違えねえ。苦しいときの神頼みっていうがね。神様と紙は、身近にあっても、その有り難みに気づかないものなんだよ」

「ほんに素晴らしいお仕事です」

「そうかい。邪魔しなきゃ、見てて構わねえぞ」

褒められて気分がよくなったのか、鎌五郎は調子よく紙漉道具を動かしていた。

そんな様子を――。

少し離れた棟割長屋に挟まれた細い通路から、北町同心の草薙伸次郎がじっと見ていた。小銀杏《こいちょう》に黒羽織に十手という定町廻りの姿である。その横に大柄な岡っ引きが来て、

「あの婆さん、一体何者でしょうね。もしかすると、あの事情を知ってて……」

と岡っ引きが言うと、草薙も頷いて、

「うむ。よく見張ってな、銀次《ぎんじ》」

「へえ。長屋を潰すのを反対している『大黒屋』が遣わした者かもしれやせんしね」

「あの婆さん、すっ惚けた感じだが、物腰から見て、武道もかなり鍛錬しているよう

だ。ぬかるんじゃないぞ」

朝桐を見つめる草薙の目つきが、なぜか鋭くなっていった。

五

両替商『大黒屋』は駿河台が本店だが、日本橋や浅草、両国などに出店もあった。殊に浅草は場所柄、客の出入りが多くて繁盛していた。両替商が繁盛というのも妙だが、とにかく儲《もう》けは本店より多かった。そこは、浅草寺の雷門から吾妻橋《あずまばし》の方へ向かって、浅草御蔵の札差が並ぶ界隈《かいわい》だからである。

札差といえば、旗本や御家人の御用米を扱っているから、食いっぱぐれがないどころか、両替商顔負けの高利貸しとしての顔もあった。米相場にも詳しいから、大坂の堂島《どうじま》から江戸に出てきて店を構えたり、その儲けで江戸の地所を得て、浅草寺参拝客を相手にする茶店や料理屋を営む者もいた。

しかし、大坂に比べて江戸はケチが多い。江戸っ子は「宵越しの金は持たねえ」と粋がっているが、日銭稼ぎの者がほとんどで翌日使えるほどの金がないだけのことだ。

事実、豪快に金を使う商人も多くは上方出身だ。

忠兵衛は、商売に使う金を色々な商人に貸して、利子で儲けたり、預かった金を運用して利益を生んだりしている。とはいえ、貧しい人たちや生き詰まった商家にも沢山貸しているため、ふつうの両替商のように左団扇《ひだりうちわ》というわけにはいかない。ましてや、此度の長屋の取り壊し騒動などに〝反対〟する頭領役に担ぎ出されれば、お上に睨《にら》まれるという損な立場にもなる。

彦右衛門には、その人の良さが世の中を救うのだなどと煽《おだ》てられるが、忠兵衛はさもありなんと諦観していた。

「ここは『大黒屋』でございますね」

と暖簾《のれん》を割って入って来たのは、朝桐であった。見るからに上品で、着物も質柄ともに上等だから、忠兵衛は良い客が来たと心がふわついた。

「はい。さようでございます。これはこれは、なんともお美しい……」

あからさまな世辞だが、忠兵衛には妙に人を惹《ひ》きつける穏やかさがある。朝桐の方も人見知りをしない雰囲気であるから、忠兵衛はすぐに肩が楽になって、

「うちは金貸しですが、何なりとおっしゃって下さいまし」

「借りたいのはお金ではなく、こちらが持ってらっしゃる長屋でございます」

「長屋……」

「天下長屋とおっしゃいましたか。大層な屋号でございますね」

「屋号ってのはちょっと……」

違うと言いかけたが、

「あ、いえ……奥方様のようなお人が借りて住むような所ではありませんよ。それとも何がご事情がおありで？」

土地を所有するには、沽券《こけん》という売買証文を交わし、町奉行の許可が必要だったが、今でいう〝所有権〟で揉めている場合は除いて、町名主と五人組の立ち会いのもと町年寄に証書を提出するだけでよかった。武家以外にも、関八州などの豪農が江戸に家屋敷を持つことがあった。その地代や家賃で収益を上げていたのである。

ゆえに、忠兵衛は朝桐を一目見て、金の余っている武家の奥方が、貸し家でも営んでみようかと思っている類いだと思った。だが、朝桐から出た言葉は、

「長屋の一室を貸して貰いたいのです」

であった。

忠兵衛は肩すかしを食らった気がして、朝桐をまじまじと見つめて、

「一室だけ……でも、あなたのようなお方が、あんなむさ苦しい所では……何かご事情があるのですかな」

「ええ。屋敷がなくなってしまいましてね。住む所を探していたのです」

「屋敷がなくなった……火事か何かですか」

「いえ。主人が亡くなったもので」

「あ……そうでしたか。これは知らぬこととはいえ、失礼をば致しました」

「いいえ。今頃はホッとしているかもしれません。長い間、神経のすり減るような辛いお務めでしたから」

「奥方様も辛うございますな。お悔やみ申し上げます」

　忠兵衛は丁寧に頭を下げて、

「ご主人を亡くされて、お困りなのはよく分かりますが、奥方様がおひとりで暮らせるような長屋ではありませんよ。ガサツで偏屈な連中ばかりでございますからな」

「そんなことはありませんよ。私、さっき紙漉の鎌五郎さんの仕事ぶりにとても感銘を受けましてね。それから、桶職人の庄助《しょうすけ》さん、飾り職人の佐渡吉《さどきち》さんや蠟燭《ろうそく》職人の晋吉《しんきち》さんにもご紹介いただいて、色々と拝見できてとても有意義でございましたの」

「そ、そうですか……」

「縫い物をしているおきんさんに頼んで、内職とやらもできるようにしました。私も少々、縫い物の方はやっておりましたのでね。あの長屋にいれば、お仕事も幾らかできそうで、好都合でございます。うふふ」

困っているのか楽しんでいるのか分からない様子の朝桐を、忠兵衛はまじまじと見つめた。そして、不思議そうな目になったが、何となく納得して、

「なるほど。もしかして、奥方様は私たち庶民の暮らしが珍しいだけでは……」

「ええ。珍しいことばかりです」

「まあ、それもよろしかろう。何でもかんでも揃っていて、苦労をしなければ頭が惚けるとも言いますしな」

「惚けたくはありませんねえ。あの世に逝くのはもう少し先に願いたいです」

「まだまだお若いですよ。こうして、ひとり暮らしを始めようなんて考えているのですからね。丁度、よかった。私は大家ではありませんが、一応任されております。そういや、一部屋空いたばかりなので、こちらも助かります。では、早速……」

忠兵衛は賃貸しの値段や習わしなどを話しながら、朝桐が来た道を戻った。

辺りは自身番、木戸番など防犯がよいのはもとより、髪結床、湯屋、炭屋、薪《まき》屋などの暮らしに必要な店も充実していた。だが、この界隈は、大久保家のみならず幾人もの地主が複雑に入り組んで持っていたので、今般の立ち退き騒動も足並みが揃って

いない。

　職人のような居職《いじょく》と棒手振《ぼてふ》りのような出職《でしょく》では、一日の稼ぎも違ってくるので、店賃にも多少の差が出てくる。同じ広さの長屋でありながら家賃に差があると、何か事があると、住人の間で不満のタネになるから、地主としては腐心するところであった。

　天下長屋の表店はなかなか立派なもので、間口十五間に裏行き二十間あり、表通りに面した家は二階屋で、広さに応じて、金二朱から、金一両三分くらいまであった。その二階屋に囲まれるようにして、いわゆる九尺二間の長屋が並んでいたが、日当たりや裏に抜けることができるかどうかなどで、月に三百五十文から五百文が相場であった。

　長屋には、辰兵衛《たつべえ》という差配人を雇っており、家賃の徴収や掃除や店子の面倒を見たり、町の寄合などで色々な決め事に関わっていた。辰兵衛は敷地内にある稲荷神社の隣にある〝造作付き〟の屋敷を格安で借りており、店子たちの仲を取り持つ役目もしていた。造作とは、長屋で仕事をしている職人たちの当面に必要な道具や材料、売り出す前の商品などを保管しておく所である。

　土蔵には、店子から徴収した店賃や積金などを預かっておいて、万が一、火事になっても無一文にならないように備えていた。

朝桐が借りたのは、竈《かまど》と水瓶がついている最も小さな部屋で、月に三百五十文かかるという。頭の中で算盤《そろばん》を弾いて、一年分の家賃と今で言えば敷金のような預け金を幾ばくか渡して、早速、入居することとなった。

共同の芥溜《ごみため》と厠がすぐ裏手にあったので、少々臭《にお》ったが、慣れればどうってことはなくなるという住人たちの言葉を信じることにした。寝具は忠兵衛に金を渡して用意して貰うことにしたものの、文机や針箱、小さな簞笥《たんす》などがないと落ち着かない。これも、大家に頼んで運び込んで貰った。

なんとか形ばかりは、長屋の住人らしくなったが、狭い室内でもきちんと正座をして丁重に頭を下げて、

「今後とも宜《よろ》しくお願い致しまする」

と挨拶をする朝桐に、近所の者たちは背中が痒《かゆ》くなるような、落ち着かぬ様子だった。忠兵衛としては店賃さえくれれば文句はない。ただ、本当の身元がはっきりしないことが難儀だった。

「本当に住むのかね、奥方様……いや、朝桐さん」

縫い物屋のおきんが声をかけると、おかみさん連中も少々、不安そうな目を向けた。

厄介者が来たというよりも、何だか色々なことで足手まといになりそうな予感がした

からである。

「ここが天下長屋と呼ばれる由来は聞きましたか」

おきんが尋ねると、忠兵衛がすぐに答えた。

「実はここは大久保彦右衛門様の地所でしてな。ご存じかどうか、かの天下のご意見番の子孫の。ですから……」

言いかけた忠兵衛に、「まあ！」と朝桐は目を見開いて喜びの顔になった。

「大久保様の……そうでしたか。いやはや、それは奇遇。えええ……彦右衛門様ならばよく存じ上げております」

嘘か真《まこと》か忠兵衛たちには分からなかったが、長屋のおかみさん連中が抱いた不安は、すぐに的中するのであった。

六

三日程してのことである。大雨が降ったがめに、長屋の雨樋《あまどい》などが壊れ、さらに強風にさらされて屋根瓦などが吹き飛んだせいで、酷い雨漏りとなった。

朝桐の部屋に限らず、板戸が外れたり軒が折れたりして、雨が室内に吹き込み土間に流れ落ちている。大工や左官、鳶《とび》などがずぶ濡れになりながら助け合って、困っている長屋の人々の部屋を廻って修繕をし始めた。中でも桶屋の庄助は大忙しで、あちこちを手際よく直していた。水を漏らさぬのが桶職人の仕事だと住人たちを笑わせている。

「大丈夫かい、朝桐さん……入った早々、こんな目に遭って、大変なことだな」

ポタポタと天井から落ちてくる雨を受けている盥《たらい》も、庄助が持ってきてくれたものであった。朝桐はただ、部屋の片隅でじっと座っていただけである。長屋の人々が親切に修繕をしてくれたお陰で、しばらくすると雨水が落ちてくることはなくなった。

「ありがたいことでございます。みなさんのお陰で、私は何ひとつ手伝うこともなく、いい目だけを見ました」

「何を言ってやがる。ひとつ屋根の下に住んでいるんじゃねえか。礼なんていらねえよ」

本当の亭主か息子たちのように、男衆もおかみさんたちも、朝桐に親切だった。

このような事態になるのは日常茶飯事のことのようだったから、おかみさん連中も、「火事になるよりましだ」「地震で潰れなくてよかった」と笑っている。いつも最悪の事態を覚悟しているから、雨漏りなんぞは取るに足らないことかもしれぬ。

　だが、紙漉職人の鎌五郎だけは、万策尽きたように叫び声を上げている。何事かと長屋の住人たちが駆けつけると、雨で濡れて崩れている紙の束を、頭がおかしくなったかのように土間に打ち捨てていた。

「よしなさいな、鎌五郎さん。一体、どうしたってんですか」

　おきんが心配そうに言った。鎌五郎は職人気質《かたぎ》で取っつきにくいところのある人だが、声を荒らげるようなことはなかった。

「どうもこうもねえやッ。見りゃ分かるだろうが。雨漏りのお陰で、折角、綺麗に乾いていた紙がこんな目になっちまった。でっけえ仕事だったのに、もうダメだ」

　自暴自棄になって紙を投げ続ける鎌五郎を、庄助や佐渡吉、晋吉らが止めようとしたが、逆に水を含んだ紙を投げつけられた。カッとなった庄助がむんずと鎌五郎を摑んで、

「大概にしやがれ。大変なのはみんな同じだ。こんな事くれえで、なんだ」

「こんな事くれえ……だと!?」

　鎌五郎は逆に庄助を乱暴に押しやって、

「だから、俺はさっさとこの長屋を建て直しして貰おうって言ったんだ。なのに、てめえらは、このままで充分だ、みんな仲良くなったから、今更、他の所に移るのは嫌

だなどと、ぐずぐずしやがったから、この程度の雨で紙がだめになっちまうんだッ」

「それが嫌なら、おまえが他に移ればいいだけじゃねえか」

「なんだと」

「いつも言ってるじゃねえか。この長屋は親の代から、俺たち職人が守ってきた立派な長屋だ。しかも誉《ほま》れ高い大久保様のな。だから、お互いにそれぞれが力を合わせてるんだ」

天下長屋に来れば必ずいいものを作ってくれたり、直してくれたりする。いい職人が揃っている。そういう評判があるからこそ、客が来るのだ。それがバラバラになって、あちこちに分散して住むことになれば、これまでの取り引きも減るだろうし、長年、培ってきた信頼を失うだろう。

「そんなことはねえ。腕さえしっかりしてりゃ、何処でやろうが客はついてくる」

「そうかねえ……」

蠟燭職人の晋吉が言った。

「俺たちが材料や細工道具に事欠かないのは、長屋全部の職人のものを、『大黒屋』さんがまとめて安く仕入れてくれているからだ。それに、お互いが融通しあってる。おまえが使っている蠟燭だって俺が譲ってるものだし、水桶だって簀《す》の子だって、庄助さんが修繕を重ねてるものだろうが」

「こっちだって紙を分けてるぜ」

「だから、お互い様だってんだ。みんな一心同体なんだよ。鎌五郎、おまえが欠ければ他の者が困るし、他の者が欠ければ……」

「いや。俺は何も困らねえ。いっそのこと、この長屋をお上にお渡しした方がいいと思う。そうすりゃ、もっといい所で、いい仕事ができるはずだ」

「立ち退きに応じろってのか」

「ああ、そうだ。前々から、俺はそう言ってるじゃねえか。火事でも起きて、すべてが灰になってしまう前に、お奉行所の言うとおりにした方が利口だと思うがな」

鎌五郎は吐き捨てるように言うと、部屋の壁に凭《もた》れて座り込んだ。庄助たちも興奮気味に睨みつけていたが、

「たしかに、それは困りましたねえ」

と声をかけてきたのは、朝桐であった。

「立ち聞きをせずとも耳に入りましたので、老婆心ながら申し上げますと、喧嘩はよくありません。みんな仲良く致しましょう」

のんびりとした声なので、住人たちはどう返答してよいか困惑した。

「新参者が余計なことを言うんじゃねえや」

投げやりに言う鎌五郎に、朝桐は微笑を返して、

「でも、ここは大久保様が本当の大家さんなのでしょ。相談に乗ってくれるのではありませんか」

「その大久保家が立ち退けって言ってきてるんだよッ」

「おや、そうでしたか……でも、立派で丈夫な紙を作る人なんですから、あなたも立派で丈夫なはずです」

「はあ？」

キョトンと振り返る職人たちに、朝桐はゆっくりと静かに述べた。

「青山元不動《せいざんもとふどう》、白雲自《おの》ずから去来す……主人がよく口にしていた言葉です。ほら、見てご覧なさい。さっきまでの雨が嘘みたいに、月や星が出ています。人生も空模様のように、良いときも悪いときもありますが、それはひととときのこと。無心に自然に受け流していれば、揺るがぬ心が養われますよ」

「……訳の分からねえことを言うな」

思わず手にしていたヘラを振り上げたが、小さな溜息をついて下ろすと、

「あんたを見ていると調子がおかしくなる。なんで、こんな長屋に来やがったんだ。

一体、何が狙いなんだ、ええ!?」

腹立たしげにそう言ったが、朝桐は首を傾げて笑っているだけだった。

「おい、みんな……この婆さんは、とんだ食わせもんかもしれねえぞ。気をつけていた方がいい。でねえと、暮らしをズタズタにされるかもしれねえ」

鎌五郎は意味深長なことを吐き捨てて、木戸口から出て行った。

「あ、もし……」

朝桐は少し辛そうな目になって追いかけようとしたが、おきんが止めた。行く先は分かっているという。いつもの赤提灯《あかちょうちん》だ。その言葉どおり、吾妻橋近くの居酒屋で、鎌五郎は冷や酒をぐびぐび飲んでいた。

「自棄酒《やけ》とは、おまえらしくねえな」

鎌五郎の背中が軽く叩かれた。振り返ると、草薙が立っていた。一瞬、ドキンと身を竦《すく》めた鎌五郎だが、ふんと鼻を鳴らして、

「勘弁して下せえ。金輪際、お断りだ」

「紙がダメになったくれえで、そうしょげるなよ」

「旦那は十手を持ってぶらぶらしてるだけだから、職人の気持ちなんざ分からねえよ」

「俺だってお上勤めの辛さはある。苦労が水の泡になるなんざ毎度のことだったよ。物を作るわけじゃねえが、職人の気持ちは理解してるつもりだ」

「だったら、二度と俺に近づかないでくれやせんかね」

「そうはいかないな。御用なんだからよ。悪いようにはせぬ。取っときな」

草薙は小判を二枚、そっと鎌五郎の袖の中に忍ばせた。それが何か分かっているのか、鎌五郎はほんのわずか、ためらいの表情になったが、何も言わずに小判を確かめるように握りしめ、

「……分かったよ。やりゃ、いいんだろう」

「ちょいと大暴れをして、小火《ぼや》でも起こせばいいんだよ。何、案ずることはねえ。火が広がる前に町火消しがかけつけて、大事には至らせねえ」

「本当だろうな」

「こんなことは俺だってしたくねえが、そうでもしないと大久保様も腰を上げそうにないのでな。俺も辛いところなんだ。みんなが出て行けば、それでいいんだ」

「…………」

「おまえには散々、小遣いをやったのだから……いや、紙だって奉行所で随分と買ってやったではないか……これからも紙作りをしたいのなら、なあ……」

草薙はにやけ顔で酒を注ごうとしたが、鎌五郎は銚子《ちょうし》を取り上げ手酌で飲んだ。

「本当でやすね。俺は長屋の連中に怨《うら》まれたりしたくねえ。ましてや咎人になるのは、まっぴら御免ですぜ」

「分かっておる。ただし、きちんとやらないと、おまえの昔話が世間に知られることになる。下手な小細工はするなよ」

もう十年も前のことだが、鎌五郎は盗みで捕らえられたことがある。そのときは、病弱の母親のために芋を盗んだだけのことだから、草薙は温情をかけたのだった。むろん余罪があることを、草薙は知っている。

まるで脅しである。清濁併せのむ草薙のもとで、多少の阿漕《あこぎ》な真似はしてきた鎌五郎だが、立ち退きをさせるために長屋を小火にするというのは尋常ではない。しかし、それをキカッケにして代替地が決まれば、長屋の者たちによっても実は良いことではないかと、鎌五郎なりに計算したのである。そんな思惑を承知しているかのように、草薙は繰り返して言った。

「案ずることはない。北町奉行がついてなさるんだ。新しい長屋に移って、そこで暮らしが始まれば、みんなも必ず納得する。ああ、おまえもな」

仕方なさそうに頷いた鎌五郎は、さらに酒をあおった。

そんな様子を、同じ居酒屋の片隅から、佐助が見ていた。むろん、彦右衛門の中間頭である。町奉行所が動いていることで、天下長屋には曰《いわ》くがあると感づいていた彦右衛門が、様子を探らせていたのである。

七

その翌日は、昨夜の雨がなかったかのように真夏の日射しとなり、地面には陽炎《かげろう》すら浮かんでいた。朝桐の言うとおり、自然は常に変化をしており、過ぎたことなど気にもせずに、新たな装いを見せている。

いつものように、おかみさん連中は井戸端で喋《しゃべ》りながら洗い物をしたり、食事の支度をしたりしていた。そして、亭主たちも自分の仕事に勤《いそ》しんでいた。そんな光景を、朝桐は楽しそうに見廻っていると、彦右衛門が木戸口から入ってきた。

長屋を見廻りながら、

「なるほど……やはり、ここは取り壊した方がよいかもしれぬな」

と独り言を洩《も》らした。それが耳に入ったおかみさんのひとりが、

「取り壊すって？　ちょいと。人の家《うち》に土足で入って来て、勝手な御託を並べるんじ

ゃないよ」

「いや、しかし、このままではあまりにも哀れすぎるではないか」

「何を偉そうに。人を見下して哀れんで楽しいのかい」

憎たらしそうに、おかみさんたちが顔を向けてきたとき、長屋の奥の一室から、

「これは、彦右衛門様……ああ、お懐かしや……ご無沙汰《ぶさた》しております」

と朝桐が声をかけてきた。

エッと驚いたのはおかみさんたちである。天下長屋の住人でありながら、地主の顔までは知らない。しかも千石の旗本の当主で、将軍の御書院番頭となれば、まさに雲の上の人であろう。

「えっ……ええ！」

仰天したのは地主が直々に来たことよりも、朝桐が彦右衛門のことを知っているふうだったからである。しかも、彦右衛門の方もすぐに愛おしそうに微笑みかけ、

「こちらこそ失礼しております、朝桐殿。ご壮健で何より。相変わらず、お美しゅうございまするな」

「おやまあ。彦右衛門様もお年をめして、世辞を言うようになられましたか」

「いいえ。相変わらずズケズケと本当のことしか言いませぬ。かような朝桐殿を残して

切腹した定則様はさぞや無念でしょうな」

なんだか怪しげな話になってきたが、おかみさん連中は少し離れながらも、ふたりの話に耳をそばだてていた。

「それにしても、彦右衛門様がかような長屋を営んでいるとは、恐れ入りました」

「何をおっしゃる。相変わらずの子沢山の貧乏旗本でござれば……『大黒屋』忠兵衛からも聞いておりましたが、困ったのならば真っ先にうちに来てくれたら良かったものを」

「いえ。顰蹙《ひんしゅく》を買うかもしれませんが、武家は懲り懲りです」

「生まれも育ちも武家ではありませぬか」

「でも私は……海亀が運んできたそうなので、阿波の殿様の子とは違うようですよ」

「えっ？」

「だから亀山藩からお話があったときには、海から山に行ったと、城中の者たちにからかわれました」

屈託のない笑みの朝桐に、彦右衛門はどう答えてよいか分からなかった。

「ここには、腕の良い職人がおりますね。祖父から受け継いで三代目の方もいらっしゃるとか。おかみさんたちも、ほんに気さくで優しい人たちばかりですから、まさに極楽ですよ」

　そんなやりとりを不思議そうに見ていたおかみさんのひとりが、

「大久保の殿様なら、申し上げたいことがございます。実は私たちは……」

「分かっておる。立ち退きはせんでよい」

　アッサリと答えたので、おかみさん連中だけではなく、部屋で仕事をしていた職人たちも飛び出してきて、嬉しそうに頭を下げ、

「本当ですかい、殿様」

「殿様はよせ。小っ恥ずかしい。この朝桐殿が仕えていたのは、歴《れっき》とした殿様、丹波亀山藩の藩主ゆえな」

　彦右衛門が朝桐を立てるように言うと、朝桐の方も、

「ですが、大久保家は彦右衛門様とはご先祖様が一緒ですから、私から見ても殿様です」

　と返した。感心しながら、長屋の住人たちは聞いていたが、やはり自分たちとはまったく縁のない人たちだと思ったようだった。だが、立ち退かなくてよいのかと念を押した。

「まだ正式に公儀から許しは得てないが、なんとかする」

断言した彦右衛門は、すでに深川で材木問屋や普請請負問屋に建て替えを頼んだと、長屋の者たちに話した。

「えっ。建て替えですか……」

「ああ。そうすることで許しを得やすいのだ。それに、どう見ても古すぎる。地震で倒れたりしたら、それこそ危ないゆえな」

不安げな住人たちに、彦右衛門はさらに言った。

「安心せい。建て替える間は他の何処かで暮らせるようにしてやるし、ここの大工たちには当然、金を払う」

「そりゃ、有り難い。さすがは大久保の殿様だ。ああ、良かった良かった……」

彦右衛門は安堵《あんど》する人たちを見て、自分もほっとしたが、安請け合いにならぬよう、ここからが勝負だと思った。そんな様子を心配そうに見ていた鎌五郎に目が止まった彦右衛門は、ニコリと微笑みかけて、

「だから、余計なことはせずともよいぞ」

「えっ……!?」

「草薙なんぞの言うことは聞くことはない。あいつとは金輪際関わるな。よいな」

諭すように言った彦右衛門だが、鎌五郎は忌々しげに舌打ちしただけだった。彦右

衛門はそれでも、穏やかに「よいな」と念を押すように頷いてから、

「それでは、朝桐殿。改めて芳枝様や向島の下屋敷のことなど、色々とお話をしたいのですが、おつきあい願えますかな」

と振り返った。朝桐も素直に微笑んで、

「ええ、喜んで。また、みたらし団子を食べてみたいですわ」

「みたらし……なるほど、お口が肥えているお方には、あのようなものが珍しいのでございますな。ならば、もっと江戸っ子が大好きな美味《おい》しいものをお教えしましょう」

微笑みかけながら、朝桐に手を差し伸べると、木戸口から出て行った。

見送っていたおかみさん連中は口々に、

「やっぱり、朝桐さんは普通の人じゃなかったんだねえ」

「まさか、大久保の殿様と……とはねえ」

「それならそうと言ってくれたら良かったのに……」

「でもまあ、この長屋は安泰そうだから、良かったじゃないかあ」

「だな。あたしたちの暮らしを、殿様は守ってくれるってことだ。ああ、良かった」

などと言っていたが、朝桐と彦右衛門の耳には届いていない。

ふたりは幼馴染《おさなな じ》みのように笑いながら、浅草寺雷門近くの茶店に入った。

かつては清国からは白砂糖、琉球からは黒砂糖が大量に入ってきて、甘いものが庶民の口に入っていたが、近頃は阿波など国産のものも多かった。大福、さくら餅、羽二重団子、言問《こととい》団子、きんつばなどを食べながら、茶で一服するのは商家の奥方や娘たち、行商人たちの楽しみであった。

「江戸におりながら、浅草寺の境内を歩いたのも、雷門を見たのも初めてです。武家の女は籠《かご》の鳥ですから。ほんに江戸の人々は、日々の暮らしを楽しんでおりますねえ」

縁台に座った朝桐が微笑ましい顔で見廻していると、彦右衛門は唐突に、

「亀山藩の奥方様も向島の下屋敷から出ることになりそうですが、実は私が処分役を命じられているのです」

「そうでございましたか……」

「遠縁とはいえ大久保一族のことですから、なんとか奥方様を追い出すようなことはしたくないと思っております」

「それならば心配ご無用です」

「というと……」

「亡き殿様は国元、亀山城下に奥方様の余生の地を用意しております。ですから、私もしばらく江戸を楽しんでから、阿波に帰るつもりなのです」

「それも宜しいですな」

「でも、私にはもう縁者がおりませんから、どうなることやら。でも、この年ですし、何も怖いものはありません……ただただ殿の供養をしながら、後は自由に暮らしたいと存じます」

「そうですな……『菜根譚』にも書かれているとおり、欲だの何だの一切の心配事を捨て去ることができれば、ささやかな暮らしの中でも人生の楽しみを知ることができる……そうありたいものです」

彦右衛門が微笑みかけると、朝桐はやはり屈託のない笑みで、

「おっしゃるとおりでございます。だから、あの長屋は楽しそうだなって、はは」

「ならば建て替えた後もしばらく住んでみて下され。大家からの願いです」

「心強いお言葉、うふふ……おや、あれは何ですか？」

朝桐は腰を上げると、背伸びをして一方を見やった。曲芸や見せ物小屋などの〝呼び込み〟のために、笛や太鼓を鳴らして練り歩く一団がいたのだ。

中には、「大鼬《おおいたち》がいるよ、さあ、入ったり入ったり」という文言に引かれて小屋に

入れば、血の付いた大きな板があって、「大板血です！」というイカサマのような手合いもあった。

だが、ほとんどは長年の厳しい鍛錬を要する曲芸や軽業である。居合い抜き、刀の刃渡り、短刀投げのような危険と隣り合わせの芸、曲独楽《きょくごま》や曲鞠《きょくまり》などの鮮やかな技を披露する弄玉《ろうぎょく》、籠抜けや綱渡りという大仕掛けの軽業などが所狭しと人々を魅了していた。さらに、猿廻しという職人芸や蠟人形や珍獣などを見せる小屋も並んでいた。

浅草寺のご開帳は、年に六十日が基本であるが、見せ物興行で盛り上がれば、四カ月半年と延期することもあった。ゆえに、年がら年中、大勢の人々が押し寄せていた。かつては象や駱駝《らくだ》、アザラシなどの珍獣を輸入していたこともある。それらを見るだけで、御利益があったり、無病息災になれるという触れ込みだったから、庶民は我も我もとあやかったのだ。

「どうですか、一緒に見に行ってみますか。近頃は、異国の珍しいものも見られるとの評判ですぞ」

彦右衛門が誘うと、朝桐は子供のように喜んで跳ねるように、音曲のする方へ向かい始めた。あまりに明るいので、彦右衛門の方も楽しくなった。

八

井戸対馬守が北町奉行所の役宅から、表の役所に移って奉行部屋に来たとき、すでに裃《かみしも》姿の彦右衛門が出向いてきていた。アッと驚いた顔になった井戸に、彦右衛門は深々と頭を下げて、

「火急の用にて参りました。内与力の藤森《ふじもり》殿には許しを得ております」

と丁寧な態度で申し述べた。

「かような刻限から火急の用とは、まさか異国の船が浦賀に上陸した……とでも言うのではないでしょうな」

井戸がわざと大仰に言うと、彦右衛門は小首を傾げて、

「そのようなことが？　親戚の者が浦賀奉行をしておりますし、倅《せがれ》の龍太郎も出向いておりますが、何の知らせもありませせぬが」

「冗談だ……」

「海防国防の話を冗談でおっしゃるお人ではありますまい。長崎奉行までお務めになられた井戸様のことゆえ」

後に、ペリー来航の折には、下田まで赴いて日米和親条約調印に関わったひとりである。さらに大目付になるほどの人物ゆえ、実に横柄な態度だった。いや、彦右衛門にはそう見えた。

俄に眉間に皺《しわ》を寄せた井戸は、上座に着くなり、帯に挟んでいた扇子で文机をビシッと打ちつけた。苛立《いらだ》ったときの井戸の癖であることは、彦右衛門は承知している。

武家としても誉れの高い一門の井戸ではあるが、お白洲で見せる冷静沈着な顔と、部下や町人たちに見せる態度には大きな落差がある。人間としてはどうかと思うが、為政者としては間違っていない面もある。だが、彦右衛門は裏表のある人間が一番、嫌いであった。そのことを井戸も感じているのか、〝天下のご意見番〟面《づら》している彦右衛門のことが苦手であった。

「貴殿と顔を合わせると、いつも調子が狂う。目覚めが良い朝なのに、いきなり雷雨に襲われたような暗澹たる気持ちになります」

「はは、それは井戸様に疚《やま》しいところがあるからでしょう」

「これはしたり……」

眉間に皺を寄せて、井戸が睨みつけると、彦右衛門は持参していた風呂敷包みから絵図面を取り出して、

「うちの天下長屋について、お話しに参りました」

「立ち退きならば、すみやかにやって貰いたいものですな、地主として」

井戸はわざと「地主」としてと語気を強めたが、本来、旗本の所有物ではなく、公儀のものだと言わんばかりの皮肉であった。

「いきなり来られてもな、私は私で仕事がありますれば。半ば隠居している御書院番と一緒にして欲しくはありませぬ」

「そこを曲げて、お願い申し上げます」

彦右衛門は遮るように強く言った。

「ご存じかと思いますが、今朝の未明、うちの長屋が火事になりました」

「いや、知らぬ」

「あろうことか、付け火の疑いがあります。本日、吟味方与力が裁く訴事の中に、その付け火をしようとして捕らえられた男がおりますな。その長屋に住んでいる紙漉職人の鎌五郎という男です」

「なに……？」

「しかし、付け火を命じたのは誰であろう、この北町同心、草薙仲次郎である疑いがありまするがな」

「まさか。出鱈目《でたらめ》を申すな」

「鎌五郎は、儂が調べたところ、素直に白状しましたが、草薙は儂の調べには応じぬとふて腐れておりました。嘘か真か、鎌五郎は、草薙は後ろ盾にお奉行がいると話したとか」

「大久保殿……いくら上様の覚えのある御仁でも、言って良いことと悪いことが……」

「これは良いことと存ずる。さような事実がないならば、否定すればよろしいかと」

さらに語気を強めて、彦右衛門は続けた。

「しかし元々、天下長屋の住人を他へ移せと命じたのは、お奉行でございましょう。いや、うちの地所だけではない。江戸の数カ所の貸し家を取り上げているではありませぬか。だが、住人が拒むので、草薙はあなたの命に従って、忠実に職務を果たそうとした。手段を選ばずにな」

「信じられぬ」

「たしかに、鎌五郎は草薙に命じられたとおり、小火で済まそうとした。だが、晴れの日が続いていたせいか、予《あらかじ》め草薙が呼んでいたはずの町火消しが来るのが遅れて、思いがけず火が広がってしまいました。つまり脅すつもりが、度を越えてしまった」

「……………」

「そのことを鎌五郎が正直に話そうとしたため、付け火の下手人に仕立て上げられて、草薙に捕らえられたのです」

奥歯を嚙みしめながら聞いている井戸だが、大変な事態になったと感じたのか、表情がさらに強《こわ》ばった。

「どうですかな。聡明なお奉行のことですから、かようなことが許されてよいとは、お思いにはならぬでしょう」

彦右衛門は厳しい顔で詰め寄ったが、腕組みで井戸は目を閉じただけで、何とも返答をしなかった。うんともすんとも言わない。彦右衛門は痺《しび》れを切らしたように、

「うちの一心佐助ら中間が見張っていましたが、それでも起きてしまった。ですが、その者たちが消さなかったら、それこそ延焼して大火事になっていたでしょうな」

「――何が言いたい」

「此度の一件……単に長屋の立ち退きの話ではありますまい。これを機に、厳しい御定法を庶民に突きつけようという魂胆がありますね」

「新しい御定法……だと」

「はい。異国との戦がいつあるか分からないご時世です。万が一のときは、この江戸

が合戦場になる。それゆえ、思わぬ事態に備えて、人々から土地や家を取り上げる。その上で、旗本御家人では防ぎきれぬ折には、町人たちに自ら武器を取らせて戦わせる」

「…………」

「あなたを江戸町奉行として、ご老中の阿部様が招いた狙いは、それでござろう」

断言する彦右衛門を、井戸はジロリとにらみつけた。

「貴殿は旗本のくせに、しかも上様のお側に仕える身でありながら、この江戸が火の海になっても良いというのか。お上が作る御触書《おふれがき》など歯牙にもかけぬのか」

「庶民を苦しめる御定法には反対です」

「御政道批判をするなら老中や若年寄、いや上様に言えばいい。私は上で決まったことを実践しているまでだ」

「しかし、町奉行というのは、庶民の声なき声を聞き、暮らしを守るものではありませぬか。強権を発動して、戦に巻き込むものではありますまい」

「何を甘いことを言うておるのだ。ふむ……大久保家は槍奉行を務めた家柄ではないのか。真っ先に上様を国を守るのが使命であろう。こんな箍《たが》が緩んだような腑《ふ》抜《ぬ》けになったとは、思うてもみなんだ」

「世の中が変わりつつあるのは百も承知です。そんな折だからこそ、人々の恐怖を煽るようなことは慎むべきだと思います。お上がごり押しして御触書が出されれば、町人たちは嫌でも従わねばなりますまい。そして、従わぬ者には、厳しい目が向けられることになります。人々はさらに萎縮します」

御触書は絶対である。町奉行が出すのは町触といい、老中が出すものを惣触《そうぶれ》という。いずれも町年寄から町名主、名主、月行司、家主、店子という上意下達が常であった。お上が庶民を縛る法である。ゆえに、「何々してはならない」という禁止事項が多い。その前例は積み重ねられていき、細かな罰則も加わり、町人の暮らしはしだいに窮屈になっていくのだ。

「ですが、此度の〝立ち退き令〟なるものは、今後の悪しき前例となりましょう。そのことを、井戸様は百も承知で強引にやられようとしている」

「…………」

「儂も初めは、火事や地震から町人を守るためならば、いたしかたないと思っておりました。しかし、実態は違った……儂が調べたところによると、幕府は自分たちの都合のよいときに、自分たちに都合のよい所を、自分たちの思うように変えることができる――そのような法になるそうですな」

「あり得ぬ。貴殿は、御公儀の御触書について誹謗《ひぼう》中傷しようというのか」

「誹謗中傷とはしたり」

彦右衛門は目を吊り上げて、問い返した。

「誹謗とは、人の悪口を言うことで、中傷とは、ありもしないことをわざと言い触らして人を傷つけることですぞ。私は、お奉行が成そうとしていることを、問い質《ただ》しただけではありませぬかッ」

腹の底からじわじわと強くしていく彦右衛門の声は、火山噴火の寸前のような得体の知れない不気味さすらあった。

「きちんと答えて下され。天下長屋に限らず、色々な町場の人々を強引に立ち退かせて、船手頭支配の幕府船の溜まりや鉄砲や大砲の教練場を新たに造るのでしょう。違いますか」

「………」

「にもかかわらず、さも庶民の暮らしをよくするような虚言を言うこと自体が、間違っていると思いますが、如何《いかが》」

食ってかかるような目つきになった彦右衛門に、井戸は苦々しく口を歪《ゆが》めて、

「相変わらずですな、大久保殿は……ならば、どうします。万が一、大地震でもくれ

ば、いや、異国の船は江戸湾のすぐ外まで来ておる。それらが襲ってきたら如何する。貴殿がすべて責務を担うと言うのか」

「担いましょう」

あっさりと返した彦右衛門を、井戸は目を丸くして見つめた。

「私が一切の責任を負いますので、天下長屋については任せてくれませんか」

「……ならぬ……私ひとりの考えでは、どうにもならぬ」

「御老中や若年寄ならば、儂が説得してみせましょう。ですから、井戸様は直ちに、町触を引っ込めて下され」

「代替地を与えると言うておるではないか」

「しかし、何処にするか。いつまでに造るかということは未定です。しかも、何百人もの人たちを一挙に移すのは無理だし、その場所もない。新たな町にするために、一時避難で済むならば話は別ですが、奉行所にその配慮はありませんね」

「…………」

「ここで、お奉行が私に命じて下されば、〝天下のご意見番〟である大久保家が、なんとしてでも意見だけではなく、実践してみせましょう。町人たちの命と暮らしを守るために」

鷹揚《おうよう》に言ってのけた彦右衛門が、如何と膝を進めると、井戸は深い溜息をついて、

「ならば……私からも阿部様に申し上げるから、他の老中や若年寄らを説得できるだけのものを持参して下され。話はそれからだ」

「ようございます。そうくると思って、とりあえず、絵図面だけは用意してきました。これは、まだ確定ではありませぬが……」

と先程、見せた天下長屋全体の絵図面を披露しながら、

「長屋の住人たちには、一旦、浅草寺裏の空き地に仮住まいの小屋を建てて、そっちに住んで貰います。その間に減った仕事などの補償は、町入用などから充《あ》てたいと思います。もちろん、町奉行所に集まっている御用金からも拝借願います」

「………」

「この絵図面を見て貰えば分かりますとおり、この一帯は、浅草寺から近いこともありますから、門前町の繋がりにしたいと存じます。真ん中に大きな道を通して、その両側と町を取り囲むようにして造る道沿いに、二階建ての長屋を造ります」

彦右衛門は実に楽しそうに語った。

「一階を職人たちの仕事場にして、通りからその仕事っぷりを見えるようにします。そして、二階に居住できるようにして、新たな職人や商売人も呼び込みます。私の試

算では、これまでの五割増しくらいの人が居住することになりましょう」

「それで、町が立ちゆくのか」

「ええ。そこが、第二の門前町たるところです。職人技を披露しながら、物を売るから、人々が大通りを常に通る町となり、隅田川に面しているので、そのまま船遊びにも行くことができる。楽しいでしょ」

「ふん……楽しゅうないわ」

溜息をついて絵図面を払った井戸に、彦右衛門は微笑を向けて、

「住人たちは、自分たちで新しい町を造ると思った途端、俄然《がぜん》、やる気になりました。ただ、賃借しているだけではなく、職住だけでなく、さらには余暇も一緒に楽しめる町にすることを、住人たちは喜んでいるんです。まさに友争うことなどありませぬ」

「…………」

「そのためならば、『大黒屋』忠兵衛も頑張って金を出すと言っております。立ち退きの反対騒ぎの首謀者であるよりは、ずっと前向きでやり甲斐があるとね」

「ふむ。貴殿らしい趣向ですな……だが、どうして、そんなことを考えた」

「朝桐殿です」

「……朝桐……誰です、それは」

「拾われてこの方、いや生まれてこの方、武家屋敷から一歩も出たことのないようなお姫様《ひいさま》ながら、丹波亀山藩の奥女中になった……それゆえ、町場で見るものは何でもかんでも物珍しい。ですから、何もかもが一辺に楽しめる所がよいと、ね」

「武家屋敷から一歩も出たことのないお姫様……?」

首を傾げる井戸に、彦右衛門はそうですすと微笑み返して、

「それでは、鎌五郎の件もよろしく裁断下さいよ。ならば、草薙の失態は、怪我人が誰ひとり出ていないということで、お見逃し致しましょう」

と言い切った。

苦虫を潰した井戸だが、分が悪いと判断したのであろう、渋々とではあるが、黙って頷くしかなかった。

九

朝桐は深々と彦右衛門に頭を下げて、

「過日は浅草寺の境内だけではなく、奥山の芝居小屋や両国橋西詰の見せ物小屋にまで連れて行って戴き、ほんにご迷惑をおかけしました。その上、美味しい鰻《うなぎ》の蒲焼《かばや》き

までご馳走になり、人生の楽しみのすべてを一日で味わうことができました。ありがとうございます」

丁寧に挨拶をする朝桐に、彦右衛門は大笑いをして、

「人生のすべてとは大袈裟《おおげさ》でしょう。ささ、頭を上げて下さい」

ここは、大久保家の奥座敷である。定則のこととともに、朝桐のことを懐かしく思っていた。長屋の人々にも親しまれる朝桐のことを、彦右衛門は不思議そうに見ていた。

「長屋の者たちも、みんな引き続き住んでくれと言っているが、ほんに妙なお人柄でございますな」

まったくシャキシャキとしているわけではないし、何をしても手間がかかるから、年老いたお姫様のようなものだが、そこはかとない日だまりみたいな感じがすると、住人たちは思っていたのだ。

長屋の人々はみな当初、金持ちの道楽で長屋に住もうとしているとか、町場の暮しを垣間見てみたいだけだと思っていたようだった。しかし、迷い込んできた老猫でも世話をするように、長屋の住人たちの方から、我も我もとお節介をする。傍目《はため》に見ても不思議な光景だった。

「もしかしたら、亀が運んで来た福徳が、朝桐さんにはあるのかもしれませぬな」

彦右衛門がそう言うと、

「あら、そんなことはありませんよ」

と朝桐は照れ臭そうに俯いた。しかし、丹波亀山藩の奥女中であったことを誇りに思っているような表情だった。

「まこと、定則様は果報者だ」

「こちらこそ幸せでした。奥方様もほんに心根が良いお方で」

「去年のことですが、江戸城中は白書院の控えの間で、久しぶりに言葉を交わしました。その折にはまさか……」

「はい……」

「そのときも奏者番として、お務めを果たしたすぐ後でしたので、少し緊張が解けていたのでしょうかな。気さくに話しかけて下さいましたが、やはりこの時勢ですから、内憂外患の話ばかりでした。でも、儂の体のことも色々と心配してくれて」

「ええ、気遣いの殿様なのです。私は一生、殿の側にてお仕えするつもりでございましたが、ああいうことになりまして……」

ちょっとした失態で切腹をしたことは、彦右衛門はもちろん承知している。そのためお役御免となって、慣れ親しんだ江戸屋敷から離れ、阿波にもおいそれと帰れぬ朝桐の身上に、彦右衛門は同情していた。その奇異な人生にも、興味が湧いていた。

「よろしければ、長屋の建て直しが終わるまで、うちの屋敷にいて下され」

「ありがとうございます。でも、私はあの長屋の人々が好きなのでございます。私だけが楽をしてはいけません」

「でも、まだ……」

「人とのふれあいは、年月の長短ではないと思います。殿とのように長い間、ずっとお仕えしていても、なにひとつ分からないこともあれば、ほんの一瞬で分かりあえる人もいます」

「これは、妙なことを……」

彦右衛門は意外な目を朝桐に向けて、

「大久保定則公のことは、よくご存じだったのではありませぬか？　ずっと側にいらしたのでしょう」

「もちろん、分かっております。殿は立派な御仁ですが、少し気の弱いところもあって、私には甘えん坊でしたが、だからといって殿の全てを知っていたわけではありません。ただただ、殿のお世話をしていただけのことでございます」

「ただ、お世話をしていただけのこと……」

その言葉に、彦右衛門は微《かす》かな違和感を覚えた。藩主と奥女中の深い信頼関係が築かれていると思っていたが、少なくとも朝桐はそう考えていなかったのであろうか。

「誤解をしないで下さいまし、彦右衛門様」

朝桐は何をか察したのか、言い訳めいた顔色になって、

「私は人ではなかったのです。女でもなかったのです。それが嫌だったとか後悔をしているとか、そのようなことは一切ありません。むしろ、幸せに暮らせたと感謝しております。だからこそ、私が面倒を見なければならなかった殿がいなくなった限りは、宿下がりをして気儘《きまま》に余生を過ごしたいと思ったのです」

まるで、初めて自分の意志を叶えることができた——とでも言いたげな、爽やかで瑞々《みずみず》しい表情であった。定則とふたりだけにしか分からぬ気持ちがあるのであろう。

「もっとも帰りたい主家は、もうありませんがね。うふふ」

朝桐が小さな声で笑ったとき、忠兵衛が檜垣に案内されて入ってきた。彦右衛門はその顔を見るなり、

「上手くいきそうか。普請のことは」

と問いかけると、忠兵衛は、何が可笑《おか》しいのか笑いながら、

「さすがは彦右衛門様。なかなかの策士ですな」

「策士……？」

「そうではありませぬか。普請場をひとまとめにしたのは、そういうことでしたか」

「なに……」

「とどのつまり、町奉行所が所管している公儀の土地を、私ら商人に買い取らせ、その町の普請は、材木問屋や普請請負問屋らに担わせた。喧嘩や争いにならぬように土地と建物の持ち主を分断し、それぞれが勝手に処分できないようにすることによって、町人の暮らしを守ろうとした……そうでございますな」

「みんなが仲良くして貰えれば、それでいいのだ」

「もちろん、紛争の種は消えました。ですが、町が出来上がるのは、どんなに急いでも二年先です。それまで、他の所で仮住まいしている者たちが辛抱できるか、そして戻ってくるかどうか。なにより、この国がなくなっているのではないか……そっちが不安です」

世の中を見ている忠兵衛らしい口ぶりだが、憂慮するなと彦右衛門は言った。土地が消えてなくなるわけではあるまい。建て替え中の人々の移転先は、蔵屋敷などがあった空き地だが、雨露が凌《しの》げて仕事ができる程度の掘っ立て小屋などは提供している。

「そんな所には長らく住みたくないだろう。だからこそ、みんなして急いで新しい町を造る。仕事ができて、住むこともできて、遊ぶこともできる。そんな賑やかな町は他にないだろうから、みんな楽しみにしてるだろうよ」

彦右衛門が町人の代弁をするかのように言うと、忠兵衛は少し憂えて、

「たしかに……元の住人のみならず、新たに住みたいという人々も来るかもしれませぬな。ですが、心配がひとつだけあります」

と言った。

「この、朝桐さんの住む所です。まさか、殿様の奥方だった人を、みなと同じような部屋に住まわせるわけにはいきますまい」

「奥方ではなく、奥女中です」

朝桐が微笑みながら答えると、彦右衛門は誠実そうな顔になって、

「実はな……向島の下屋敷、あそこはあのまま芳枝様のために置いて貰えるよう、儂が手を廻しておいたのだ」

「そうなのですか……?」

「うむ。次男の拓馬を押しやろうと思っていたのだが、やはり奴には勿体《もったい》ない。公儀から特別な計らいを貰って、残された定則様の妻子のために残そう、とな」

「ほんに、ようございました」

素直に朝桐は喜んだ。

「ですが、彦右衛門様……私はもう下屋敷に戻るつもりはありません。ええ、心に決めているのです」

朝桐はポンと胸を叩いて、彦右衛門と忠兵衛ふたりに向かい、

「秋になると、柿の実は何事もなかったように、ほっこりと実りますね」

とまた微笑んだ。

「雨風に打たれ、雪にも降られ、あるいは枯れてしまいそうな暑い日射しに照らされていたり、鳥に突《つっ》かれたり、虫に食われたりしたかもしれませんが、その時節になれば、本当にすべてを忘れたように、何事もなかったように実がなり、赤く熟していきます……私もそういうふうに、残りの人生を過ごしたいのです」

「あなたには、がさつな所ですぞ」

「だって、新しくて綺麗な町になるのでしょ。できるだけ早く建てて下さいね。でないと、その前に、こっちがポックリ逝ってしまうかもしれませんから」

「縁起でもない……なるほど、何事もなかったように実る……か」

彦右衛門は感心したように頷いた。

「定則様も酔狂な歌人か俳人のようだったが……もしかしたら、朝桐さん。あなたは実は、凄い人なのかもしれぬな……どうですかな、こいつと一緒になっては」

微笑みながらも彦右衛門は唐突に、檜垣を指して、

「うちの用人は妻に先立たれておってな……熟した者同士が結ばれるのもよいことではないかな。のう檜垣、どうだ、おぬしは」

と声をかけた。檜垣はしきりに照れくさがったが、朝桐の方が、

「こんな婆さん、もう誰も相手にしてくれませぬよ。せっかく自由の身になったのですから、私も相手を選びとうございます」

「わ、私では釣り合いが取れぬと……？」

檜垣が半ばムキになるのへ、朝桐はおっとりとした様子のままで、

「はい。そうでございます」

と悪びれることもなく答えた。檜垣は逃げ出したいくらいに顔を真っ赤にしていたが、彦右衛門たちは大笑いをした。

「朝桐さんにとっては、やはり定則公がたったひとりの主人なのでしょう」

彦右衛門がそう言うと、朝桐は黙って笑っているだけであった。そして、「新しい町が楽しみですわ」と呟いた。

ただ、ぶらりと訪ねて来た老婆に過ぎない。何かをした訳でもない。だが、朝桐が天下長屋に足を踏み込んだということだけで、何かが変わった。立ち退きを拒んでいた住人たちは素直に一時的に移転し、新しい町ができる話がとんとんと進み、町奉行所による不当な干渉もなくなった。

――これもまた不思議な人の縁《えにし》というものか。

と彦右衛門は感じ入っていた。

人々の平穏な暮らしは続いているが、天下泰平の時代は大きく傾いてきているのであった。誰もまださほど心配はしていないが、実は身近な所に、幾つもの危険や危難は潜んでいた。それは、大久保家にも突然、起こるのであった。

第四話　己が心に恥じるな

一

武家女は勝手に出歩くことはできない。旗本の御新造や娘たちが芝居見物に行くことですら、当家の主人に事前に申し出て、公儀の許しを得るのが決まりであった。ましてや何処《どこ》かに宿泊することは、余程の用事がないと許されていない。庶民のように思いつきで物見遊山もできなかった。

ところが、大久保家の女たちは何故《なぜ》か「天下御免」とばかりに出歩くことが多かった。もちろん形式的に事前に申請はしているが、当主の彦右衛門が一々、自分の上役である若年寄にお伺いを立てることはなかった。が、妻子には「事を起こさぬこと」ということが条件であった。

この日、千鶴は小石川《こいしかわ》の水戸家上屋敷に所用で出向いていた。屋敷内の後楽園《こうらくえん》という庭園はいつみても立派だった。「天下の憂いに先んじて憂い、天下の楽しみに後れて楽しむ」という思いで、水戸光圀《みつくに》が名付けたという。

いかように昔の武士は、天下のことを考えていたが、近頃は武勇は用済みとなり、いわゆる〝官僚〟が幅を利かせる世になった。そのことを彦右衛門は常々、憂えていたが、水戸に縁のある千鶴も同じ思いだった。

そこには水戸から、旧知の会沢正志斎《あいざわせいしさい》が来ており、

「これは千鶴様ではありませぬか」

と声をかけてきた。

会沢正志斎とは藩主の水戸斉昭が最も信頼していた水戸学藤田派の学者である。数年前に、斉昭は藩政改革のことで隠居、謹慎を命じられていたが、その折、一緒に蟄《ちっ》居《きょ》させられたのが藩校・弘道館《こうどうかん》教授頭取の会沢正志斎だった。謹慎は斉昭とともにすでに解けているが、尊皇攘夷論者である斉昭と会沢正志斎は、幕府からは目をつけられていた。

「ご無沙汰《ぶさた》しております、会沢先生。ご壮健そうで何よりです」

「いやいや。もう古希を過ぎましたからな、足腰も弱くなりました。江戸には用事が

あってきましたが、明日には水戸に帰ります」

「そうでしたか。ならば、彦右衛門にも挨拶に来させましたのに」

「とんでもない。御書院番頭のようなお偉い御仁に会ったら緊張しますわい」

「相変わらず、ご冗談ばかりを……」

　厳しい国防論者ではあるが、かつては江戸彰考館《しょうこうかん》の総裁であった。彰考館は水戸光圀が設立した『大日本史』の修史局のことである。藩校を任されている歴史学の泰斗だが、人柄はいたって柔らかく、面白みがあった。それゆえ、学ぶ者たちも特別な親しみがあったのであろう。

「うちの長男の龍太郎は、海防掛として浦賀奉行所に出向いております。会沢先生に色々と教えを請いたいこともあるかと」

「そうでしたか。それはまた大変な任務でありますな。浦賀奉行のもとで、お国のために励んでおられるのか」

「はい。当人は存外、自分に向いていると思っているようですが、母親としては少し心配でございます」

「さもありなん。されど、大久保家ならば、忠寛《ただひろ》様も家斉公に仕えた後、老中首座の阿部様に目を掛けられているとか」

「はい。忠寛様は今、色々と幕府内で人材を探しており、まもなく目付で海防掛に任ぜられるとのことです」

忠寛とは後の大久保一翁《いちおう》のことであり、時の井伊直弼《いいなおすけ》と反発し合うようになる。会沢は世の中が激変することを危惧しているようだが、まずは国内が纏《まと》まることが大切で、内乱が起きれば紅夷《こうい》、つまり西洋列強に付け込まれるだけだとかねがね訴えている。千鶴は女の身ではあるが、やはり水戸縁《ゆか》りの者であり、天下の旗本の妻であるから、国の行く末を案じていた。

「龍太郎殿が海防掛とは……ならば丁度、良かった」

と会沢正志斎がニコリと微笑《ほほえ》んで、隣室に正座している若侍に手招きをした。すぐに若侍は礼儀正しい態度で会沢の側《そば》に近づくと、深々と千鶴に頭を下げた。

「この若者は今、九州から江戸、そして奥州など諸国を巡って学びを広げておるのだ。龍太郎殿同様、幼き頃より文武両道に優れておってな、この若さで山鹿流と長沼流を極めている兵学師範だ。斎藤弥九郎《さいとうやくろう》の練兵館《れんぺいかん》絡みで水戸に遊学したとき、私と知り合うた」

「先生には大変、お世話になっております」

爽《さわ》やかな若者だが、どこか緊迫したような血気盛んな雰囲気もあった。会沢は千鶴のことを水戸家の縁者だと伝え、大久保家に嫁いだ容姿端麗な才女だと話した。

「還暦近いお婆さんを捕まえて、そんな……先生は嘘つきになりますよ」

「いや、まこと。しかも、〝天下のご意見番〟を尻に敷いておるから、本当は虎をも退治する猛女でもあらせられる」

会沢が冗談交じりに言うと、若侍は爛々《らんらん》とした目で、

「大久保家のお話は、先生からも伺っておりました。立派なお旗本の奥方様にお目にかかれて光栄でございます」

と頭を下げた。すぐに会沢は、千鶴に紹介した。

「で、退治される虎ではないが、この若者は寅次郎《とらじろう》、はは……吉田《よしだ》寅次郎というが、今は松陰《しょういん》と名乗っておる」

「吉田松陰殿……」

「見てのとおり、かように若いのに私の方が教えられることが多いくらいだ。そこで、お願いがあるが、今しばらく江戸に逗留させておきたいので、大久保家で面倒を見てやって下さいませぬか」

「ええ、それはもう……先生の頼みなら何でも致します」

「この者は長州藩士で、松陰殿の叔父上がやっていた松下《しょうか》村塾《そんじゅく》で学問を究め、江戸

に出てきてからも、すでにかの山鹿素水《そすい》や佐久間象山《さくましょうざん》とも会うておる。いずれも、彦右衛門様とは昵懇《じっこん》でございましょう」

「昵懇というほどではありませんが、うちの殿様は懐が深くて広いというか、何も考えてないというか……そこが宜《よろ》しいのですが、色々な方々と交流があります」

千鶴はそう言うと、今一度、若侍を見て、

「遊学中でしたら、うちで過ごして下さい。でも、嫁に出たのも含めると子供が十二人もいる大所帯でございます。窮屈かもしれませんが、ご勘弁下さい」

「とんでもございません」

「次男はあなたより少し年上でしょうが、末の息子は年下かもしれません。どうぞ扱《しご》いてやって下さい。ふたりとも、あなたと違って家でのんべんだらりとしている駄目息子たちですので」

と千鶴は、なんだか楽しそうに言った。

早速、大久保家に来た吉田松陰は、立派な屋敷に目を奪われていた。

長州藩士とはいっても、下級武士に過ぎぬ。水戸の屋敷に出入りしていたとはいえ、やはり公儀の千石という大身旗本で、三河以来の徳川家康直属の家臣の末裔《まつえい》ということで、畏怖の念を少しばかり抱いていた。

もっとも自分を卑下したり、相手を不必要に持ち上げるようなことはしない、自然体こそが、この若者の持ち味なのであろう。

千鶴は屋敷に帰って来るなり、まずは中間部屋に隣接している拓馬の部屋に案内した。相変わらず、千鶴から見れば奇妙なガラクタでしかない物で溢《あふ》れており、訳の分からぬ書物が散らばり、絵図面が壁中に張られてあった。それらに埋まるように、万年床の上に座っている拓馬を見て、

「――うわっ。これは……」

と絶句した。

「ほら、驚いたでしょ。こんな体たらくです」

松陰は立ち尽くして部屋の中を見廻《みまわ》している。

「これ、拓馬。起きなさい。何刻《なんどき》だと思っているのですか。お客様ですよ」

拓馬は寝そべったまま、松陰を見上げて、小さく頭を振った。

「挨拶くらいキチンとなさい。このお方は吉田松陰殿といって、会沢正志斎先生の薫陶を受けておられる若き長州藩士なのですよ」

「エッ……!?」

飛び起きた拓馬は、まじまじと松陰を見つめて溜息《ためいき》をつくと、

「存外、若いのだなあ……体もどちらかといえば小柄だ……とても山鹿流兵法の達人で、頭も図抜けている御仁には見えぬ」

と遠慮のない物言いをした。

「おや、おまえ、松陰殿を知っていたのですか」

「知ってるもなにも、俺も練兵館にはたまに稽古に出向いてましたからな、長州にこの人ありと、斎藤先生からも聞いてましたよ」

「そうなのかい。でしたら会沢先生ともお知り合いだし、色々と話が弾みましょう」

千鶴が微笑むと、松陰はまだ部屋の中をまじまじと眺めているので、

「大丈夫ですよ。松陰様には別の部屋がありますので、こんなむさ苦しい所に泊まって貰うわけではございません」

「あ、いえ。そうではありません……凄いなあ、と思って……」

「え……？」

松陰は慌てたように部屋に踏み込むと、色々なカラクリ人形などに交じって、天球儀や天体望遠鏡、万年自鳴鐘にオルゴール付き枕時計、さらに電信機や湿板カメラまでが所狭しと並んでいる。壁には世界地図はもとより、月面図や太陽黒点観測図らしきものまでビッシリと張られていた。

「凄い……佐久間象山先生顔負けのものが……これだけのものを、どうやって……」

「色々とツテを頼ってな。俺は長崎には行ったことはないが、江戸の大名屋敷には紅毛人から譲り受けたものが、わんさかある。どうせ頭の古い爺イたちには分からぬから、こうして譲り受けてきた」

「いや、素晴らしい。手で触ってみて宜しいかな」

「どうぞ、どうぞ。俺は子供の頃から、カラクリ仕掛けが好きで、自分でも色々なものを作ったりして遊んでたが、オランダなど西欧のものは、どういう仕組みになっているのか不思議でならない。だから、自分で分解してみては、絵図面を描いたりしてるんだ」

「ほんに来た甲斐があった。どうか、色々とご教示下さいまし」

「あなたも興味があるのですか、こんなガラクタに」

「ガラクタどころか宝です。敵を知り、己を知れば、百戦殆《あやう》からず……孫子ではないが、国防のためにも、このような技術を持っている敵のことを熟知せねば」

「戦なんかしたら負けますよ。それに、カラクリ仕掛けは人と争うためのものではない。仲良くするためのものです」

「仲良くするため……」

松陰はなるほどと頷《うなず》きながらも、

「しかし、敵が一方的に攻めてきたら如何《いかが》するつもりですか。座して死を待つのですか」

「兄上も同じようなことを言ってるが、どうもな……俺に答えは分からないが、異国のものを取り入れて、この国なりのものを作っていけば勝てる気もする。あはは」

どこまで真剣に考えているかは分からぬ拓馬だが、松陰には刺激的な光景であった。

そんなふたりを見ていた千鶴は微笑みながら、

「松陰殿。この子は、いつか世の中を掃除するなんて偉そうなことを言ってますがね、その前に自分の部屋を掃除しろって思います。どうぞ、ごゆっくり」

と言った。類は友を呼ぶではないが、どう見ても友人の少なそうな拓馬と、松陰が気が合えばよいなと千鶴は思った。

二

異国船はまだ現れていないが、浦賀に来るという噂が流れていた。琉球や薩摩からの伝令が幕府に届いていたからだ。

御書院番では、大久保彦右衛門を中心に、今日も何か非常事態があった場合のことを話し合っていた。それと関わりがあるかどうか不明だが、このところ江戸市中では不逞《ふてい》の輩《やから》の蛮行が増えている。

世の中が不安定になると、世も末だと嘆いて、犯罪に走る者がいるからだ。殺しや押し込みという凶悪な犯罪を起こす者を減らすには、どう取り組めばよいか。北町奉行の井戸対馬守にも投げかけていたが、喫緊の課題であった。何か事件が起こってからでは遅い。悪いことをした輩は、後で処罰をすればよいという考えではなく、事前に防ぐことを心がけていた。

むろん、将軍には御庭番という隠密がおり、大目付や目付には表に出ない密偵がいる。御書院番は今でいえば側近の警固官であるから、秘密裏に動くことは少ない。それでも、彦右衛門も何人かの密偵を抱えており、町人らが知らないところで、犯罪が起こらないように目を光らせている。

「いや、この酒はなかなか上等ですな」

「うむ。切れがあってサッパリとして、魚の造りにもよく合う」

「ほんに、香りもふくよかで、ほっとします。元の米が良いせいでしょうかな」

「なんといっても、水が井の頭だというからな。いやはや、たまらぬ」

利き酒会をしているわけではないが、重苦しい寄合の後は、軽く酒を飲むこともあった。むろん城中は御法度ゆえ、番方のいずれかの旗本屋敷に、「寄合の続き」と称して集まるのだ。もっとも月行事は本題のことなど何処吹く風で、菊茂の酒を堪能している。彦右衛門としても、

――いい塩梅《あんばい》に、菊茂の酒が評判になればよいな。

と算盤《そろばん》勘定をしていた。

防犯の手本になるべき番方の旗本たちが、この体たらくでは、与力や同心の箍《たが》が外れるのも仕方がないのかもしれぬ。それより彦右衛門は、世情の不安定こそが悩みの種だった。

「ご一同も承知のとおり、近頃の江戸ではただの物盗りではなく、残虐な殺しもあるし、巧みな騙《かた》りも横行している。しかも、江戸に潜《もぐ》り込んでいる異人の仕業ではないかとの風評もある」

彦右衛門が投げかけると、その場にいる番方旗本のひとりが、

「しかし、大久保殿。いつぞやの〝赤目の天狗一味〟とやらも、異人ではなくただのコソ泥同然で肩すかしを食らった。あまり警戒しすぎても、町人どもが萎縮してしまうのではあるまいか。大袈裟《おおげさ》に言えば、幕府の弱さを露呈してしまうことになろう」

と言うと、他の旗本も大きく頷いて、

「さよう。我ら旗本が危惧していることは、庶民も知っており、不安を抱いておる。我々がやるべきことは、異国が迫ってきていても何事もないと安心させることではないか」

「そのとおりだ」

彦右衛門は承知していると一同を見廻しながら、

「だからこそ、皆の力で罪をなくし、安心して住める江戸に戻さねばなりますまい。そのための議論をもっと真面目にすべきだ」

と腹立たしげに声を強めると、別の若い旗本が酒を飲む手を止めて言った。奥村伸《おくむらしん》吾《ご》という、やはり三河譜代の旗本の子孫だ。

「大久保様……お言葉ですが、もはや私たちが話したところで、凶悪な罪が減ることも、極悪人がいなくなることも、まずはないと思いますよ」

「諦めてどうするのだ」

「北町奉行の井戸対馬守様の話では、今や小さな罪を犯す者が多すぎて、一々、お白洲を開くのも厄介だとか。しかも大伝《おおでん》馬町《まちょう》の牢屋敷は盗みや騙りだけではなく、幕政批判を繰り返す輩で溢れて困っているらしい。老中首座・阿部様の話でも、我々旗本が事前になんとかせよとのこと。まるで悪い奴が蔓延《はびこ》るのが、番方のせいであるかのように」

若いくせに眉間に寄せた皺《しわ》は深い。それは妙に陰険に見え、奥村の旗本としての心がけの悪さにも感じた。彦右衛門はじっと見つめ返して、

「考え違いをするでない。こういう時勢だからこそ、阿部様や井戸様は旗本には期待をしておる。なにより我らが江戸の治安を守るべきなのだ。むろん、町奉行にもっと動いて貰わねば困るがな」

自身番や木戸番、町火消しなどの見廻りを徹底したり、町内の〝五人組〟の絆を強めることで、悪いことをする隙を与えないこともできる。得体の知れない浪人や流れ者が江戸に大勢来ていることは事実だ。

「得体の知れない浪人や流れ者……」

奥村は彦右衛門の言葉尻を捉《とら》えて、訝《いぶか》しげな目を向けた。

「大久保家のお屋敷にも、得体の知れない……とは言いませぬが、危なげな若侍が身を寄せている……と聞き及びましたが」

松陰のことだなと彦右衛門は思ったが、敢《あ》えて何も言わなかった。

そもそも水戸家は幕閣から睨《にら》まれており、謹慎が解けたとはいえ、水戸斉昭公は思

想的に異端児であることに間違いはない。もちろん、国防に関しては一家言あり、異国船を排除するという強い考えを持っている。祖法を持ち出すまでもなく、海に面している領土故である。

松陰が水戸家に出入りしていることを、奥村は問題視している。さらに、佐久間象山ら開明的な思想の持ち主を師と仰いでいるから、警戒しているのだ。

佐久間象山が仕えた信濃《しなの》松代《まつしろ》藩主で元老中の真田幸貫《さなだゆきつら》は、海防掛に任ぜられている。その顧問を象山は担っていた。それが縁で、佐久間象山は江川英龍《えがわひでたつ》から兵学や大砲術なども学んだが、異国を排除するのではなく、和平交渉をしたい考えが強かった。それが軟弱だと奥村は指摘した上で、

「かような者に心酔している若侍など、危険極まりない。それとも、大久保様はそやつを取り込んで、監視するつもりでしょうか」

奥村は龍太郎と同じ年頃だが、考えがハッキリとしていると妙に感心した。しかし、若者というのは、ひとつの思想に囚《とら》われると、それが世の中の正義の全てであり、反対する者は間違いだと決めつける恐れがある。彦右衛門の心配はそれだった。

「正直、儂《わし》も松陰という若者のことはよく分からぬ。うちの次男の拓馬とは気が合うようなので、しばらく面倒を見ておるだけだ」

「何事も起こさなければよいですがね……私の密偵からの報告では、長州の家中の者とはいえ、何を考えているか分からぬ輩のようで」

「かもしれぬが、どういう奴だと決めつけることはあるまい。今や何が起こるか分からぬ激動の世の中だが、何事もいっぺんに変わることはないと思う」

「でしょうかね……地震でも火事でも、瓦解《がかい》するのは一瞬のことですが」

奥村はまるで幕藩体制が崩れているのは、旗本たちが軟弱になったからだと言いたげであった。むろん彦右衛門としては、龍太郎が海防掛の一翼も受け持っているゆえ、油断大敵だと思っている。

「それは江戸市中で起こる小さな罪もそうであろう。罪を犯すのは、貧しいか、親の教えや躾《しつけ》がちゃんとしてないから……などというのは昔のことで、今や〝衣食足りて礼節を弁《わきま》えず〟という輩が大勢おる。いきなり人を刺したりする者もいる。国ではなく、人が傾いてきているように感じるがな」

「そうでしょうかね……」

話しても無駄だと、奥村は首を横に振った。同調するように、他の旗本たちも溜息をついたものの、何もかも絶望しているわけではない。彦右衛門は子供に正しい生き方を教え諭すことによって、国は保たれるのだと言った。

「つまりは育てた親の心がけです。大久保様、私は今のこの国に絶望しております」

奥村は背筋をすっと伸ばすと、張りのある声で断言した。

「お上がいくら、あれこれと押しつけたところで、人の心は良くはならない。徳を教えたところで、悪い奴は悪くなるだろうし、貧しくても、いい人間はいい人間でしょう」

「何をしても無駄だとでも……？」

「いわば、そういうことです。失礼ですが、大久保様はもうお年を召しているから、世の中の動きに鈍感なのです。この際、龍太郎殿に家督をお譲りし、私とともに真面目に国防について語り合わせて戴きたい。江戸市中の盗みや殺しなんぞ、取るに足らぬことです」

喧嘩でも売るように。奥村は立ち上がった。

「お先に失礼致します。御免」

誰かが「無礼であろう！」と声を掛けたが、彦右衛門が止めた。他の者たちも「跳ね返り者が」と仕方なさそうに見送った。奥村には何を言っても無駄だと思っていたからだ。若いくせに頑固なところがあるが、人として正しい道が何かを迷っている節もある。ただ、人の話をろくに聞かないのは困ったものだと彦右衛門は思っていた。

すると、年配の旗本が悪し様に言った。

「奴は少々、学問にのめり込み過ぎたきらいがある。つまり頭でっかちだ」

「儂たちも若い頃はそうでしたがな」

彦右衛門はそう言ってから、

「真っ直ぐな若者だけが世の中を変えられる。今も昔も同じじゃ……ひとつ、主に弓を引いた者。ふたつ、卑怯な振る舞いで笑われた者。三っつ立ち廻りの上手い者。四っつ算盤勘定の上手い者。五つ他国人……」

「――何の話ですかな」

「出世する者の五箇条じゃ。まさに、ここにいるお歴々には覚えがござろう」

旗本たちは白けた顔を向け合った。

「ははは……図星かのう。これは、うちの家訓書とも言える『三河物語』の中にある文言でござる……奥村も、うちの次男坊もそうではないと思いますがな。おそらく松陰殿も」

大笑いをして、彦右衛門は酒を呷《あお》るのであった。

三

その翌日。奥村が旗本の寄合を欠席して向かったのは、南茅場町《みなみかやばちょう》の大番屋の近くにある手習所であった。場所柄、町人は少なく、いわば裁判所の近くだから、周辺はひっそりとしていた。

実はここには、奥村の息子が通っている。まだ十歳になったばかりだが、父親に似て聡明との評判だった。だが、少し偏屈なところも似ているのか、奥村のことを敬遠している節がある。それでも、奥村にとっては若い時にできた子で、母親は産後の肥立ちが悪くて急死しているから、奥村はさほど離れていない家からでも送り迎えするほどの子煩悩だったのである。

そんな父親のことを、息子の修策《しゅうさく》はなんとなく面倒臭く思っている。同じ手習所の友だちに見られるのが恥ずかしいのか、早々に退所していた。もっとも、家にではなく、近くの町医者・川本清淳《かわもとせいじゅん》の診療所に立ち寄っていた。

まだ幼いのに、ゆくゆくは長崎で蘭学を学んで、町医者になるのが夢だという。息子が洋学を学ぶことに、奥村は反対であったが、明瞭に口に出していなかった。もっとも医者になることは期待していない。むしろ、修策の将来を楽しみにしていた。

診療所に向かおうとしていると、

「ふざけるなバカやろう、てめえ！　ぶっ殺されてえのか、おう！」

物凄い大声が近くで起こった。

驚いて振り返った奥村の目に、米問屋『越前屋《えちぜんや》』の暖簾《のれん》の奥で、大工らしい半纏《はんてん》を着た男が帳場の前で、主人を相手に怒鳴っている。店からは客が恐々として逃げるように出てきていた。

──またぞろ殺し合いか？　厄介事に巻き込まれるのは御免だな。

と思ったが、店から出てきた女が、見覚えのある顔だった。

可愛《かわい》げのある丸顔で、町娘姿をしているが、大久保家の十番目の子で第八女、かんなである。神無月生まれだから、命名された。まだ二十歳だが、廻り髪結いの桃次郎《ももじろう》と夫婦になって二年になる。

「あっ、奥村様……伸吾様。丁度、いいところに！　ちょいと止めて下さいな」

喋《しゃべ》り方も町人風になっている。かんなの姿を見て、奥村は痛々しげに目を逸《そ》らした。

「何をです」

「大変なんですよう。あの勢いじゃ、主人の藤兵衛《とうべえ》さんを殺してしまいますよ」

　ガッチリした体軀《たいく》の大工らしき男に対して、藤兵衛は青白い顔で、いかにも気弱そうな商人に見えた。

「それならば、自身番に届けろ。俺は……」

「いいえ。正義感の塊の伸吾様がビシッと割って入って下されば片付くと思います」

「いや……」

「何をためらっているのです。そんな体たらくだから、祥子姉さんにふられるのです」

　祥子は兄弟の中では一番、冷静沈着かもしれない。大人しいが心の強さは氷柱のように固そうである。

「ふ……ふられただのと……」

　奥村が少々、不快な表情になると、かんなは微笑を浮かべて、

「逆でしたね。奥村様がたしか呉服屋の娘さんに手を出してて、祥子姉さんと天秤にかけてたんですよね。で、向こう様にお子様ができたので……」

「もうよい。いつの話をしているのだ。大久保家に関わらなくてよかった。あんなのが義父になったかと思うとぞっとする」

「随分な言い草ですね。でも、祥子姉さんは傷つきました。さあ、罪滅ぼしのつもり

で、手助けして下さいましな」

「だから、大久保家の女たちは……」

「なんでしょう。水奈姉さんを呼んできましょうか」

「――な、何があったのだ……」

豪女・水奈の名を聞いて、一瞬たじろいだ奥村は背中を押されて店に入ると、『越前屋』の主人は丁寧に頭を下げた。その前にいたのは、大工の熊八《くまはち》で、奥村家の普請や修繕で出入りしていたので、顔見知りであった。

「なんだ。おまえか。耳をつんざく声だから、ならず者かと思ったぞ。ぶっ殺すとか物騒な言葉は慎め」

「丁度ようござんした、奥村の若様」

「若様ではない。親父は他界して、とうに当主だ」

「へえ。どっちでもようござんすが、では当主の奥村様……」

熊八は縋《すが》るように奥村に近づいて、

「ここのクソがきが、うちの倅《せがれ》を毎日、毎日、虐《いじ》めやがるんだ。ゆうべなんざ、おでこにデッカイたんこぶをつくって、その前は掘割に突き落とされたとかで、体中に掠《かす》り傷を……！」

と言いかけると、藤兵衛の方も半ばムキになって返した。

「冗談じゃありませんよ。子供同士が遊んでいただけでしょうが。そもそも、おたくの団吉《だんきち》が暴れん坊だからじゃないですか。みんな怖がってますよ。うちの鷹之助《たかのすけ》に限って、悪さをするはずがありません」

「黙れ、このやろうッ。嘘だと思うなら、町医者の清淳先生に訊《き》いてみやがれ。キチンと証言してくれるぜ！」

倅の修策が立ち寄っている医者だ。奥村は、まあまあとふたりを止めた。実は、『越前屋』の跡取りの鷹之助も、熊八の倅の団吉も、奥村の倅と同じ手習所に通っているのだ。

この手習所の塾頭は、中川文生《なかがわぶんせい》という元幕府天文方の役人で、明日の世を背負う子供たちの教育に力を注いでいた。手習所では異年齢でも同席させ、師匠が習熟度に応じて教えるが、〝文生塾〟では、初等、中等、高等ときちんと分けて、段階的に教えを施していた。優秀な者は武家町人を問わず、昌平坂学問所《しょうへいざかがくもんじょ》や藩校などにも推挙しており、将来の日本を背負う若者に育てるのが、文生の生きがいでもあったのである。

「まあ、待て。しからば、俺が話を聞こうではないか。うちの子も文生門下なのでな」

奥村はそう言ったものの、『越前屋』の息子の方が、手習所では厄介なほどの〃いじめっ子〃であることは承知していた。事実、倅の修策も少々、陰湿な悪さをされたことがあるからである。だが、藤兵衛は、

「聞いて下さいまし、奥村様。この熊八さんは前にも脅しに来たことがありましてね、そりゃ難儀なことばかりで。今度もどうせ治療代でもせびりに来たんでしょうよ」

「てめえッ！　言うに事欠いて！　そんな親だから、子も子なんだよ！」

今にも摑みかかろうとするのを、奥村は間に入って、

「よせ。今日のところは俺に免じて喧嘩はやめろ」

「金持ちだからって、こんな鼻っ柱の強い奴はガツンとやらなきゃ、分からねえんだよ。性根を叩き直してやるッ」

と藤兵衛に殴りかかった。

だが、相手が避《よ》けたので空振りをして、勢い余って奥村の方に拳骨が当たってしまった。鼻が折れたかのような音がして、奥村は呻《うめ》きながらその場に蹲《うずくま》った。流れ出る鼻血を押さえながら、

「だ……だから、関わりたくなかったのだ……」

泣きそうな声でしゃがみ込んだままの奥村に、店の手代らがすぐに駆け寄ったが、

藤兵衛と熊八はお互い摑み合って睨みあいを続けていた。

奥村は「武の者」を標榜《ひょうぼう》して、旗本仲間をけしかける割には、剣術も柔術も苦手だった。それもそのはずである。元々は普請奉行配下の大工頭という役人で、職人並みの腕前はあった。加えて、大久保家の次男坊のように妙な発明ばかりに凝っていた。それゆえ、父親からは変人扱いされ、家臣や親しくしていた旗本仲間からも呆《あき》れられていた。

だが、父親が死んでから仕方なく番方になり、遅蒔《おそま》きながら後悔し、一からやり直そうとしていた。しかも世の中は〝西洋化〟の波が押し寄せてきていて、大工頭の匠《たくみ》の技なんぞ、到底、西洋技術には及ばないと思い始めていた。つまり、自分の夢を諦めたから、逆に武士らしい武士になろうとしていたのかもしれぬ。

奥村は鼻を押さえながら、子供のようにシクシク泣き始めた。その姿を見ていたかんなは、心の底から、

――祥子姉さん、この人と一緒にならなくてよかった。

と思うのだった。

四

その夜のこと——町医者の清淳の療養所に、大怪我をした熊八が担ぎ込まれた。雨がそぼ降っていた。倅のことで藤兵衛と喧嘩してむしゃくしゃするから、居酒屋で一杯やった後、帰り道の石段から転げ落ちて頭を打ったのである。

清淳は外道《げどう》、つまり手術の心得があるので、近くを通りかかった木戸番の番人たちが担ぎ込んだのだった。初めは少し声を洩《も》らしていたものの、清淳の所へ担ぎ込んだ途端、気を失い意識がなくなった。運び込んだ番人らの話では、

「ちくしょう……このやろう……嵌《は》めやがったな……覚えてやがれ……」

と怨《うら》みがましいことを、喉の奥で繰り返していたという。しかし、今は死んだように眠っている。

熊八が担ぎ込まれたときに、清淳の診療所にまだいた修策は、団吉の父親だと分かって吃驚《びっくり》した。すぐに、熊八の女房・おくにと団吉が駆けつけてきた、まるで亡骸《なきがら》にでも抱きつくように泣き崩れた。熊八の反応はなく、何度揺すっても目を開けることはなかった。

「随分と酒臭いからな。酒に酔って、階段から足を滑らせたのであろう。雨で濡れていたせいかもしれぬな」

清淳に説明をされても、おくにも団吉も納得できず、

「先生……亭主はたしかに大酒飲みだけれど、酔ってヘマをするような人じゃありません……こんなこと信じられない」

「その辺りの事情も含めて、調べてみた方がよいかもしれぬな。とにかく、死んだ訳じゃない。何とかするから、気をしっかりと持ちなさい。他に気になることがあるなら、町奉行所に届けなさい。あ、そうだ。団吉坊と同じ手習所に来ている修策の父上は旗本だから、面倒を見てくれると思う。熊八は、奥村家に出入りしていたはずだしな」

そう清淳が慰めると、修策も大きく頷いて、

「団吉……大丈夫だよ」

と慰めるように言った。だが、おくには何処か腑《ふ》に落ちない悲しい顔になり、団吉も悔しそうに泣いていた。自身番の番人から聞いた言葉を繰り返して、

「ちくしょう、このやろう、はめやがったなって……お父っつぁんは、本当にそんなことを言ってたんですね」

十歳になる団吉は妙に大人びた態度で、清淳に訊き返した。まるで誰に対して言っているのか、心当たりがあるような口振りである。

「おくに……今一度、番屋で訊いてみるとよかろう。酒は飲んでるようだが、何らかの事件に巻き込まれたのだとしたら、町方も調べてくれるだろうからね」

清淳の言葉を頼りに、おくにが旗本の奥村を通して、北町奉行所の定町廻り同心・筒井志之介《つついしのすけ》に訴え出たのは翌日のことである。

しかし、死んだのならまだしも、回復の見込みがあり、酒によって足を滑らせただけのことで、町方同心が動くわけがなかった。だが、奥村や清淳の顔を立てるために、おくにの話だけでも聞いてやることにした。

「どうか、どうか。亭主の怨みを晴らしてやって下さいまし……私の子供が虐められた挙げ句、亭主までこんな目に遭わされたのです。お願いでございますッ」

懸命に訴えるおくにに、筒井は戸惑った。妙な興奮ぶりが不思議なくらいだった。

「まあ、待て。怨みだの何だの、物騒なことを言うではないか」

「相手は誰か分かっているのです」

「どういう意味だ。きちんと順を追って話さぬと調べようがない」

筒井に諭されて、おくには息を整えて、

「はい……実は、亭主の熊八は常々、『越前屋』の主人と、子供のことで揉《も》めていたんです。揉めていたというより、『越前屋』の息子の鷹之助ちゃんが、うちの団吉を虐めてばかりだったので、やめてくれと訴えてたんです。でも、相手はいつも知らぬ存ぜぬで……」

「待て。『越前屋』というのは？」

「米問屋とはいうけれど、米切手などを札差のように扱ってる高利の金貸し同然です。すぐそこにあるじゃないですか」

「ああ……そこなら、俺も少々借りてるし、主人の藤兵衛も知らぬ仲ではない。面倒見が良くて、徳のある人だとの評判だがな」

「嘘ですッ」

おくには悲痛な表情で首を振って、

「表向きはいい顔をしてますが、そりゃ冷たい人でしてね。それが息子の鷹之助ちゃんにも移ったんでしょうよ。うちの子がどれだけ、『越前屋』の息子に酷《ひど》い目に遭ってきたか……きちんと調べて下さいまし」

「子供の喧嘩に親が出ることはないであろう」

「あんな親に育てられた鷹之助ちゃんだって、どうせろくな大人になりません。今のうちに、きちんと躾けないと」

自分の子は正しく、他人の子は間違っていると思うのは、親心というものであろう。たしかに、多くの人々は、「君子は始めを慎む」という『礼記《らいき》』の言葉どおり、善人になるか悪人になるかの分かれ目は、赤ん坊の頃からの躾にあると考えていた。溺愛をすることは、〝姑息の愛〟と戒められていた。だが、藤兵衛のことを批判する自分もまた、同じような子贔屓《びいき》だということに、おくにも気づいていないのかもしれぬ。

「相分かった。藤兵衛からも事情を訊いてみる。だがな、おくに……思い込みも程々にしておかないと、逆に人を貶《おとし》めることになる」

「そんな。私は何もッ……」

辛そうに涙を浮かべるおくにを見て、筒井は溜息混じりに慰めた。

「とにかく、今は亭主が元通りになることを願っているがいい。その身に何かあったら、当然、厳しく探索する」

正義感を見せつけて、筒井は『越前屋』まで行った。

藤兵衛は日頃から、筒井に袖の下を与えている商人である。商人は何かと厄介事が多いから、町方同心とは持ちつ持たれつの関わりを作っているものだ。筒井の問いかけに、藤兵衛は感情を露《あら》わにせず、淡々と答えた。

「熊八さんが、そんな大怪我を……たしかに、子供のことで何度も店に現れては、言いがかりをつけられましたが……お気の毒としか言いようがありません」

「では、おまえさんは、関わりがないのだな」

「おかみさんが何を言ったか存じ上げませんが、うちの子に限って虐めなど……手習所の中川文生先生に訊いて貰えば、どういう子供か分かると思います」

「であろうな……」

　納得したように筒井は頷いたものの、熊八の昨夜の行いに不審な点があると話してから、「吉田松陰という長州藩士を知らないか」と尋ねた。藤兵衛はすぐさま、存じ上げておりますと答えたが、

「ですが、どうして、そんなことを……」

　筒井は一瞬、シタリ顔になって、

「知ってるなら話が早い。実は、熊八は昨夜、吉田松陰という長州藩士と一緒に酒を飲んでいたと聞いたのだ。この店にも出入りしているとも聞いたことがある」

「ええ、まあ……でも、吉田様と熊八さんがなぜ一緒に飲んでいたかまでは……」

　分からないと首を傾《かし》げる藤兵衛に、筒井はさらに尋ねた。

「女房の話では酒に飲まれるような男ではないらしいが、昨夜はしたたか飲んだ。理

由はおまえにあるとのことだが」

「そんな……言いがかりですよ」

「さようか。やはり、おくにの思い過ごしだな。邪魔したな」

あっさり引き上げた筒井と入れ違いで、廻り髪結いの桃次郎が暖簾を割って入ってきた。にっこりと謙《へりくだ》った顔で、

「お髪《ぐし》を直しに参りました」

と声をかけると、藤兵衛は手を振った。

「今日はいいよ。かんなさんには話したはずだが、悪いね……ああ、明日の暮れに来てくれないか。ちょいと寄合があるのでね。宜しく頼みましたよ」

「へえ。承知致しました」

頭を下げて表に出ると、筒井がぶらぶらと帰っていく。

「まったく……何処に目をつけてやがるんだ。定町廻り同心のくせに」

桃次郎は吐き出すように言って、『越前屋』の暖簾を険しい目で振り返った。

五

中川文生が塾頭である手習所には、百人を超える武家の子弟や商家の跡取りで賑わっていた。もちろん職人の子もいる。

――子曰《いわ》く、学びて思わざれば則《すなわ》ち罔《くら》し。思いて学ばざれば則ち殆《あやう》し。

という中川の思いから、『学思館《がくしかん》』と看板を出している。読書や先生から学ぶだけで自分で考えることを怠ると、知識が身につかず、逆に考えることばかりで読書を怠ると独断的になって危ないという論語の言葉である。

総髪に口髭《くちひげ》の文生は、いかにも立派な学者然としており、お上に対しても、道理に外れたことには厳しく非難した。だが、塾生には優しかった。子供たちはみな、団吉の父親が大怪我をしていることを知って、心配していた。文生は芳しくない容態を話して聞かせると、

「みんなで団吉を訪ねて、明日から来るように誘いに行こう」

と鷹之助は塾生に向かって呼びかけた。が、まだ父親が大怪我をしたばかりなので可哀想《かわいそう》だと、賛成する者はいなかった。

「修策……おまえは一緒に行くよな……よく遊ぶ仲じゃねえか」

鷹之助は、縁側近くの天神机に向かっている修策に声をかけた。だが、修策はそれには答えず、文生に向かって、

「先生。団吉のことで授業を遅れさせないで下さい。私は『塵劫記《じんこうき》』の〝開平〟や〝開立〟に取り組んでいるところですが、無駄に時を過ごしたくありません」

と声をかけた。

まだ幼い初等の子らにも、中川はわざと難しい事を学ばせているのだ。途端、他の同年配の子どもたちの顔が緊張した。〝開平〟や〝開立〟とは、算盤を使って、平方根や立方根の計算を解くことである。修策は鷹之助を見下すように振り返って、

「米問屋には要らない算学かもしれませんが、大きくなって洋学を学び、医者になりたい私は一刻でも惜しんで学びたいのです」

と言った。

鷹之助はあからさまに険悪な顔になったが、文生は窘《たしな》めてから、

「団吉のことは、私に任せて、おまえたちはしっかり、やるべきことをやりなさい。では、次の設問に移る……上底の円周が二尺五寸、下底の円周が五尺、高さが三尺の円錐台を、体積が等しくなるように三等分したとき、それぞれの高さはいくつになる

か……出来た順に持って来なさい」

文生が授業を続けると、鷹之助はつまらなそうに目を細め、机の問題を見て、「さっぱり分からねえ。これが何の役に立つんだ」

と首を傾げてばかりであった。

この日の授業が終わった頃――ぶらりと大久保彦右衛門が訪ねてきた。

実は、次女弥生の息子・信太郎《しんたろう》も通っているのである。だが、どうも勉学が苦手で、近頃は休みがちになっているのだ。それもあって、色々と文生に尋ねたいことがあったからである。

「子供に無理強いはよくありませぬ。大久保様。おいおい、私からも話をしましょう」

「しかし、人間一度、怠けることを覚えたら無間地獄に陥るからな」

「はは。学問に向いてない子もおります。かと思えば、突然、勉学に励み出す子もおります。成り行きに任せましょう」

「ですかな。儂はたしかに成り行き任せで生きてきたしな」

「はは。大久保様には、いつもお世話になってばかりで、本当に申し訳ありませぬ」

慇懃《いんぎん》に礼を言う文生は、彦右衛門を下にも置かぬ態度だった。

「早く息子に家督を譲って、今一度、書物を漁《あさ》りますかな。剣術ばかりで、ろくに学問をしてこなかった儂としては、子や孫の代の世の中が少しでもよくなって欲しいと思ってる。かような世の中ゆえな。大したことはできぬがな」

「とんでもございませぬ。大久保様のご配慮で、明日のこの国を支える子供たちを育てられるのです」

手習所は、商家へ丁稚《でっち》奉公させるための、ひととおりの読み書きを身につけさせる所である。だが、それ以上の学問を身につけるためには、四書五経を中心とした教育を受けなければならない。ここ『学思館』は手習所と名乗ってはいるが、実際は私塾であった。

「しかし、ご承知のとおり、私塾というのは、その昔の由井正雪《ゆいしょうせつ》を持ち出すまでもなく、とかく謀反《むほん》の隠れ蓑《みの》にされやすい。ですから、お上の目も厳しく、援助するのも憚《はばか》られてばかり。ですから、お旗本でありながら、大久保様のような理解ある方々からの、厚いお手当に甘えているのでございます」

親から貰う入学金である束脩《そくしゅう》や盆暮れの謝儀《しゃぎ》では、到底、運営が難しい。ゆえに、篤志家からの寄付によって成り立っている塾は多かった。彦右衛門は自分も差し出すが、率先して、余裕のある旗本はもちろん金持ちの商家にも声をかけて、塾の運営を支えていたのだ。

「ときに、文生先生……近頃は、昌平坂学問所に入れたがる親が増えたせいか、裏金が必要だとの噂がある、それは本当のことかな」

「裏金……？」

「大学頭《だいがくのかみ》に渡しているとか」

「まさか。私も公儀天文方に長年おり、大学頭様はよく存じておりますが、そのようなさもしい人ではありませぬ。将軍に学問を教えるほど秀才でありながら、徳にも優れた御仁でございます。ですから、大学頭様の周りにはしぜんと、素晴らしい人ばかりが集まっております」

「なるほど……『桃李《とうり》もの言わざれども下自《おのずか》ら蹊《みち》を成す』というが、そのとおりだ」

桃や李《すもも》は何も言わないが、美しい花や実をつけるから人が集まり、その下にはしぜんと道ができる。徳ある人には、自らが望まなくても、その徳を慕ってしぜんに人が従うものだ。大学頭とは、そういう人物がなっているから、裏金などあり得ないと文生は言った。

「だが、借金をしてまで裏金を払っている者もいるのだ。立場上、色々と耳に入ってくるものでな。案じておる」

彦右衛門の言葉に、文生は深い溜息で、
「それが本当だとしたら由々しきことですが、大学頭が関わっているとは思えません
……そういう風聞を流して、不当に金を吸い上げる悪い私塾があるのかもしれませぬ
な」
「うむ。少しでもよい学問をさせたいと思う親心は分からぬでもないが、不正はなら
ぬ。ましてや、この国難の世の中、狡《ずる》いことをして育てられた子がまた、心の卑しい
人間になってしまう。それでは学問とは言えまい」
「おっしゃるとおりです」
「――ところで、団吉のことだがな……」
突然、話を変えた彦右衛門を見て、文生は戸惑いの表情になった。
「大工の熊八は、多くの旗本の屋敷や蔵などを修繕しておる。直情な面があるが、悪
い人間ではない」
「はい。承知しております」
文生は彦右衛門の顔を覗《のぞ》き込むように、
「もしかして、虐めのことをお話ししたいのでしょうか、大久保様は」
「うむ。実は『越前屋』の鷹之助、他の子にも色々と嫌がらせや虐めをしている節が

ある。恥ずかしながら、うちの信太郎も害を受けていたそうだ」

「はあ……」

「知っておったのか」

「あ、いえ……」

　曖昧に答える文生に、彦右衛門は説諭するように言った。

「父親の藤兵衛は米問屋組合の肝煎《きもい》りだし、この塾にも多額の援助をしていることは、誰でも知っておる。それゆえ他の親たちも、大目に見ている。だが、虐められた子にしてみれば、逃げ場がなくて可哀想だ」

「…………」

「先生も辛い立場だろうが、鷹之助を特別扱いにすれば、鷹之助自身によくない」

「ええ……」

「子供というのは、大人の顔色を見る才覚に長《た》けておる……『どうせ、文生先生も俺には何も言えない』などと思われたら、桃李の話の逆で、先生の所からも人々は遠ざかるであろう」

　気まずそうに文生は俯《うつむ》いたが、彦右衛門は言いたいことを伝えた。

「一度、『越前屋』の主人ときちんと話をしたらどうだ。むろん鷹之助も同席させて」

「いや、それは……」

「先生が話しにくければ、儂からしてもよいぞ」

「はあ……」

煮え切らぬ文生を見ていて、彦右衛門は少し苛《いら》ついた表情に変わった。

「でないと、団吉だけではなく、他の子供たちも、なんとなく来にくくなる」

「そうかもしれませぬが……」

「あ、それで思い出したが、熊八は意識を取り戻して、あの夜に何があったか、ぽつぽつと語り始めたそうだ。それが、なんと驚いたことに……」

何か言いかけて、彦右衛門は止めた。文生は気になったように訊き返したが、

「いや、なんでもない……とまれ、何より子供のことが一番。『越前屋』との話し合いは持った方がよいと思うぞ」

「そうですね……しかと承っておきます」

文生は頷いたが、何を考えているのか分からない様子の彦右衛門のことを、不思議そうに見つめていた。

「では、これにて……」

立ち去ろうとした彦右衛門はつと足を止めて、振り返ると、

「そういえば、吉田松陰殿がうちに逗留しておる。それが、拓馬とも意気投合してな、一緒に挨拶に来ると申しておった」

「え、あ、はい……」

「何か不都合なことでもあるのかな。松陰殿はなかなか面白い若者。文生先生はその昔、松陰殿の叔父上が開いていた松下村塾とやらで学んだらしいではないか」

「はい。そうです……遠い昔のことです」

文生は頷いたものの、あまり触れられたくないような雰囲気だった。その顔を、彦右衛門は曰くありげに凝視していた。

六

十六夜《いざよい》の月に照らされて、隅田川の水面《みなも》が燦《きら》めいている。

柳橋《やなぎばし》から出た屋形船は、静かな水音を立てながら、川下へとゆっくりと流れていた。船頭の他は、船内にふたりしかいない。ひとりは、『越前屋』の主人・藤兵衛で、対面しているのは文生であった。

「ほう、大久保の殿様が直々に……」

藤兵衛が差し出す杯に、文生が銚子《ちょうし》を傾けた。

「鷹之助のことで、あれこれと文句を言いに来ておりましてな。信太郎も被害を受けたと話しておりました」

「また、うちの子が虐めたって話ですか。熊八のような馬鹿な親が、沢山いて困りますが、大久保様程の御仁でも、孫のこととなると冷静でいられないのですかな。ははは」

「なんというか……私が接した感じでは、もっと他に何かを知っている様子でした」

「何か……とは？」

訝しげに目を向ける藤兵衛に、文生は顔を曇らせて、

「裏金についてです」

「なんですと」

表情が硬くなった藤兵衛は、飲み干した杯を高足膳に戻すと、重苦しく黙ったまま膝を叩いていたが、

「大久保家といえば、徳川譜代の旗本。言わずと知れた天下のご意見番。その家系は今でも繋《つな》がっており、彦右衛門様は、上様から最も信頼されている御仁だ。もしかして、あのことで、何かを摑んだのかもしれませんな」

「だとしたら、実に困りました……」

「しかし、悪いことをしているわけではありませんよ。文生先生のお眼鏡にかなった優れた人材を、昌平坂学問所に推挙しているだけのことでしょう」

「それは、そうですがね……」

　不安めいた声になる文生に、藤兵衛は大したことではないと断じた。だが、文生は腑に落ちないことが色々とあるという。

「でないと、大久保様がわざわざ私に探りを入れにくるわけがない。何かを知っている顔つきでした。しかも、熊八が意識を取り戻しつつあって、何かを話そうとしているらしいとのことです。もし、すべてを暴露されれば、あなたも只《ただ》では済みますまい。そして私も、この身が危うくなります」

「そんな大袈裟な……」

　藤兵衛は余裕の笑みを浮かべて、文生に落ち着くように言った。

「よいですかな、先生……あなたはただ優れた子供を、昌平坂学問所に入れればよい。余計な詮索をする必要はありません」

「しかし……」

「昌平坂学問所にどうしても入れたい旗本や富豪の親から、大学頭に渡るように、石《いし》崎《ざき》様を通して、付け届けを預かっているだけです」

石崎とは、学問所勤番組頭の石崎敦之進《あつのしん》のことだ。大学頭の側近で、和学講談所頭取と並んで実務の最高指揮官であった。もちろん旗本職である。

「付け届けがあったからとて、難しい試験に通らなければ、学問所に入ることはできない。親たちも承知していることではありませぬか。落ちても文句を言う人なんぞおりませぬ」

「いや、それが……」

文生は酒で喉を潤してから言った。

「実は、大金を払ったのに、どうして通してくれないのだと訴え出てきている者が増えてきたのです」

「知らないと答えておけばよろしい」

「そうはいきません。その親たちは、『越前屋』さん……おたくから五十両、百両という大金を借りてまで、付け届けを差し出しているのです。無駄になれば、借金だけが残って、返済に苦しむことになる」

「借りた金を何に使ったかまでは、私の知ったことではありません。それに、うちは金貸しではありませんから、金利を守る必要はありませんしね。その代わり、取り立で脅すことも致しません」

「そんな言い草はないでしょう、藤兵衛さん……」

少しばかり文生は乱暴な言い草になって、相手をじっと睨んだ。

「付け届けの道筋をつけたのは私だが、このカラクリを考えたのは、あなただ。ただ金を貸しただけなどと、言い逃れは通じませんよ」

「だから……？」

「一蓮托生の誓いを立てたのですから、毒を食らわば皿まで、付き合って貰わねば、こちらにも考えがある」

「これは、これは……とても教育者が言う言葉ではありませぬな」

「私は、しがない役人でしたが、これから世のため人のためになる子供らに学問を通して、立派に育って貰いたいのは本心です。ですから、私の師の甥御に当たる吉田松陰殿のような新進気鋭の若い人も、共に働いて貰いたいのです」

「それは大層立派なお考えで……」

藤兵衛は小馬鹿にしたような顔つきになって、

「吉田松陰という若侍ならば、うちにもなぜか来ているので、正直、迷惑をしておるのでございます。やはり金を借りにきてます。ならば用心棒に雇うと持ちかけたのですが、『私は国の用心棒なら命を賭してやるが、ただの商人に仕える気はない』などと宣《のたま》っておりました……人に金を借りて何様のつもりでしょうな」

「いや、松陰殿は必ずや立派になる。この国の難局を乗り越えるのに必要な人材で……」

「…………」

「先生が持ち上げるのは結構ですが、自分の糊口《ここう》もろくに凌《しの》げない者に天下国家を語られても、片腹痛いというものです」

「…………」

「『学思館』から昌平坂学問所に大勢の門弟が入れば、先生の株も上がるということでしょう。お互い様なのですから、これ以上、つまらぬ諍《いさか》いはやめませぬか」

手練手管《てれんてくだ》に長けた商人の藤兵衛の方が、一枚上手のようだった。文生はそれ以上、何も反論しなかったが、一言だけ付け加えた。

「熊八の口封じに、それこそ、お宅の用心棒を使ったのはまずかった」

「誰がそのようなことを」

「もし、熊八がすべて思い出せば、あなたの名も出るだろうし、石崎様の名も……そうなれば、もはや私たちだけでは済まない……大学頭様にもご迷惑をかけることになりましょう」

「それはお気の毒なことですな」

自分には関わりないとばかりに、藤兵衛は手酌で酒を注《つ》ぐと、少し障子窓を開けて川風を流し入れた。

船頭は黙然と漕いでいたが——それが、桃次郎であることは、ふたりともまったく気づいていなかった。


翌朝——大久保家の離れでは、彦右衛門が桃次郎に髪を結って貰っていた。登城前の早い刻限だが、彦右衛門はすっかり目が覚めていた。娘婿に月代《さかやき》を剃《そ》って貰い、髷《まげ》を結わせるのはなんとなく面映《おもは》ゆいものがあった。

桃次郎は屋形船で聞いた藤兵衛と文生の会話をすべて話して聞かせ、

「このふたりが結託していることは明らか。早々に公にして、始末をつけるべきじゃねえですかね、親父殿」

と早口で言った。まるで密偵のような態度だが、別に彦右衛門が命じたわけではない。廻り髪結いには町方の〝耳目〟となって密偵の真似事をしている者もいるが、桃次郎もかつてはそうだったと告白したことがある。

かんなを嫁にした限りは危ない真似はするなと釘を刺していたが、時に勝手に事件に首を突っ込んでくる。

「まあ焦るでない、桃次郎。肝心なのは悪事を暴くことではなく、子供たちをいかに健やかに育むかだ。そこに大人の事情を持ち込むのは、許し難いと思うておる」

「お考えは立派ですが、悠長なことを言ってる場合じゃございませんよ。文生先生が、いやもう先生だなんて呼びたかねえが、あいつも信用ならねえってことだ。反吐《へど》が出らア。すぐにでも乗り込んで、ふたりとも、ぶん殴ってやりたかった」

今にも飛び出していきそうな桃次郎を、廊下から来て止めたのは、拓馬だった。

「相変わらず、すぐ頭に血が上る奴だな。俺が見た手習所の様子では、親たちも自分の子供のことばかりを考えてる。だから少々の虐めに遭っても我慢させている。面倒を起こして、昌平坂学問所への推挙が叶《かな》わなかったら、すべてが水の泡だからな」

「鶴亀算もろくにできねえくせに、昌平坂に入れようって魂胆が、そもそもおかしいだろう。俺のような髪結いで悪いか」

腹立たしげに言う桃次郎に、拓馬はあくまでも冷静に、

「門前の小僧習わぬ経を読む――ではないが、賢い子たちの話を聞いてるだけでも、頭の中が整理できて良いのだ」

「そうかね。俺にはまったく理解できねえ。金で、いい目を見ようってことがよ」

桃次郎が苛つくのへ、彦右衛門は頷いて、

「もちろん桃次郎にも一理ある。悪しきことは排除すべきだが、そのために犠牲者が出ることになれば、話は別だ」

「犠牲者……熊八さんのことかい？」

「まだ、はっきり意識は戻っていないが、どうやら熊八は、その裏金のカラクリを知ったがために襲われた節もある」

「ほら、やっぱり口封じじゃねえか」

桃次郎は身を乗り出して、

「だから言ってるじゃねえか。とっとと、『越前屋』と文生を捕まえて、お奉行所で裁いて貰えばいいんだよ」

「何を裁くというんだね」

彦右衛門は制するように手を挙げて、

「熊八はたしかに、裏金のために狙われたのかもしれない。これに関しては実際に手を下した者を捕縛して、証拠をつきつけて、奉行所が裁けばいい」

「だから、それは『越前屋』の用心棒が……もしかしたら、ここに逗留してた吉田松陰が絡んでるかもしれないんですぜ」

「まさか、それはあり得ぬ」

「えらく庇《かば》い立て致しますね。俺には賢い人たちが考えていることが、どうにも分からないもんでね」

「とにかく、丁寧に調べてみなければなるまい。裏金にしても、桃次郎、おまえが聞いたとおり、藤兵衛に借りた相手が何に使ったかまで知ったことではないと白を切られたら、お奉行もお手上げだろう」

「けどよ……」

「まあ聞け。もしかしたら、北町の井戸対馬守様は、幕府にとっても危険な、いわゆる異端児を見つけて捕らえることを、阿部伊勢守様ら老中連中に命じられているのであろう」

彦右衛門は溜息混じりに言った。

「吉田松陰という若侍も、芽が小さいうちに摘んでおきたいのかもしれぬ。此度《こたび》の一件も、何か裏があるような気がする。それゆえ……儂は松陰を守るために、屋敷に逗留させたのだがな。この拓馬と違って、猫のようにあちこち出歩くから、今は何処にいるか分からぬ」

「猫ですか……猫をかぶってるだけかもしれやせんぜ」

苦笑混じりに桃次郎が言うと、今度は彦右衛門が言った。

「とにかく、儂は賄賂紛《まいないまが》いの裏金によって、本当に学問がしたくてもできなくなる子のことを心配してるのだ。人として正しい道を教え、みんながお互い人として尊敬しあうことができる。そんな私塾を期待している」

「あの先生じゃ、そうなるとは思えませんがね」

「大事が起こる前に、『学思館』を以前のような、まっとうな手習所に戻して貰いたい。文生先生もあれだけ優秀な人だ。本来の自分を取り戻して貰いたいではないか」

「でも、どうやって」

「悪意には善意で立ち向かう……それが論語の思想でもある。人を法で裁けばいいというものではない。ましてや、暴力で押さえつけることなど論外だ」

「ですかねえ……口で言っても分からない輩は、世の中、沢山いやすぜ」

「おまえとかんなは、似たもの夫婦だな。あはは」

彦右衛門は笑ったが、心の奥には秘めたる熱いものがあるようだった。

七

手習所の一日は、大工が出かけるのと同じくらい朝が早い。昼には家に帰って母親らと食事をし、午後はおやつ時まで、みっちり勉学をして日が暮れる前には解散となる。

もっとも、家の事情で、昼から退席する者もいるし、逆に午後から出て来る子もいた。それくらい、規則は緩やかだったのだ。しかし、『学思館』は秀才の集まりだったから、昼も塾内で済まし、勉学熱心な子には、暗くなってからでも、文生が自ら補習した。

この日も——。

鷹之助はすべての授業を終えた後、本などが入った風呂敷を抱え、ぶらぶらと家に向かっていた。すると、神社の境内から団吉が出てきた。アッと鷹之助と睨み合った団吉はすぐさま背中を向けて、そそくさと立ち去ろうとした。

「団吉。昌平黌《こう》に通りたいなんて頼んでも、無駄だぜ。貧乏人は縁がないぞ」

「そうじゃねえ。お父っつぁんが治るように祈ってたんだ」

「俺が虐めっ子だなんて、うちの親父に言いがかりをつけたりするからバチが当たったんだ。金をせびりに来たそうじゃねえか。番頭らが言ってたぞ」

「違わいッ。金なんか、せびるもんか」

団吉が唇を嚙んで睨みつけたとき、修策が通りかかった。ふたりが薄暗い中で向かい合っているのをチラリと見たが、素知らぬ顔でやり過ごそうとしたとき、

「待てよ、修策。こいつ、まだ懲りねえようだから叩きのめしてやれ」

「え……」

修策は立ち止まったものの、気乗りしない顔で、

「何度もやったから、こいつはもうおまえには逆らわないよ」

と言った。

鷹之助や団吉と比べて、修策は一回り小さいが、武士の子らしく木刀を腰に差しており、背筋もすっと伸びていた。修策が断ったことに、鷹之助は腹を立てて、

「いいから、おまえは俺に言われたとおりに、こいつをぶちのめせばいいんだよッ」

「………」

「できねえってのか、修策。おまえの親父は旗本様じゃないのか。てことは、おまえも悪い奴は懲らしめなきゃならないだろう。その木刀で打ちのめしてやれ」

それでも、修策は微動だにしなかった。カッとなった鷹之助は、いきなり修策の頬を張り飛ばして、

「やれっていってんのが分からねえのか！」

と怒鳴りつけた。だが、修策は黙ったまま、鷹之助を睨みつけているだけだった。

「なんだ、その目は……おまえも俺に逆らおうってのか。上等じゃないか。だったら、仕返しに俺をぶん殴ってみろ」

修策はぐっと拳を握りしめた。それを見るなり、鷹之助は顔を近づけて、

「ほら。俺がやったように叩いてみなよ。ほら、ほら！」

「………」

「できもしねえくせに、偉そうなことを言うんじゃないぞ。けど、おまえは利口だ。俺を叩いたら、親父がどんな目に遭うか分かってやがる。うちに借金の山がある親父だからな。近頃は、お旗本と偉そうに言っても、金に困ってるそうじゃないか」

鷹之助は勝ち誇った顔になって、

「ほら、やれよッ。団吉みたいなグズ、ぶちのめしてやれ。おまえ、侍の子だろう。大工のガキなんか怪我しようが死のうが、どうってことないだろうが」

と、からかうように煽《あお》った。

仕方ないというふうに木刀を帯から抜いた修策は、鷹之助の方に木刀を向けた。思わず後退《あとずさ》りした鷹之助の鳩尾《みぞおち》辺りを、鋭く突いた。その勢いで倒れた鷹之助に跨《また》がるように立って、修策は木刀を振り上げたが、一瞬、ためらった。

「やれるものなら、やってみろ！」

鷹之助が大声で怒鳴ったとき、団吉が間に入って、

「やめろ、修策。こんな奴、相手にするな」

と止めた。

途端、鷹之助は起き上がって、腹が立ったように修策から木刀を奪い取るや、

「邪魔しやがって、このやろうッ。大工の倅が何様のつもりだ！」

と団吉に向かっていった。

ブンと脳天に向かって叩きつけたが、寸前、修策が鷹之助の腕を摑み、小手投げで制した。鷹之助は石畳で背中をしたたか打った。

「ああ。痛いよう……ああ、痛いよう……あたたた……痛い、痛い……」

涙を流して、情けない声で泣き出した鷹之助を置き去りにして、修策は団吉の手を引いてその場から消えた。鷹之助は大声でわあわあ泣き喚《わめ》き続けるだけであった。

その翌日——。

文生は、修策、団吉を呼びつけて「二度と『学思館』に顔を出すな」と叱りつけた。

鷹之助は素知らぬ顔で、難しい体積を量る問題を解いている。まるで、自分は関わりないという態度だ。

「見なさい。怪我をさせられた鷹之助は、文句のひとつも言うでなく、ここに来て、勉学をしている。おまえたちの虐めなど跳ね返す強靭《きょうじん》な心を持っているのだぞ」

「……私はやめていいです。はい。やめます」

修策はハッキリと言った。

「だが、団吉は何もしてませんから、やめることはありません」

「何もしてない？」

文生は顔を顰《しか》めて睨みつけ、

「おまえたちが鷹之助を叩きのめしたのを見ていた辻番らがいるのだぞ。この期に及んで、言い訳するとは男らしくないぞ」

疑いの余地もないという言い草に、修策は鷹之助を振り返り、もはや何を言っても無駄だとばかりに首を振った。

修策は旗本の息子であり、これまでも何があっても見て見ぬふりをしていた。そういう子であることは、大概の子供たちは知っている。

だが、修策はもっと酷いことをしてきた。鷹之助に父親のことで脅されたり、金目のものを握らされたりして、代わりに木刀で団吉を虐めていたのだ。相手は団吉だけではなく、他の手習所の悪ガキなどでも、気にくわない者には〝制裁〟を加えていた。まさに、修策は鷹之助の用心棒であったのだ。

「そうなのか、修策……鷹之助に命じられてやっていたというのか」

念を押すように訊いた文生に、修策は消え入るような声だが、「そうです」と答えた。しかし団吉は、他の黙っている子供たちを見廻しながら声を強めて、

「修策は悪くない。見て見ぬふりをする奴が、悪いことをする奴よりも、もっと悪いッ。おいらは、そう思う。てめえら、幾ら勉学ができたって、昌平黌に行けたって、知らん顔するだけならまだしも、嘘までついて人を貶める奴なんか、どうせ閻魔様《えんまさま》に舌を抜かれて、八つ裂きにされるのがオチだ」

鷹之助の肩がピクリと動くのを見て、団吉は近づきながら、

「ほんとのことを言え。たしかに修策は、おまえをぶん投げたが、修策の木刀を奪って襲いかかってきたからだ。いつも偉そうにしてるおまえが、痛え痛えと情けねえ声でヒイヒイ泣いてたじゃねえか」

「…………」

「この鷹之助ってのは、親父という虎の威を借る狐って奴だ。本当は、どうしようもなく弱っちい奴なんだよ」

団吉の思い切った言い草に、鷹之助は思わず、「ちがわいッ」と叫んだが、ひっくり返ったその声に、他の子供たちも驚いた。すぐさま文生は止めに入って、団吉の襟首を摑んだ。

するとと、今度は修策が庇って、文生を止めようとした。が、文生は修策の方を縁側から庭に放り投げた。だが、修策は猫のように着地して、

「先生だって聖人君子のような面をしてるけれど、鷹之助の親父の言いなりじゃないですか。そんなにお金が大事ですか」

と吐き捨てた。

「言わせておけば……！」

一瞬、カッとなって駆け降りようとした文生が踏みとどまったのは、門の方から来る奥村の姿が見えたからである。

「修策。口を慎め」

「あ、父上！　だって、こいつが……」

「仮にも先生に向かって、こいつとはなんだ。おまえの方が正論であったとしても、

言葉遣いには気をつけねばならぬ。自分が正しいと思うならば、尚更《なおさら》だ……そうですよね、先生」

奥村がジロリと睨みつけると、文生は困惑したように小さく頷くだけであった。

「いや、はしたないのは文生先生の方だな」

文生の後ろから、彦右衛門も近づいてきていた。

八

彦右衛門が奥の座敷で向き合うなり、文生はますます不思議そうな顔になって、傍らに座している奥村にも目を向けた。

「旗本のご当主がふたりして、一体、何事でございましょうか……」

文生は違和感を感じざるを得なかった。しかも、教育者としてあるまじきところを見られたのだ。穴があれば入りたかった。

「昌平坂学問所に優秀な門弟を何人も送り出す名門私塾。その名に傷を付けるようなことだけはせぬ方がよいと思うぞ」

彦右衛門の高圧的な物言いに、熊八のことだと、文生は感じたようだった。だが、

弱みは見せぬとばかりに、

「熊八さんのことなら、私にも言いたいことがあります。自分の子が虐めにあったと聞いて、相手の親から金を脅し取るような父親ですからね。私としても頭を痛めておったのです」

「もう悪足掻《わるあが》きはよさぬか、先生」

「え……」

「あなたは、熊八がそんなことをしていないのは百も承知のはず。たしかに団吉のことで、藤兵衛に文句を言ったことはあるようだが、金など巻き上げていない」

と彦右衛門はキッパリと言って、

「熊八は、何者かに襲われて殺されかけた……足を滑らせて石段から転げ落ちて頭を打ったのは不幸中の幸いだった。下手をすれば、そのまま殺されていたからです」

「殺されていた……」

ごくりと生唾を呑み込んだ文生を、彦右衛門は凝視して、

「さよう。誰が誰に、何故に命じたかということを、先生は知っているはず。子供に学問を教える立場の人が、そうやって惚《とぼ》けるのは良くないと思うがな」

「知らないものは、知りませぬ」

「だが、先生と藤兵衛は、よくふたりで会っているではないか」

「――それは……うちの手習所の援助をして下さってますからね」

「そのために、厄介事が広がっているのではないのか。熊八は、藤兵衛にだけではなく、先生にも例の話をしたはずだが」

「!?……」

驚きの表情になったが、文生は一瞬にして不信感が脳裏を巡ったのか、断じて知らない、何のことか分からないと突っぱねた。そして、口元を卑しく歪《ゆが》めると、彦右衛門と奥村の顔を見比べながら、

「お二方とも、なぜ町方役人の真似事をしているのですか。いや、それは構いませぬが、熊八さんを殺そうとした人がいるなら、早く捕まえて処罰すべきでしょう」

少し苛ついた文生だが、彦右衛門は淡々と続けた。

「儂らが一番心配しているのは、子供たちの心に与えるものだ。大人を疑うような子供では可哀想だし、悪い大人の真似をして、自分さえ良ければよいという身勝手な人間になって貰っても困る」

「それは私とて……」

「でしょうな。文生先生は、そういう思いが強かったからこそ、天文方を辞めてまで、

手習所を開いたはず。しがない役人暮らしには見切りをつけて、他人様《ひとさま》が羨むような学者先生になる、なんていうのは……これまた自分を偽っているだけで、本当は純粋に、次の世を作る子供らを育てたいという熱意があったからだろう。儂はそう信じている」

「………」

「だからこそ、裏金はよくない」

いきなり中庭から、澄んだ声が聞こえた。

文生が振り向くと——そこには、吉田松陰が立っていた。そして、明瞭な態度で、三人に近づいてきながら、

「狡いことをして、上手くいった子は、そういうものだと味を占める。失敗したり、怪我をしても、金で解決できると思う。誰かが助けてくれると思う。黙っていても、子供は勘がいいのです」

「寅次郎……いや松陰殿……」

目を丸くして、文生は見つめ返していたが、松陰は続けて、

「手習所とは、子供がひとりで生きていける力を養う所でしょう……熊八という大工は、そういう教えを続けて貰いたいから、本来のあなたに戻って貰いたくて意見を言

い、藤兵衛には文句を垂れていたのではないですか……ええ、彦右衛門様から聞いて、私も微力ながら探ってみました。あなたのために」

松陰は次第に語気を強めてきた。

「私のために……？」

文生は微動だにせず、松陰の話を聞いていた。

「熊八は裏金のカラクリを知った。だから口封じに侍に襲われるハメになってしまった。先生はそんな人ではなかったはずだ」

「よして下さい。誰に斬られそうになったのか、そんなこと私は知らないッ。関わりありません！」

「……おかしなことを言いますね」

じっと見据えたまま、彦右衛門は文生に向かって膝を進めた。

「え……？」

「熊八が斬られそうになったと、どうして知っているのです」

「だって、今、松陰殿が……」

松陰は悲しそうな目を、文生に向けて、

「いえ。私は〝襲われる〟とは言いましたが、斬られそうになったとは言っていません」

「だって、侍に襲われるなら、刀で斬られると考えるのが……」

「そもそも、足を滑らせて頭を打って担ぎ込まれたのですから、その前にどんな襲われ方をしたのか、誰も知りませんよ。文生先生は……誰かが斬ろうとしたことを、ご存じだったのですね」

「し、知らぬ……言葉のあやだ」

「そうですか。残念です……私の叔父は、あなたの自慢話ばかりしておりました。私もまだ幼い頃ですが、あなたから天文学の話を聞いたときは胸躍る思いでした。洋学に詳しいから、この世の成り立ちも教えて戴き、だからこそ、今のこの国のことも憂えるようになりました」

「………」

「浦賀に鉄の船が来るという噂は、もう広がっております。異国が日本に開国を迫ってくるのです。私も佐久間先生と一緒に、黒船を見に行くつもりです。拓馬さんの兄上が海防掛なので、案内してくれるそうです」

「だから、なんだね……」

文生はバツが悪そうに俯いて、舌打ちをした。

「先生から聞いた話が現実になってきました。あなたは異国船打払令など糞食らえだ。そんなことしても意味はない。異国と戦うのは武力でではない。智恵で戦うのだといった。そのためには子供たちに学問をさせねばならない。私も同じ考えです。智恵こそが、国の困難を防ぐことができるのですからね」

松陰は若者らしく、真っ直ぐな意見を伝えたが、文生はもはや鬱屈したように、この場から逃げ出したそうに見えた。

「――本当に私は何も知らないのです……恥じ入ることは何もしてない。松陰殿……あなたは立派になられた。これからも国のために頑張って貰いたい。つまらぬ事件に首を突っ込むなんて、卑しい真似はやめて下さい」

言い訳めいて言葉を重ねる文生を見ていて、松陰は深い溜息をついた。すると、彦右衛門があきれ果てたように、

「そこまで惚けるとは、遺憾だ。儂は下手人探しをしているのではなく、改めるところは改めて、これからも文生先生が子供たちに、熱心に教え続けて貰いたいと願っていただけだが、残念至極」

彦右衛門は勢いよく立ち上がり、険しい目になると、

「先生の口から、すべてを聞きたかった。熊八でも、松陰殿からでもなく、あなた自

身のその口から……」

「………」

「嘘をつくな。金品を盗むな。人を傷つけるな……これが人として、最低限、守らなきゃいけないことだと、日頃から子供らに教えているそうだな……恥じるがよい」

見捨てたように言って、彦右衛門は手習所を後にするのであった。

奥村も呆れ果て、見下げた顔で、

「うちの息子も情けないことをした。キチンと始末させるが、この塾はやめさせる」

と断じて立ち去った。

だが、松陰だけはその場に佇《たたず》んでいた。まだ何か救いがあるのではないかと、思慮深い目をしている。

だが、文生の胸中は、不安に満ちてきたのか、

「あなたも帰って下され。とんだ恥を掻きました。いえ、あなたの叔父上の面汚しになってしまった……御免」

と奥の部屋に入るのだった。

九

藤兵衛が大久保家の屋敷に呼び出されたのは、それから数日してのことだった。

旗本屋敷には、役儀によって吟味部屋が整えられている。たとえば勘定奉行は自宅が役所となる。ゆえに、町人が旗本屋敷に呼び出されるということは、概《おおむ》ね何か尋問されることが多かった。

玄関脇にある一室に用人の檜垣に通され、しばらく待っていた藤兵衛は、あれこれと詮索していた。が、万が一のときには、金で解決しようと覚悟していた。こうして呼び出して、勿体《もったい》つけたことを言いながら、金を貸せと言い出す旗本には腐るほど接してきたからである。

藤兵衛が差し出された茶を飲んでいると、彦右衛門と一緒に、文生が入ってきた。すでに何か話をつけている様子が窺《うかが》えた。ふたりの顔を見て、藤兵衛は大方のことは察したが、素知らぬ顔で挨拶も交わさなかった。

「オーリックから、ペリーという准将に代わったらしい」

唐突に彦右衛門が言うと、藤兵衛は「はあ？」と首を傾げた。

「昨年、着任したばかりの長崎オランダ商館長から、老中首座の阿部様に書簡が来ているらしい。それにはだな、『アメリカ合衆国政府が、日本に向けて、貿易関係を結ぶために派遣するつもりである。合衆国大統領の日本皇帝宛ての書簡一通を持参とのこと』らしい」

「何の話でしょう……」

「蒸気で動く鉄の船で来るそうだ。ミシシッピー号、プリンストン号、ブリック艦ペリー号、輸送船サプライ号の四隻らしい。要するに、千石船とは比べものにならぬ大きな鉄の船で、鎖国をしておる日本以外では交易を盛んに行っている。なので、日本もその仲間にならないか、ということだ」

「…………」

「もっとも、合衆国の本当の狙いは、以前から清国との交易で、その面前にある日本に蒸気船に必要な石炭などを補給するために立ち寄りたいのが狙いだ……というのは以前からの幕府の見解だ。よって、どうしたらよいかと阿部様も悩んでおる」

「えっ……」

「そこで、米問屋組合肝煎りの意見も聞きたい。米は言うまでもなく、我が国の暮らしを支えるものだ。貨幣の代わりの役目もある。ゆえに、商人としてどう考えるか、教示願いたい」

　彦右衛門が単刀直入に言うと、藤兵衛は面食らった顔で、

「私が何の役に立つでしょう……少しくらいは噂に聞いたことはありますが、異国と交易など考えたこともありませぬ」

「しかしな、息子の鷹之助が店を引き継ぐ頃になれば、米も異国に売るようなことになっているやもしれぬ。そうなれば、かつて金銀や銅が異国に買われた以上に、富を失うか得るかが勝負になる」

「…………」

「もはや、狭い国の中で、小さなことを争っている時勢ではあるまい」

　ペリーの乗った船はオランダ風説書どおりにマカオに入港し、アメリカ東インド艦隊と合流し、上海を経て日本に来る予定だ。

「すでに琉球の那覇《なは》に来ておるが、ペリーとやらは将兵二百人を引き連れて強引に上陸して、王宮にまで入ったらしい。その前に、小笠原《おがさわら》の父島に石炭貯蔵庫を作るという念の入れようだ。なにしろ、千石船の二十倍の重さの鉄の船ゆえな。儂も見てみたい」

「はあ……」

「吉田松陰殿は気が早いもので、早速、浦賀に出向いておるがな、龍太郎も楽しみにしているそうな。はは。将兵大勢で乗り込んで来るかもしれぬのに、暢気《のんき》なものよ」

藤兵衛は面食らったまま、彦右衛門の顔を覗き込んでいた。威儀を正すように背筋を伸ばした彦右衛門は、

「さて……ここにおる中川文生は、手習所の師匠の任にあらずと、旗本寄合によって罷免の訴えを出し、幕府にも受け入れられた」

手習所は本来、自主的なものであり、公許の必要はないが、昌平坂学問所との関わりが深いために、公儀でも審議が必要とされたのである。それには、将軍直々の命もあって、彦右衛門が積極的に関わっていた。

「よって、今後、中川文生については、江戸市中の外、もしくは何処かの藩で私塾を開く、そういう次第だ。よいな」

彦右衛門が問いかけると、文生は不満げな顔をしていたが、「承知仕《つかまつ》りました」とだけ答えた。手習所で読み書き算盤を教えるのではなく、もっと高度な教育を施すのが文生の目的であるから、私塾からの引き合いは沢山あった。もっとも、

——裏金を使って、昌平坂学問所へ子弟を送っていた。

という噂が流れてしまっては、信頼が失われてしまうであろう。

ゆえに、彦右衛門は今般のことに限り、すべてを正直に話せば、事を公にしないと約束をした。というのは、既に昌平坂学問所で学んでいる文生の門弟たちにも、あらぬ疑惑がかかるからである。

だが、そのような配慮を、文生はありがたがっている節はない。あくまでも、自分たちは何も悪いことはしていないと、居直っているようにも見えた。

「改めて言うが、文生先生……敢えて先生と呼ぶが、おぬしは有望な子弟の親に、昌平坂学問所への推挙を持ちかけて、裏金を用意させた。必ず通してやると約束をしてな」

「…………」

「しかし、親に財力がなければ、『学思館』の後ろ盾でもある藤兵衛が金を貸し付け、それを裏金として使わせた。もっとも藤兵衛は、貸した相手の使い道は知らなかった……とのことだが、何の形《かた》もないのに貸すようなことはせぬはず」

「…………」

「返せない相手には、容赦なく店や家屋などを取り上げたそうだな。多額の金を払った上に昌平黌は落ち、店まで取られた親が何人もいるとか」

「恐れながら、大久保様……」

藤兵衛は恐縮したふりをしながら言った。「返済ができなくなった者の、形を処分するのは当たり前のことでございます。学問所に通ったかどうかなどは、私には一切、関わりありませんので」

「さようか。だが、そうも言ってはおられまい」

彦右衛門は持参した書面を、藤兵衛の前に叩きつけて、

「店からではなく、おまえが直に金を手渡した相手のことも、きちんと帳面をつけていたのだな。番頭に店内を検《あらた》めさせて見つけた」

「えっ……」

「いつ何処で受け取り、そのうち幾らを大学頭に渡したか……などを克明に書き残しておる。これをもとに、大学頭には、北町奉行の井戸様より評定所にて、追及をしているところだが、大学頭も知らぬ存ぜぬを通したそうだ。ゆえに、手下であった学問所勤番組頭の石崎は……早い話が裏切って、すべてを吐いた。もはや言い逃れはできまい」

厳しい口調になった彦右衛門に、藤兵衛は不快な顔を向けた。

「私が渡したという証《あかし》でもあるのですか」

「いいや。石崎様に渡したのは、ここにいる文生先生だ。そうだな、先生」

「…………」

「知らぬと言っても、石崎だけではなく、その場にいた和学講談所頭取も認めているのでな……つまりは学問所ぐるみの不正が行われていたってことだ。文生先生と石崎は旧知の仲で、しかも昌平黌でも席を同じくして学んだとか」

何か言い返そうとした文生に、彦右衛門は反論は結構だと突き放して、

「大学頭が悪いのか、はたまたあんたたちが悪いのか……裏金が渡っていた事実が問われているのだ」

「だから、なんですかッ……」

苛ついた顔で、藤兵衛は言った。

「そういう話があったとしても、私がどんな悪いことをしたというのですかな」

「知っていて知らぬ顔をするのも、荷担しているのと同じことだ」

「さっきから、知らないことだと言っていますがねッ」

キッパリと断じた藤兵衛を、文生はじっと見ていた。その顔を、彦右衛門はしばらく見比べていたが、おもむろに口を開いた。

「ならば、文生先生がひとりでやっていたことなのだな。おまえが知らぬところで」

「でしょうな……」

苦笑いをした藤兵衛に、彦右衛門はわずかに前のめりになって、

「しかし熊八は、おまえから裏金のことを持ちかけられたが断ったと話しておる。さらに自分なりに調べたところ、おまえが不正をしているから、熊八は物申しに言った。団吉が虐められた腹いせではなく、本当はおまえのやり口に文句を言いに行った」

「…………」

「しかも、文生先生とまでグルである。それを世間にバラしてやると脅された。ゆえに、店の用心棒の浪人に、熊八を襲わせた……だから斬ろうとしたと、先生も思ったのだ」

冷静だが、確信に満ちた彦右衛門の張りのある声に、藤兵衛の苛々はさらに高まってきて膝が震えていた。

「疚《やま》しいことがあるから、命まで狙わせたのだ。違うか」

「違います。これで一体、私が儲《もう》かるのですか……大学頭様や石崎様が金を吸い上げているのであって、私が荷担していたとしても、出すだけではありませぬかッ」

「だから、おまえの狙いは借金を作らせることにあったと、儂は今し方、言ったではないか。お互い持ちつ持たれつ……それを、あろうことか、子供を健全に育む場で行った……その罪は大きいと思うがな」

「なんの罪ですか」

「子供を出汁《だし》に使った罪だ」

「――ふん。なにが……」

「商人にも道徳心はあると思うていたが、ないのか……その親の姿勢が、自分の息子にも悪い影響を与えているのだぞ」

「関わりありません」

「そうか……では、鷹之助もこの場に連れて来ておるゆえ、おまえが説明しろ」

にべもない言い草で、彦右衛門が隣室に控えさせているという鷹之助を呼ぼうとした。すると、俄《にわか》にうろたえた藤兵衛は声を低めて、必死に止めようとした。

「やめて下さい、大久保様ッ……倅に何の関わりがあるんです。こんな所に子供まで引きずり出すとは、それこそ出汁に使っているではありませぬかッ」

「父親のまことの姿を見て貰うためだ」

「ば、ばかげたことを！」

狼狽《ろうばい》する藤兵衛に構わず、彦右衛門は続けた。

「鷹之助からも聞いたぞ……あの子が、他の子を虐めるのは、おまえの頭の中が商売のことばかりで、ろくに一緒に遊んだこともなく、そのくせ、昌平坂学問所に入らなければ許さないと、叱りとばしてばかりだからだと」

「！……」

「しかも、多少の悪さをしたところで儲けたもん勝ちだと、常々、番頭や手代に教え込んでいるのを聞いて、それならば自分も狡いことをしてもいいのだ。嫌な奴はいたぶってもいいのだと思ったと」

「………」

「親として、恥ずかしくないのかッ」

「金を稼ぐ苦労もしない旗本のあなたに、何が分かるのですか。この世は金や身分が大事だ……そう教えることの何が悪いんだ。そうでしょうがッ」

藤兵衛は文生にも怒鳴った。彦右衛門はそれを受けて、

「だから、そのことをキチンと鷹之助に話してやれ。陰でこそこそせずに堂々と、裏金をばらまいて、平気で人を殺すのが人の道だと教えろ！　さあ！」

襖《ふすま》を開けようとすると、藤兵衛は思わず両手をついて、

「ま、待って下さい……そんな……あんまりじゃないですか……聞こえるじゃないですか……大久保様には人の情けがないのかッ」

とガックリと打ちひしがれた。

その様子を見ていた彦右衛門は、短い溜息をついて、

「なるほど……さすがに自分の子にだけは、嫌な思いをさせたくないようだな……安心した。おまえにも、少しは人間らしい親心があるということだ」

「え……」

彦右衛門はサッと襖を開けた。だが、そこには誰もいなかった。

「………」

茫然《ぼうぜん》と見ていた藤兵衛に、彦右衛門は穏やかに語りかけた。

「鷹之助が寂しがってるのは本当だ。だが、親の醜い姿を見せるには忍びなかった……呼んでいたというのは嘘だ。この嘘も許されぬかな、藤兵衛……」

「──あ……ああ……」

安堵《あんど》したように藤兵衛は、深い溜息をついて項垂《うなだ》れた。

「だが、事がこれ以上、表沙汰になれば、鷹之助にも、おまえの悪事を背負わせることになる……正直にすべてを話して、二度と卑劣なことをしないと、儂に誓ってくれ」

「………」

「さすれば大学頭も深く反省し、二度とかようなことはせぬであろう。おまえたちも

余計なことは考えずに……子供たちに誇れる生き方を、その姿を見せてやれ」

「…………」

「儂も偉そうなことを言える人間ではないが、桃李の下に人がしぜんに集まるような大人になるよう、子供たちを育てたいではないか」

穏やかに語る彦右衛門の優しい目を見ていて、藤兵衛は心の中から重苦しいものが落ちたような気がした。

文生も同じように、子供らへの疚しい気持ちを消したい。また全身全霊でもって、子供らに学問を教えたい。その思いが募ったのか、何度も繰り返して謝っていた。

「——そこで、ふたりに改めて相談だがな……阿部様はペリー艦隊にどう対処してよいか悩んでおる」

「…………」

「武器弾薬を増やして、いざ合戦に備えよと意気込む旗本もおれば、交易だけならば、これまでも長崎でしていたのだから、その港を増やせばよかろうとかな。色々と難しい問題が山積みではあるが、仮に悪であっても善で対応するか。されど、我ひとりではなく、民百姓の命と暮らしを守らねばならぬ。はてさて、どうしたものか……よい知恵がないか。なになに、悪知恵なら幾らでもあるか？」

彦右衛門がひとり大笑いすると、明るい日射しが中庭に伸びてきて、野鳥が沢山、飛来してきた。激しく鳴いているが、吉兆なのかそうではないのかは、さしもの彦右衛門にも分からない。

「嘉永六年六月。

謹んで案ずるに、外夷の患由来する所久し、固《もと》より今日に始まるに非ざるなり。然《しか》れども今般亜美理駕夷の事、実に目前の急、乃《すなわ》ち万世の患なり、六月三日、夷船浦賀港に来《きた》りしより、日夜疾走し、彼《か》の地に至り其《そ》の状態を察す　軽蔑侮慢、実に見聞に堪へざる事どもなり。吉田松陰」

と上申書に記されたように、彦右衛門の息子たちが、蒸気船を目の当たりにするのは、この十日余りの後のことであった。

そして、松陰が〝ペリー来航〟を目の当たりにした二月後には、『将及私言《しょうきゅうしげん》』という建白書を執筆し、幕府の対応を国家危急と表現し、諸大名は結束して協議し、海軍設立を呼びかけている。

かくして、大久保家の人びとも、激動の幕末の政変に巻き込まれていくのである。

井川香四郎　著作リスト

	作品名	出版社名	出版年月	判型	備考
1	『飛蝶幻殺剣』	廣済堂出版 光文社	○三年十月 一六年四月	廣済堂文庫 光文社文庫	※『おっとり聖四郎事件控一』に改題
2	『飛燕斬忍剣』	廣済堂出版 光文社	○四年二月 一六年五月	廣済堂文庫 光文社文庫	※『おっとり聖四郎事件控二　情けの露』に改題
3	『くらがり同心裁許帳』	KKベストセラーズ	○四年五月	ベスト時代文庫	
4	『晴れおんな　くらがり同心裁許帳』	KKベストセラーズ	○四年七月	ベスト時代文庫	

5	『縁切り橋　くらがり同心裁許帳』	KKベストセラーズ	○四年十月	ベスト時代文庫	
6	『おっとり聖四郎事件控　あやめ咲く』	廣済堂出版 光文社	○四年十月	廣済堂文庫 光文社文庫	※『おっとり聖四郎事件控三　あやめ咲く』に改題
7	『逃がして候　洗い屋十兵衛　江戸日和』	双葉社 徳間書店	○四年十二月 一一年三月	双葉文庫 徳間文庫	
8	『無念坂　くらがり同心裁許帳』	KKベストセラーズ	○五年一月	ベスト時代文庫	
9	『けんか凧　暴れ旗本八代目』	徳間書店	○五年四月	徳間文庫	
10	『まよい道　くらがり同心裁許帳』	KKベストセラーズ	○五年四月	ベスト時代文庫	

11	『ふろしき同心御用帳　恋の橋、桜の闇』	学習研究社 光文社	〇五年五月 一七年十月	学研M文庫 光文社文庫	※『ふろしき同心御用帳』に改題
12	『恋しのぶ　洗い屋十兵衛　江戸日和』	双葉社 徳間書店	〇五年六月 一一年五月	双葉文庫 徳間文庫	
13	『刀剣目利き神楽坂咲花堂　秘する花』	祥伝社	〇五年九月	祥伝社文庫	
14	『ふろしき同心御用帳　情け川、菊の雨』	学習研究社 光文社	〇五年九月 一七年十一月	学研M文庫 光文社文庫	※『ふろしき同心御用帳二　銀杏散る』に改題
15	『見返り峠　くらがり同心裁許帳』	ＫＫ ベストセラーズ	〇五年九月	ベスト時代文庫	
16	『天翔《あまかけ》る　暴れ旗本八代目』	徳間書店	〇五年十一月	徳間文庫	

17	『残りの雪　くらがり同心裁許帳』	KKベストセラーズ	〇六年一月	ベスト時代文庫	
18	『刀剣目利き神楽坂咲花堂　御赦免花』	祥伝社	〇六年二月	祥伝社文庫	
19	『船手奉行うたかた日記　いのちの絆』	幻冬舎	〇六年二月	幻冬舎文庫	
20	『遠い陽炎　洗い屋十兵衛　江戸日和』	双葉社 徳間書店	〇六年三月 一一年七月	双葉文庫 徳間文庫	
21	『刀剣目利き神楽坂咲花堂　百鬼の涙』	祥伝社	〇六年四月	祥伝社文庫	
22	『泣き上戸　くらがり同心裁許帳』	KKベストセラーズ	〇六年五月	ベスト時代文庫	

23	『ふろしき同心御用帳 残り花、風の宿』	学習研究社 光文社	〇六年五月 一七年十二月	学研M文庫 光文社文庫	※『ふろしき同心御用帳三 口は災いの友』に改題
24	『はぐれ雲 暴れ旗本八代目』	徳間書店	〇六年六月	徳間文庫	
25	『刀剣目利き神楽坂咲花堂 未練坂』	祥伝社	〇六年九月	祥伝社文庫	
26	『船手奉行うたかた日記 巣立ち雛』	幻冬舎	〇六年十月	幻冬舎文庫	
27	『大川桜吹雪 金四郎はぐれ行状記』	双葉社	〇六年十月	双葉文庫	
28	『落とし水 おっとり聖四郎事件控』	廣済堂出版 光文社	〇六年十月 一六年七月	廣済堂文庫 光文社文庫	※『おっとり聖四郎事件控四 落とし水』に改題

29	『荒鷹の鈴　暴れ旗本八代目』	徳間書店	〇六年十一月	徳間文庫	
30	『冬の蝶　梟与力吟味帳』	講談社	〇六年十二月	講談社文庫	
31	『権兵衛はまだか　くらがり同心裁許帳』	KK ベストセラーズ	〇六年十二月	ベスト時代文庫	
32	『仕官の酒　とっくり官兵衛酔夢剣』	二見書房	〇七年一月	二見時代小説文庫	
33	『船手奉行うたかた日記　ため息橋』	幻冬舎	〇七年二月	幻冬舎文庫	
34	『刀剣目利き神楽坂咲花堂　恋芽吹き』	祥伝社	〇七年二月	祥伝社文庫	

35	『ふろしき同心御用帳　花供養』	学習研究社 光文社	〇七年三月 一八年一月	学研M文庫 光文社文庫	※『ふろしき同心御用帳四　花供養』に改題
36	『刀剣目利き神楽坂咲花堂　あわせ鏡』	祥伝社	〇七年四月	祥伝社文庫	
37	『おっとり聖四郎事件控　鷹の爪』	廣済堂出版 光文社	〇七年四月 一六年八月	廣済堂文庫 光文社文庫	※『おっとり聖四郎事件控五　鷹の爪』に改題
38	『山河あり　暴れ旗本八代目』	徳間書店	〇七年五月	徳間文庫	
39	『仇の風　金四郎はぐれ行状記』	双葉社	〇七年六月	双葉文庫	
40	『日照り草　梟与力吟味帳』	講談社	〇七年七月	講談社文庫	

41	『彩り河　くらがり同心裁許帳』	KK ベストセラーズ	〇七年八月	ベスト時代文庫	
42	『刀剣目利き神楽坂咲花堂　千年の桜』	祥伝社	〇七年九月	祥伝社文庫	
43	『ふろしき同心御用帳　三分の理』	学習研究社 光文社	〇七年九月 一八年二月	学研M文庫 光文社文庫	※『ふろしき同心御用帳五　三分の理』に改題
44	『天狗姫　おっとり聖四郎事件控』	廣済堂出版 光文社	〇七年九月 一六年九月	廣済堂文庫 光文社文庫	※『おっとり聖四郎事件控六　天狗姫』に改題
45	『ちぎれ雲　とっくり官兵衛酔夢剣』	二見書房	〇七年十月	二見時代小説文庫	
46	『不知火の雪　暴れ旗本八代目』	徳間書店	〇七年十一月	徳間文庫	

47	『月の水鏡　くらがり同心裁許帳』	ＫＫベストセラーズ	〇七年十二月	ベスト時代文庫	
48	『冥加の花　金四郎はぐれ行状記』	双葉社	〇七年十二月	双葉文庫	
49	『忍冬　梟与力吟味帳』	講談社	〇八年二月	講談社文庫	
50	『呑舟の魚　ふろしき同心御用帳』	学習研究社 光文社	〇八年二月 一八年三月	学研M文庫 光文社文庫	※『ふろしき同心御用帳六　呑舟の魚』に改題
51	『花詞　梟与力吟味帳』	講談社	〇八年四月	講談社文庫	
52	『刀剣目利き神楽坂咲花堂　閻魔の刀』	祥伝社	〇八年四月	祥伝社文庫	

53	54	55	56	57	58
『ひとつぶの銀　ほろり人情浮世橋』	『雪の花火　梟与力吟味帳』	『斬らぬ武士道　とっくり官兵衛酔夢剣』	『金底の歩　成駒の銀蔵捕物帳』	『船手奉行うたかた日記　咲残る』	『怒濤の果て　暴れ旗本八代目』
竹書房	講談社	二見書房	角川春樹事務所	幻冬舎	徳間書店
○八年五月	○八年五月	○八年六月	○八年六月	○八年六月	○八年八月
竹書房時代小説文庫	講談社文庫	二見時代小説文庫	ハルキ文庫	幻冬舎文庫	徳間文庫

59	『高楼の夢　ふろしき同心御用帳』	学習研究社 光文社	〇八年九月 一八年四月	学研M文庫 光文社文庫	※『ふろしき同心御用帳七　高楼の夢』に改題
60	『秋螢　くらがり同心裁許帳』	KKベストセラーズ	〇八年九月	ベスト時代文庫	
61	『甘露の雨　おっとり聖四郎事件控』	廣済堂出版 光文社	〇八年十月 一六年十月	廣済堂文庫 光文社文庫	※『おっとり聖四郎事件控七　甘露の雨』に改題
62	『もののけ同心　ほろり人情浮世橋』	竹書房	〇八年十一月	竹書房時代小説文庫	
63	『刀剣目利き神楽坂咲花堂　写し絵』	祥伝社	〇八年十二月	祥伝社文庫	
64	『海灯り　金四郎はぐれ行状記』	双葉社	〇九年一月	双葉文庫	

65	『海峡遥か　暴れ旗本八代目』	徳間書店	〇九年二月	徳間文庫	
66	『赤銅の峰　暴れ旗本八代目』	徳間書店	〇九年三月	徳間文庫	
67	『菜の花月　おっとり聖四郎事件控』	廣済堂出版 光文社	〇九年四月 一六年十一月	廣済堂文庫 光文社文庫	※『おっとり聖四郎事件控八　菜の花月』に改題
68	『それぞれの忠臣蔵』	角川春樹事務所	〇九年六月	ハルキ文庫	
69	『鬼雨　梟与力吟味帳』	講談社	〇九年六月	講談社文庫	
70	『船手奉行うたかた日記　花涼み』	幻冬舎	〇九年六月	幻冬舎文庫	

	71	72	73	74	75	76
	『刀剣目利き神楽坂咲花堂　鬼神の一刀』	『科戸の風　梟与力吟味帳』	『紅の露　梟与力吟味帳』	『雁だより　金四郎はぐれ行状記』	『ぼやき地蔵　くらがり同心裁許帳』	『嫁入り桜　暴れ旗本八代目』
	祥伝社	講談社	講談社	双葉社	ＫＫベストセラーズ	徳間書店
	〇九年七月	〇九年九月	〇九年十一月	〇九年十二月	一〇年一月	一〇年二月
	祥伝社文庫	講談社文庫	講談社文庫	双葉文庫	ベスト時代文庫	徳間文庫

77	『鬼縛り　天下泰平かぶき旅』	祥伝社	一〇年四月	祥伝社文庫	
78	『惻隠の灯　梟与力吟味帳』	講談社	一〇年五月	講談社文庫	
79	『風の舟唄　船手奉行うたかた日記』	幻冬舎	一〇年六月	幻冬舎文庫	
80	『万里の波　暴れ旗本八代目』	徳間書店	一〇年八月	徳間文庫	
81	『はなれ銀　成駒の銀蔵捕物帳』	角川春樹事務所	一〇年九月	ハルキ文庫	
82	『おかげ参り　天下泰平かぶき旅』	祥伝社	一〇年十月	祥伝社文庫	

83	『契り杯　金四郎はぐれ行状記』	双葉社	一〇年十一月	双葉文庫	
84	『釣り仙人　くらがり同心裁許帳』	KKベストセラーズ	一一年一月	ベスト時代文庫	
85	『男ッ晴れ　樽屋三四郎言上帳』	文藝春秋	一一年三月	文春文庫	
86	『三人羽織　梟与力吟味帳』	講談社	一一年三月	講談社文庫	
87	『ごうつく長屋　樽屋三四郎言上帳』	文藝春秋	一一年四月	文春文庫	
88	『まわり舞台　樽屋三四郎言上帳』	文藝春秋	一一年五月	文春文庫	

89	『天守燃ゆ　暴れ旗本八代目』	徳間書店	一一年六月	徳間文庫	
90	『闇夜の梅　梟与力吟味帳』	講談社	一一年七月	講談社文庫	
91	『栄華の夢　暴れ旗本御用斬り』	徳間書店	一一年八月	徳間文庫	
92	『花の本懐　天下泰平かぶき旅』	祥伝社	一一年九月	祥伝社文庫	
93	『海賊ヶ浦　船手奉行うたかた日記』	幻冬舎	一一年十月	幻冬舎文庫	
94	『月を鏡に　樽屋三四郎言上帳』	文藝春秋	一一年十一月	文春文庫	

95	『龍雲の群れ　暴れ旗本御用斬り』	徳間書店	一一年十二月	徳間文庫	
96	『吹花の風　梟与力吟味帳』	講談社	一一年十二月	講談社文庫	
97	『福むすめ　樽屋三四郎言上帳』	文藝春秋	一二年一月	文春文庫	
98	『てっぺん　幕末繁盛記』	祥伝社	一二年二月	祥伝社文庫	
99	『土下座侍　くらがり同心裁許帳』	ＫＫベストセラーズ	一二年三月	ベスト時代文庫	
100	『ぼうふら人生　樽屋三四郎言上帳』	文藝春秋	一二年四月	文春文庫	

101	『虎狼吼える　暴れ旗本御用斬り』	徳間書店	一一年四月	徳間文庫	
102	『召し捕ったり！　しゃもじ同心捕物帳』	学習研究社 徳間書店	一一年四月 一五年十二月	学研M文庫 徳間文庫	
103	『片棒　樽屋三四郎言上帳』	文藝春秋	一一年七月	文春文庫	
104	『ホトガラ彦馬　写真探偵開化帳』	講談社	一一年七月	講談社文庫	
105	『からくり心中　洗い屋十兵衛　影捌き』	徳間書店	一一年八月	徳間文庫	
106	『千両船　幕末繁盛記・てっぺん』	祥伝社	一一年十月	祥伝社文庫	

107	『蔦屋でござる』	二見書房	一二年十一月	二見時代小説文庫	
108	『雀のなみだ　樽屋三四郎言上帳』	文藝春秋	一二年十一月	文春文庫	
109	『うだつ屋智右衛門縁起帳』	光文社	一二年十二月	光文社文庫	
110	『泣きの剣　船手奉行さざなみ日記　一』	幻冬舎	一二年十二月	幻冬舎文庫	
111	『暴れ旗本御用斬り　黄金の峠』	徳間書店	一三年二月	徳間文庫	
112	『夢が疾る　樽屋三四郎言上帳』	文藝春秋	一三年三月	文春文庫	

113	『雲海の城 暴れ旗本御用斬り』	徳間書店	一三年五月	徳間文庫	
114	『海光る 船手奉行さざなみ日記 二』	幻冬舎	一三年六月	幻冬舎文庫	
115	『長屋の若君 樽屋三四郎言上帳』	文藝春秋	一三年七月	文春文庫	
116	『恋知らず うだつ屋智右衛門縁起帳 二』	光文社	一三年八月	光文社文庫	
117	『隠し神 洗い屋十兵衛 影捌き』	徳間書店	一三年十月	徳間文庫	
118	『かっぱ夫婦 樽屋三四郎言上帳』	文藝春秋	一三年十月	文春文庫	

119	『鉄の巨鯨　幕末繁盛記・てっぺん』	祥伝社	一三年十二月	祥伝社文庫	
120	『おかげ横丁　樽屋三四郎言上帳』	文藝春秋	一四年三月	文春文庫	
121	『飯盛り侍』	講談社	一四年六月	講談社文庫	
122	『天保百花塾』	ＰＨＰ研究所	一四年七月	ＰＨＰ文芸文庫	
123	『狸の嫁入り　樽屋三四郎言上帳』	文藝春秋	一四年七月	文春文庫	
124	『魂影　戦国異忍伝』	徳間書店	一四年八月	徳間文庫	

125	『かもねぎ神主禊ぎ帳』	KADOKAWA	一四年十一月	角川文庫	
126	『飯盛り侍　鯛評定』	講談社	一四年十二月	講談社文庫	
127	『近松殺し　樽屋三四郎言上帳』	文藝春秋	一五年二月	文春文庫	
128	『もんなか紋三捕物帳』	徳間書店	一五年三月	徳間時代小説文庫	「紋三」第一弾
129	『くらがり同心裁許帳　精選版一』	光文社	一五年三月	光文社文庫	※再編集
130	『取替屋　新・神楽坂咲花堂』	祥伝社	一五年三月	祥伝社文庫	

131	『菖蒲侍　江戸人情街道』	実業之日本社	一五年四月	実業之日本社文庫	
132	『くらがり同心裁許帳　精選版二　縁切り橋』	光文社	一五年四月	光文社文庫	※再編集
133	『ちゃんちき奉行　もんなか紋三捕物帳』	双葉社	一五年五月	双葉文庫	「紋三」第二弾
134	『くらがり同心裁許帳　精選版三　夫婦日和』	光文社	一五年五月	光文社文庫	※再編集
135	『ふろしき同心　江戸人情裁き』	実業之日本社	一五年六月	実業之日本社文庫	
136	『くらがり同心裁許帳　精選版四　見返り峠』	光文社	一五年六月	光文社文庫	※再編集

142	141	140	139	138	137
『幕末スパイ戦争』	『高砂や　樽屋三四郎言上帳』	『くらがり同心裁許帳　精選版六　彩り河』	『賞金稼ぎ　もんなか紋三捕物帳』	『くらがり同心裁許帳　精選版五　花の御殿』	『じゃこ天狗　もんなか紋三捕物帳』
徳間書店	文藝春秋	光文社	徳間書店	光文社	廣済堂出版
一五年八月	一五年八月	一五年八月	一五年七月	一五年七月	一五年六月
徳間時代小説文庫	文春文庫	光文社文庫	徳間時代小説文庫	光文社文庫	廣済堂文庫
※アンソロジー		※再編集	「紋三」第四弾	※再編集	「紋三」第三弾

143	『くらがり同心裁許帳　精選版七　ぼやき地蔵』	光文社	一五月九月	光文社文庫	※再編集
144	『くらがり同心裁許帳　精選版八　裏始末御免』	光文社	一五月十月	光文社文庫	※再編集
145	『恵みの雨　かもねぎ神主禊ぎ帳2』	KADOKAWA	一五月十月	角川文庫	
146	『飯盛り侍　城攻め猪』	講談社	一五月十一月	講談社文庫	
147	『湖底の月　新・神楽坂咲花堂』	祥伝社	一五年十二月	祥伝社文庫	
148	『九尾の狐　もんなか紋三捕物帳』	徳間書店	一六年一月	徳間時代小説文庫	「紋三」第五弾

149	『飯盛り侍　すっぽん天下』	講談社	一六年二月	講談社文庫	
150	『欣喜の風』	祥伝社	一六年三月	祥伝社文庫	※アンソロジー
151	『人情そこつ長屋　寅右衛門どの江戸日記』	文藝春秋	一六年八月	文春文庫	
152	『桃太郎姫　もんなか紋三捕物帳』	実業之日本社	一六年八月	実業之日本社文庫	「紋三」第六弾
153	『洗い屋　もんなか紋三捕物帳』	徳間書店	一六年九月	徳間時代小説文庫	「紋三」第七弾
154	『御三家が斬る！』	講談社	一六年十月	講談社文庫	

155	『大義賊　もんなか紋三捕物帳』	双葉社	一六年十一月	双葉文庫	「紋三」第八弾
156	『芝浜しぐれ　寅右衛門どの江戸日記』	文藝春秋	一六年十二月	文春文庫	
157	『別子太平記　愛媛新居浜別子銅山物語』	徳間書店	一七年五月	四六判上製	
	『別子太平記　上　愛媛新居浜別子銅山物語』	徳間書店	二〇年九月	徳間時代小説文庫	※上下巻に分冊
	『別子太平記　下　愛媛新居浜別子銅山物語』	徳間書店	二〇年九月	徳間時代小説文庫	※上下巻に分冊
158	『大名花火　寅右衛門どの江戸日記』	文藝春秋	一七年五月	文春文庫	
159	『御三家が斬る！　殺しの鬼棲む妻籠宿』	講談社	一七年六月	講談社文庫	

160	『千両仇討　寅右衛門どの江戸日記』	文藝春秋	一七年八月	文春文庫	
161	『守銭奴　もんなか紋三捕物帳』	徳間書店	一七年十二月	徳間時代小説文庫	「紋三」第九弾
162	『桃太郎姫七変化　もんなか紋三捕物帳』	実業之日本社	一八年二月	実業之日本社文庫	「紋三」第十弾
163	『殿様推参　寅右衛門どの江戸日記』	文藝春秋	一八年二月	文春文庫	
164	『暴れん坊将軍　江戸城乗っ取り』	KADOKAWA	一八年八月	角川文庫	
165	『暴れん坊将軍　獄中の花嫁』	KADOKAWA	一八年九月	角川文庫	

166	『首無し女中　もんなか紋三捕物帳』	双葉社	一八年十月	双葉文庫	「紋三」第十一弾
167	『暴れん坊将軍　盗賊の涙』	KADOKAWA	一八年十月	角川文庫	
168	『かげろうの恋　もんなか紋三捕物帳』	光文社	一八年十二月	光文社文庫	「紋三」第十二弾
169	『泣かせ川　もんなか紋三捕物帳』	徳間書店	一九年一月	徳間時代小説文庫	「紋三」第十三弾
170	『桃太郎姫恋泥棒　もんなか紋三捕物帳』	実業之日本社	一九年二月	実業之日本社文庫	「紋三」第十四弾
171	『島津三国志』	徳間書店	一九年九月 二二年九月	四六判上製 徳間時代小説文庫	

172	『ご隠居は福の神　1』	二見書房	一九年十月	二見時代小説文庫	
173	『桃太郎姫　暴れ大奥』	実業之日本社	一九年十二月	実業之日本社文庫	
174	『ご隠居は福の神　2　幻の天女』	二見書房	二〇年二月	二見時代小説文庫	
175	『ご隠居は福の神　3　いたち小僧』	二見書房	二〇年六月	二見時代小説文庫	
176	『桃太郎姫　望郷はるか』	実業之日本社	二〇年八月	実業之日本社文庫	
177	『ご隠居は福の神　4　いのちの種』	二見書房	二〇年十月	二見時代小説文庫	

178	『暴れ旗本天下御免』	徳間書店	二〇年十二月	徳間時代小説文庫	
179	『百年の仇　くらがり同心裁許帳』	光文社	二一年一月	光文社時代小説文庫	
180	『千年花嫁　京神楽坂咲花堂』	祥伝社	二一年三月	祥伝社文庫	
181	『ご隠居は福の神　5　狸穴の夢』	二見書房	二一年三月	二見時代小説文庫	
182	『番所医はちきん先生休診録』	幻冬舎	二一年六月	幻冬舎時代小説文庫	
183	『桃太郎姫　百万石の陰謀』	実業之日本社	二一年六月	実業之日本社文庫	

184	『ご隠居は福の神　6　砂上の将軍』	二見書房	二〇二一年七月	二見時代小説文庫	
185	『逢魔が時三郎』	コスミック出版	二〇二一年八月	コスミック・時代文庫	
186	『殿様商売　暴れ旗本天下御免』	徳間書店	二〇二一年九月	徳間時代小説文庫	
187	『優しい嘘　くらがり同心裁許帳』	光文社	二〇二一年九月	光文社時代小説文庫	
188	『ご隠居は福の神　7　狐の嫁入り』	二見書房	二〇二一年十二月	二見時代小説文庫	
189	『眠らぬ猫　番所医はちきん先生休診録　二』	幻冬舎	二〇二一年十二月	幻冬舎時代小説文庫	

190	191	192	193	194	195
『熊本城の罠　城下町奉行日記』	『熊本・文楽の里　城下町事件記者』	『ご隠居は福の神　8　赤ん坊地蔵』	『後家の一念　くらがり同心裁許帳』	『散華の女　番所医はちきん先生休診録　3』	『ご隠居は福の神　9　どくろ夫婦』
小学館	小学館	二見書房	光文社	幻冬舎	二見書房
二二年一月	二二年一月	二二年三月	二二年五月	二二年六月	二二年七月
小学館時代小説文庫	小学館文庫	二見時代小説文庫	光文社時代小説文庫	幻冬舎時代小説文庫	二見時代小説文庫

196	『花の筏　番所医はちきん先生休診録　4』	幻冬舎	二二一年七月	幻冬舎時代小説文庫	
197	『与太郎侍』	集英社	二二一年八月	集英社文庫	
198	『逢魔が時三郎　誇りの十手』	コスミック出版	二二一年九月	コスミック・時代文庫	
199	『歌麿の娘　浮世絵おたふく三姉妹』	実業之日本社	二二一年十月	実業之日本社文庫	
200	『ご隠居は福の神　10　そこにある幸せ』	二見書房	二二一年十一月	二見時代小説文庫	
201	『与太郎侍　江戸に花咲く』	集英社	二二一年十二月	集英社文庫	

202	『大久保家の人びと 直参旗本の娘の結婚』	徳間書店	二三年一月	徳間時代小説文庫	

この作品は徳間文庫のために書下されました。

徳間文庫

大久保家《おおくぼけ》の人《ひと》びと

直参旗本の娘の結婚

2023年1月15日 初刷

著者 井川香四郎《いかわこうしろう》

発行者 小宮英行

発行所 株式会社徳間書店

東京都品川区上大崎三−一−一
目黒セントラルスクエア 〒141−8202

電話 編集〇三(五四〇三)四三四九
販売〇四九(二九三)五五二一

振替 〇〇一四〇−〇−四四三九二

印刷
製本 大日本印刷株式会社

ISBN978-4-19-894789-7 (乱丁、落丁本はお取りかえいたします)